Katharina M. Mylius

Tödliches Blau

Tödliches BLAU

Ein Oxford-Krimi von
Katharina M. Mylius

Das für dieses Buch eingesetzte Papier ist ein Produkt
aus nachhaltiger Forstwirtschaft.

1. Auflage 2017

Herausgeber: Dryas Verlag, Frankfurt am Main,
gegr. in Mannheim.

Herstellung: Dryas Verlag, Frankfurt am Main
Lektorat: Kristina Frenzel, Berlin
Korrektorat: Birgit Rentz, Itzehoe
Umschlaggestaltung: Guter Punkt, München (www.guter-punkt.de)
unter Verwendung von Motiven von Thinkstock
Foto Ruderer: Canoa a quattro con pale rosse © Diego Barbieri - Fotolia.com
Satz: Dryas Verlag, Frankfurt am Main
Gesetzt aus der Palatino Linotype
Druck: GGP Media GmbH, Pössneck

Bibliografische Information der Deutschen Bibliothek:
Die Deutsche Bibliothek verzeichnet diese Publikation in der Deutschen Nationalbibliografie, detaillierte bibliografische Daten sind im Internet über http://dnb.ddb.de abrufbar

ISBN 978-3-940258-68-7
www.dryas.de

Für meine Eltern
Inge und Thomas

Donnerstag, 5. März

FREDERICK COLLINS PFIFF vergnügt seinen Lieblingssong von Aretha Franklin, während er sich die Schnürsenkel seiner Sportschuhe zuband. Er war heute besonders früh aufgestanden, denn er wollte vor Dienstbeginn eine große Runde im University Park joggen gehen. Jetzt saß er in der Diele seiner Altbauwohnung und konnte es kaum erwarten, die frische Frühlingsluft einzuatmen, die einem die Lungen richtig durchpustete und einen daran erinnerte, dass man mitten im Leben stand. Anfang März erwachte Oxford nach Monaten der Eintönigkeit endlich aus seinem Winterschlaf: Überall grünte es und die ersten Knospen streckten sich der Sonne entgegen, die sich nun immer öfter zeigte. Genauso wie Fredericks gute Laune.

Etwa vor einem Jahr hatte er sich von seiner Heimatstadt Liverpool nach Oxford versetzen lassen – in einer der dunkelsten Stunden seines Lebens. Seine Exfreundin hatte ihn monatelang betrogen und am Ende für einen anderen sitzen gelassen. Das Schlimmste daran war gewesen, dass er sich nach der schmerzhaften Trennung zu Hause verkrochen hatte. Aber seit letztem Herbst raffte er sich nun fast jeden Morgen auf und joggte eine Runde durch den Park. Und er traf sich einmal in der Woche mit einigen Polizeikollegen zum Fußballspielen und danach im Pub. Das tat ihm gut und das Training machte sich auch körperlich bemerkbar. Endlich fühlte er sich wieder wohler in seiner Haut.

Er stellte sich vor den großen Spiegel neben der Eingangstür, spannte seine Muskeln unter dem Laufshirt an, drehte sich einmal nach links und dann nach rechts und begutachtete sich dabei eingehend. Dann grinste er breit, denn ihm war durchaus bewusst, dass er sich gerade wie ein Muskelprotz aufführte. Schelmisch zwinkerte er seinem Spiegelbild zu, griff nach seinem iPod und dem Schlüsselbund und wollte gerade die Wohnungstür öffnen, als sein Handy klingelte. Er hatte eine leise Vermutung, wer ihn so früh am Morgen anrief. Sein Herz begann unwillkürlich schneller zu schlagen. In freudiger Erwartung ging er hinüber zu dem kleinen Glastisch, auf dem das Handy lag, und griff nach dem Gerät. Doch auf dem Display stand nicht der ersehnte Name, sondern »Sergeant Simmons – Thames Valley Police«.

Frederick seufzte enttäuscht und nahm das Gespräch an. »Guten Morgen, Simmons, was gibt's?« Er hörte ein angestrengtes Schnaufen am anderen Ende der Leitung und machte sich ernsthaft Sorgen um den jungen Sergeant. »Simmons! Was ist passiert?«

»Inspector Collins«, Sergeant Simmons räusperte sich, »hab ich Sie geweckt?« Doch er ließ Frederick keine Zeit, um zu antworten. »Das tut mir wahnsinnig leid. Ich weiß, es ist noch sehr früh, und eigentlich will ich Sie nicht stören. Wissen Sie, ich hab mir lange überlegt, ob ich Sie anrufen soll oder nicht. Ich war mir nicht sicher …« Er stockte. »Ach, vergessen Sie einfach, dass ich mich gemeldet habe, Inspector! Es ist nicht so wichtig.«

Natürlich ist es das, dachte Frederick.

Sonst hätte Sergeant Simmons es niemals gewagt, ihn um diese Uhrzeit zu stören. Auch wenn der junge Sergeant manchmal etwas unbeholfen wirkte, hatte es bislang immer einen triftigen Grund gegeben, wenn er mit einem Anliegen direkt an Frederick herangetreten war. Er sah den schlaksigen jungen Mann vor sich, wie er nervös von einem Bein auf das andere trat, während er sich das Handy ans Ohr presste.

»Simmons, Sie haben mich nicht geweckt. Ich habe Ihnen schon oft gesagt, dass Sie mich jederzeit anrufen können«, sagte er in beruhigendem Ton. »Wie kann ich Ihnen helfen?« Er hörte ein weiteres gequältes Schnaufen, dann Schweigen. »Simmons, Sie können sich mir anvertrauen«, versicherte er.

Doch Sergeant Simmons schien mit sich zu ringen.

Komm schon, Junge, jetzt spuck es aus, wollte Frederick ihn am liebsten drängen, aber er hielt sich zurück. Nach weiteren scheinbar endlosen Sekunden des Schweigens zeigte sein Vorgehen Erfolg.

»Also gut«, flüsterte Sergeant Simmons. Dann erklärte er mit zittriger Stimme: »Ich stehe hier gerade im Christ Church Meadow, genauer gesagt bei den Bootshäusern an der Themse. Wissen Sie, unten bei der Folly Bridge, in der Nähe des Head of the River Pub, dort, wo …«

Frederick wurde nun doch ungeduldig. »Simmons, jetzt sagen Sie schon: Weshalb rufen Sie mich so früh am Morgen an?«, unterbrach er ihn.

Sergeant Simmons legte erneut eine Pause ein, doch diesmal nur, um Luft zu holen. Dann berichtete er aufgeregt: »Eine Joggerin hat hier vor einer guten halben Stunde einen Mann aus der Themse gezogen. Sie hat noch versucht, ihn wiederzubeleben, doch es war schon zu spät.«

»Er ist also ertrunken?«

»Es sieht danach aus.«

Frederick hörte Zweifel in der Stimme des jungen Sergeant und hakte daher nach: »Aber?«

»Ich weiß nicht, Inspector Collins, vielleicht irre ich mich, ach, ich irre mich bestimmt …«

»Inwiefern, Simmons? Inwiefern irren Sie sich?«

»Die Kollegen denken, dass es ein Unfall war.«

»Und Sie?«

»Mir kommt das etwas seltsam vor«, presste Sergeant Simmons unsicher hervor.

»Weshalb?«

»Ich weiß, wer der Tote ist. Sein Name ist Marcus Hind, er war mal Leistungssportler. In den letzten Jahren hat er das Ruderteam der Universität Oxford trainiert und war immer noch fit wie ein Turnschuh. So einer ertrinkt doch nicht einfach!«

Auch Profis sind vor Unfällen nicht gefeit, zumal sie dazu neigen, sich selbst zu überschätzen, wollte Frederick anmerken. Doch er hielt sich zurück und ließ Sergeant Simmons weitererzählen.

»Außerdem hat er eine Wunde am Hinterkopf und einige Schrammen an den Armen. Für mich sieht es so aus, als ob er rücklings über den Boden geschleift wurde.«

Aha, jetzt wurde es interessant. »Das heißt, die Schrammen sind nur an den Unterarmen?«, fragte Frederick.

»Ja.«

»Und die Wunde am Hinterkopf, wie groß ist die?«

»Sie ist auf den ersten Blick nicht gleich zu erkennen, weil der Tote so viele Haare hat. Ich war der Einzige, der sie bemerkt hat«, erzählte Sergeant Simmons mit Stolz in der Stimme. »Mir sind gleich seine großen Ohren aufgefallen. Wussten Sie, dass Menschen mit großen Ohren nachgesagt wird, besonders ehrgeizig zu sein? Ich habe das kürzlich in einem Artikel im Medical Science Magazine gelesen. Interessante Lektüre, sollten Sie unbedingt mal reinschauen.«

Frederick unterdrückte ein Seufzen. »Und weiter?«

»Jedenfalls habe ich mir seine riesigen Ohren angeschaut, weil ich eben diesen Artikel gelesen habe. Das passt ja auch zu seinem Charakter: Marcus Hind hatte selbst schon einige Preise als Ruderer bekommen und trainierte nun unser Universitätsruderteam. Er war bekannt für seinen unerbittlichen Ehrgeiz und hat der Mannschaft immer Bestleistungen abverlangt. Wenn die Teammitglieder nicht alles gegeben haben, soll er ausgerastet sein, und auch das eine oder andere Ruder ist dabei wohl schon zu Bruch gegangen. Na jedenfalls, ich habe ohne Übertreibung noch nie einen Menschen mit so großen Ohren gesehen. Sie können sich nicht vorstellen, was das für Lappen sind! Da ist Jumbo nichts …«

»Simmons!«

»Schon gut. Als ich mir die Ohren so angeschaut habe, ist mir aufgefallen, dass die Haut hinter dem rechten seltsam schrumpelig aussah. Ich hab den Toten dann etwas gedreht und da ist mir eine etwa zehn Zentimeter lange Wunde am Hinterkopf aufgefallen. Wissen Sie, das war 'ne ziemliche Überwindung, ihn anzufassen. Erst hab ich gezögert, aber dann hab ich gedacht, das passt doch alles nicht zusammen und …«

»Sie haben sich sicherlich schon überlegt, woher die Wunde stammen könnte?«, versuchte Frederick, Sergeant Simmons' Schilderungen abzukürzen.

»Allerdings. Zuerst dachte ich, dass er vielleicht den Mast eines Segelboots abbekommen haben könnte. Das würde einen Sinn ergeben. Aber dann hab ich mir gesagt: So einer wie der segelt doch nicht auf der Themse durch Oxford. Hier gibt es fast keinen Wind. Das wäre viel zu lahm für ihn gewesen. Der brauchte immer Action. Also hab ich den neuen Sergeant losgeschickt, um die Themse nach einem Boot abzusuchen. Und tatsächlich hat er ein führerloses Boot unten am Iffley Lock gefunden. Und zwar ein Ruderboot. Aber, Inspector Collins, Hind wird sich ja wohl kaum mit dem Ruder selbst auf den Hinterkopf geschlagen haben! Ich hab mir ein Ruder genommen und es selbst ausprobiert. Hier bei den Bootshäusern liegen unzählige herum«, sprudelte es aus Sergeant Simmons heraus.

Frederick stellte sich vor, wie der junge Sergeant mit einem Ruder herumfuchtelte und versuchte, seinen Hinterkopf zu treffen. Er bemühte sich, ein Lachen zu unterdrücken.

»Glauben Sie mir, Inspector Collins, das ist eigentlich nicht machbar.«

»Das glaube ich Ihnen aufs Wort.«

»Hind könnte sich die Wunde auch zugezogen haben, als er rückwärts auf das Boot gefallen ist. Allerdings habe ich es mir genau angesehen. Da gibt es weder scharfe Kanten noch lassen sich Sturz- oder Blutspuren finden. Wissen Sie, das ist so eins, in dem nur einer sitzen kann, bei dem die Ränder überall abgerundet sind, damit man ganz schnell übers Wasser gleiten kann. Vielleicht ist Hind auch an Land gestürzt, als er das Boot verlassen wollte. Aber das Ufer hier ist nicht befestigt und es gibt weit und breit nichts, auf das er sonst hätte fallen können. Verstehen Sie jetzt? Das ergibt alles keinen Sinn!« Sergeant Simmons schnaufte unglücklich.

»Ihrer Meinung nach könnte also Fremdverschulden im Spiel gewesen sein«, fasste Frederick zusammen.

»Gut möglich, Inspector Collins.«

»Und wieso fürchten Sie sich jetzt davor, die gesamte Mordkommission einzuschalten?«, wunderte sich Frederick. »Was Sie mir gerade erzählt haben, spricht doch eigentlich dagegen, dass es ein Unfall war. Ist es, weil die Kollegen Ihre Meinung nicht teilen?«

»Ja«, gab Sergeant Simmons zu. »Und Chief Inspector Meyers ist da ja auch sehr empfindlich.«

Frederick wusste genau, wovon der Sergeant sprach. Für den cholerischen Chief Inspector gab es nur schwarz oder weiß, eindeutig Mord oder nicht. Irrtümer waren unerwünscht. Wäre Frederick ein paar Jahre jünger gewesen, hätte er sich wohl auch von Meyers' despotischer Art einschüchtern lassen. Aber inzwischen war er Mitte dreißig und fühlte sich dem Mann durchaus gewachsen.

»Wissen Sie was, Simmons, bleiben Sie, wo Sie sind! Ich komme zu Ihnen und schaue mir den Toten an«, schlug er vor. Er konnte hören, wie Sergeant Simmons aufatmete.

Dann überschlugen sich dessen Worte: »Aber nur, wenn es Ihnen wirklich nichts ausmacht, Inspector Collins. Ich wollte Sie nicht stören. Wissen Sie, ich kann verstehen, wenn Sie …«

»Ich bin in fünfzehn Minuten bei Ihnen.« Frederick legte auf, zog sich statt der Sportsachen rasch einen Pullover und eine Chino an, warf seine Lederjacke über und machte sich auf den Weg.

~

HEIDI GREEN HATTE gerade ihre Zwillinge Ann und Max in der Preschool abgegeben, als der Anruf ihres Partners Frederick Collins sie erreichte. Ein Toter in der Themse! Und dabei handelte es sich ausgerechnet um Marcus Hind. Der Mann war in Oxford bekannt wie ein bunter Hund. Das Ruderteam der Universität, das er trainiert hatte, nahm jährlich im Frühjahr einen erbitterten Kampf gegen seinen Erzrivalen, das Ruderteam der Universität Cambridge, auf. Das traditionelle Bootsrennen war einer der wichtigsten kulturellen Termine ihrer kleinen Stadt und zog nicht nur die Bürger Oxfords und Cambridges, sondern Besucher aus ganz England an die Themse. Dass Marcus Hind nun wenige Wochen vor dem

Rennen tot aufgefunden worden war, war ein handfester Skandal.

Heidi schnallte das Polizeilicht auf das Dach ihres grünen Mini Cooper, stieg hastig ein und raste los, begleitet vom Klang der Sirene. Sie war in Oxford geboren und aufgewachsen und hatte schon das ein oder andere Unglück miterleben müssen, bei dem die Themse zur tödlichen Falle geworden war. Doch Frederick hatte angedeutet, dass es sich möglicherweise nicht um einen Unfall handelte. Hatte Marcus Hind sich vielleicht etwas angetan? Oder hatte jemand nachgeholfen?

Ob die Leiche wohl lange im Wasser getrieben hatte, bevor die Joggerin sie entdeckt hat, fragte Heidi sich. Eine ekelhafte Vorstellung! War Marcus Hind auch bei den Bootshäusern gestorben oder hatte ihn die Strömung, die zwar an diesem Abschnitt der Themse nur leicht, aber dennoch sichtbar war, mit sich getragen? War sein Körper erst später dorthin getrieben worden?

Was auch immer geschehen war, Heidi war dankbar, dass der Tote unten bei den Bootshäusern und nicht mitten in der Stadt gefunden worden war. Dadurch war vielen Augen der gruselige Anblick einer Wasserleiche erspart worden.

Während sie weiterfuhr, begann sie, die Umgebung des Fundorts im Kopf durchzugehen: Um die Bootshäuser herum zog sich der weitläufige Christ Church Meadow entlang der Themse. Dahinter lagen The Kidneys, ein Naturschutzgebiet mit hohen Sträuchern, Wiesen und Bäumen, und gegenüber die Recreation Grounds des Brasenose College und des Queen's College. In der Gegend war es tagsüber äußerst ruhig, die nächsten Wohnhäuser standen weit entfernt. Nachts und in den Morgenstunden war es – bis auf den einen oder anderen Jogger – dort sogar menschenleer. Sie hielt es daher für sehr unwahrscheinlich, dass sich irgendwelche Zeugen finden würden. Allerdings wusste sie, dass der Christ Church Meadow Walk von den Kameras des CCTV überwacht wurde. Sie würde Sergeant Simmons bitten, die entsprechenden Videobänder beim City Council anzufordern.

Endlich hatte sie ihr Ziel erreicht. Sie parkte in der Nähe des Head of the River Pub, nahm das Polizeilicht vom Dach, warf es auf den Beifahrersitz und verschloss den Wagen. Dann ging sie in Richtung des Pub. Einige Touristen in dicken Jacken hatten auf der großen Außenterrasse Platz genommen und aßen ihr English Breakfast, während sie sich die morgendlichen Sonnenstrahlen ins Gesicht scheinen ließen. Es mussten Touristen sein, denn ein Oxforder hätte sich zu dieser kalten Jahreszeit nie freiwillig dorthin gesetzt, auch wenn die Aussicht gerade jetzt etwas sehr Romantisches hatte. Über dem Wasser stand noch eine dünne Schicht weißen Dunsts, der an die frostigen Temperaturen der letzten Nacht erinnerte.

Heidi grüßte freundlich und hoffte, dass die Gruppe nichts von dem schrecklichen Fund mitbekommen hatte. Dann lief sie mit schnellen Schritten einen kleinen Trampelpfad hinter dem hellen Sandsteingebäude entlang. Über einen Holzsteg gelangte sie auf einen schmalen Weg, der zum Ufer der Themse führte.

Diese Gegend war für sie noch immer eine der idyllischsten Oxfords. Schon als Kind war sie oft mit ihrem Bruder und ihren Eltern hier gewesen und inzwischen kam sie mit ihrem Mann und den Zwillingen hierher, wenn es ihre Zeit erlaubte. Zu ihrer Linken standen die jahrhundertealten Bäume des Christ Church Meadow, des wunderschönen Parks, der zum gleichnamigen College gehörte. Zwischen den Baumkronen konnte sie die Spitze des Glockenturms der Christ Church Cathedral sehen, die im Sonnenlicht hell leuchtete. Dann sah sie nach rechts auf das dunkle Wasser der Themse, die sich langsam ihren Weg durch die Landschaft bahnte. Eine Entenfamilie kam auf Heidi zu geschwommen, wohl in der Hoffnung, dass sie etwas Brot bei sich hatte. Wenn sie mit ihren Zwillingen hierherkam, brachten sie tatsächlich immer trockenes Brot für die Tiere mit, denn die Kinder hatten große Freude daran, sie zu füttern.

Heidi lächelte bei dem Gedanken an die unbeschwerte Zeit, die sie hier schon mit ihrer Familie verbracht hatte. Auf einmal hörte sie Motorengeräusche hinter sich und erinnerte sich daran, weshalb sie an diesem Morgen hergekommen war. Sie drehte sich um. Ein Boot fuhr an ihr vorbei und erzeugte heftige Wellen. Die Entenfamilie quakte empört. Auf dem Boot schienen Schaulustige zu sein, denn es fuhr nun langsamer und ganz nah ans Ufer heran. Dort konnte Heidi in einigen Hundert Metern Entfernung eine weiße Plane erkennen, die wohl Marcus Hinds Leiche verdeckte.

Heidi lief schneller. Der Tod des Coachs hatte sich also schon herumgesprochen. Das überraschte sie nicht. Es war eine große Ehre, das Ruderteam der Universität zu trainieren, und dementsprechend war Marcus Hind in der Stadt hofiert worden. Man konnte fast sagen, er hatte zur Oxforder Prominenz gehört. Mit ihm als Coach hatte das Team im letzten Jahr Cambridge besiegt. Seitdem war Marcus Hind in Oxford so etwas wie ein Held – auch wenn die Rennsaison für ihn in diesem Jahr nicht so gut begonnen hatte. Sein Team hatte bislang nur zwei Rennen gewonnen. Die Presse sprach schon von einer Pechsträhne. Andere hatten darin ein gutes Omen dafür gesehen, dass Hind das Team beim wichtigsten Rennen des Jahres gegen Cambridge letztendlich zum Sieg führen würde. Doch nun war er tot. Heidi konnte es selbst noch nicht ganz glauben.

Sie entdeckte Sergeant Simmons, der aufgeregt das Gelände absperrte und verzweifelt versuchte, Schaulustige zu vertreiben, die sich neugierig um die Plane drängten. Etwas abseits unterhielt sich Frederick mit Stephanie Bradshaw von der Spurensicherung. Auch Dr Goldberg, der Pathologe, war offensichtlich bereits informiert worden, denn sein Wagen fuhr gerade vor. Heidi duckte sich, kletterte unter einer Absperrung hindurch und begrüßte dann ihre beiden Kollegen. Frederick und Stephanie Bradshaw nickten ihr freundlich zu.

»Bevor du fragst, Heidi«, sagte Stephanie Bradshaw als Erstes, »ja, es ist tatsächlich Marcus Hind, daran besteht kein Zweifel.« Sie holte tief Luft, bevor es aus ihr herausplatzte: »Dass der arrogante Kerl aber auch so kurz vor dem Rennen sterben musste! Ich konnte ihn zwar nicht ausstehen, doch ich war mir sicher, dass wir mit ihm als Coach dieses Jahr wieder gegen Cambridge gewinnen würden. Jetzt sieht es wohl schlecht aus für unser Team.« Sie schnaufte enttäuscht.

»Dasselbe habe ich auch schon gedacht«, gab Heidi zu. Sie bemerkte, wie Frederick sie mit einem kritischen Blick bedachte, und bekam ein schlechtes Gewissen.

Auch Stephanie Bradshaw schien der Blick aufgefallen zu sein, denn sie rief: »Collins, jetzt schauen Sie nicht so! Ich kannte Hind. Na ja, eigentlich kenne ich seine Frau Liz, wir sind in derselben Backgruppe.«

»Du bist in einer Backgruppe?«, fragte Heidi erstaunt. »Du backst Torten und so?«

»Ja, Heidi«, antwortete Stephanie Bradshaw schnell.

»Wie auch immer, jedenfalls habe ich nie verstanden, wie Liz es mit einem solchen Kotzbrocken wie Marcus ausgehalten hat. Er war vom Ehrgeiz zerfressen, hat seine Kinder schon in den Sportverein geschleift, als sie noch ganz jung waren, und sie zu eiserner Disziplin erzogen. Und mit Liz ist er auch nicht gerade zimperlich umgegangen.«

Bevor Frederick etwas erwidern konnte, trat Dr Goldberg zu ihnen. Er ließ die Begrüßung aus und kam gleich zur Sache: »Wenn es recht ist, würde ich mir jetzt den Toten anschauen.« Dann fügte er genervt hinzu: »Aber nur, falls ich Sie nicht von Ihrem Geplauder abhalte.«

Heidi sah ihn überrascht an. Eigentlich war Dr Goldberg ein sehr umgänglicher Mensch. Wahrscheinlich war das seine Art, seinen Ärger über den Tod von Marcus Hind auszudrücken. Sie wusste, dass Dr Goldberg ein treuer Unterstützer des Ruderteams war, zumal er selbst an der hiesigen Universität studiert hatte. Bestimmt hatte er alle bisherigen Rennen verfolgt und fieberte seit Wochen dem Wettkampf zwischen Oxford und Cambridge entgegen.

Auch Stephanie Bradshaw schien irritiert. Sie zog die Augenbrauen hoch und sagte: »Ich bin hier fertig und werde mich mal im Gelände ringsum umschauen, vielleicht finde ich noch irgendwelche Spuren. Bis später dann!«

Heidi nickte ihr zu und folgte Dr Goldberg, der ohne ein weiteres Wort zu der weißen Plane hinüberging und sie mit einem heftigen Ruck zurückzog. Dann begutachtete er den Toten eingehend. Normalerweise hätte er jeden seiner Arbeitsschritte mit einem flapsigen Spruch kommentiert, aber heute schwieg er.

»Wir haben gerade darüber gesprochen, wie schade es ist, dass Marcus Hind so kurz vor dem großen Rennen sterben musste«, versuchte Heidi, ihn in ein Gespräch zu verwickeln, doch sie bekam nur ein genervtes Brummen als Antwort.

Vorsichtig stellte sie sich neben Dr Goldberg und zuckte plötzlich zusammen, als ihr Blick auf den Toten fiel. Sie hatte Marcus Hind oft auf Bildern in der Zeitung oder auch im Lokalfernsehen gesehen. Doch der Mann, der nun leblos vor ihr lag, sah vollkommen anders aus: Sein blasses Gesicht war schmerzverzerrt, die braunen Augen weit aufgerissen, als hätte er in den letzten Sekunden seines Lebens Höllenqualen erlitten. Das dunkle Haar wirkte durch die Nässe schwarz und ließ die Gesichtshaut noch heller erscheinen. Heidi betrachtete den hageren, aber durchtrainierten Körper. In Wirklichkeit war Marcus Hind kleiner, als die Fotos, die sie von ihm gesehen hatte, sie hatten vermuten lassen. Er trug ein Sportshirt und eine Jogginghose, beides in Dunkelblau. Das war die Farbe des Oxforder Ruderteams, das deswegen auch »Dark Blues« genannt wurde. Die Kleidung war schlammverschmiert und nass. Obwohl die Haut des Toten nicht so sehr aufgequollen war, wie Heidi es erwartete hatte, lief ihr bei der Vorstellung, dass der Mann im eisigen Wasser der Themse gelegen hatte, ein kalter Schauer über den Rücken. Sie verschränkte schützend die Arme vor der Brust.

»Die Zeugin hat ausgesagt, dass sie Hind gegen halb acht in der Nähe des Ufers treiben sah«, erläuterte Frederick. »Sie dachte, er würde noch leben, und ist beherzt ins Wasser gesprungen. Schließlich hat sie ihn hier ans Ufer gezogen und versucht, ihn wiederzubeleben. Doch dafür war es wohl schon zu spät. Dennoch hat sie den Notarzt gerufen, der wiederum Simmons verständigt hat.« Dann wandte er sich an Dr Goldberg: »Haben Sie schon etwas für uns?«

»Auf den ersten Blick würde ich sagen, dass der Mann

seit etwa zwei Stunden tot ist. Er lag nur kurz im Wasser, bevor die Dame ihn rausgezogen hat, vielleicht so zehn, fünfzehn Minuten. Seine Haut ist nicht besonders runzelig.«

»Wo ist sie überhaupt?«, mischte Heidi sich ein und sah sich um. »Also ich meine die Zeugin.«

»Der Notarzt hat sie mit ins Krankenhaus genommen, sie stand unter Schock und war völlig unterkühlt. Sobald es ihr wieder besser geht, wird sie eine ausführliche Aussage machen«, erklärte Frederick.

»Auf die Frau bin ich gespannt«, meinte Heidi. »Nicht jeder würde Anfang März in die Themse springen, um jemand anderen rauszuziehen. Sie hätte ja auch sofort den Rettungsdienst rufen können.«

»Ich nehme die Leiche jetzt mit«, informierte Dr Goldberg sie.

»Können Sie schon etwas dazu sagen, wie er gestorben ist?«, fragte Heidi eilig.

»Nein«, stieß Dr Goldberg unfreundlich hervor.

»Ist er erschlagen worden?«, versuchte Frederick sein Glück. »Oder was meinen Sie, woher stammen die Wunde am Kopf und die Schrammen an seinen Armen?«

Dr Goldberg seufzte. »Ja, die Kopfwunde scheint von einem Schlag zu stammen. Aber ich muss mir das erst genauer ansehen. Wie gesagt, ich nehme ihn jetzt mit.«

Fredrick ließ nicht locker: »Das heißt, wir können einen Unfalltod ausschließen?«

»Nein, das können wir nicht! Nicht, solange ich meine Untersuchungen nicht abgeschlossen habe.«

»Melden Sie sich sofort bei uns, sobald Sie neue Erkenntnisse haben!«, drängte Frederick.

Dr Goldberg blickte ihn herausfordernd an: »Geht es Ihnen nicht schnell genug?«

»So habe ich das …«, versuchte Frederick abzuwiegeln.

»Danke, Dr Goldberg!«, sagte Heidi schnell.

Doch der war bereits damit beschäftigt, Sergeant Simmons und einen weiteren Kollegen herbeizuwinken. »Meine Herren, bitte legen Sie die Leiche auf die Trage und bringen sie zu meinem Wagen!«, forderte er sie auf. Dann folgte er den beiden, ohne sich vorher von Heidi und Frederick zu verabschieden.

»Was ist dem denn über die Leber gelaufen?«, fragte Frederick kopfschüttelnd, als Dr Goldberg außer Hörweite war. »Er muss seine schlechte Laune ja nicht an uns auslassen.«

»Ach, nehmen Sie es ihm nicht übel, Collins«, erwiderte Heidi und sah dabei zu, wie Dr Goldberg ungeduldig die jungen Sergeants antrieb. »Der Tod von Marcus Hind bedeutet quasi, dass das Rennen gegen Cambridge für uns verloren ist.«

»Es ist doch nur ein Bootsrennen«, sagte Frederick.

»Und die Beatles waren nur ein paar Heulbojen«, konterte sie säuerlich, denn sie wusste, wie sehr ihr Kollege die Band aus seiner Heimatstadt verehrte. »Für Sie sind die Beatles heilig, für uns ist es das Bootsrennen gegen Cambridge«, erklärte sie mit einem Kloß im Hals. Das Ganze ging ihr näher, als sie es für möglich gehalten hätte. »Dass der Coach unserer Mannschaft so kurz vor dem Rennen tot aufgefunden wird, ist eine Katastrophe. Wir haben alle Hoffnung auf ihn gesetzt.«

»Verstehe«, sagte Frederick versöhnlich.

~

STEPHANIE BRADSHAW WAR gerade dabei, allerlei Fußabdrücke zu fotografieren, die deutlich im schlammigen Boden in Ufernähe zu erkennen waren. Heidi und Frederick warteten in einigen Metern Entfernung, bis sie fertig war.

»Und?«, fragte Heidi, nachdem Stephanie Bradshaw zu ihnen gekommen war.

»Spuren gibt es hier wie Sand am Meer, wie ihr sehen könnt.« Stephanie Bradshaw zeigte auf die vielen kleinen Fähnchen im Boden. »Aber ob die vom Täter stammen oder von der Frau, die Hind retten wollte, kann ich noch nicht sagen. Könntet ihr jemanden losschicken, um mir die Sachen zu besorgen, die sie bei der Rettungsaktion getragen hat?«

»Sicher«, antwortete Heidi und versuchte, ihre Enttäuschung zu verbergen.

Im Moment hatten sie einfach viel zu wenige Anhaltspunkte, um zu verstehen, was hier geschehen war. Sie wussten lediglich, dass Marcus Hind ab etwa Viertel nach sieben für ungefähr zehn bis fünfzehn Minuten in der Themse getrieben hatte, bevor die Joggerin ihn rauszog. Was davor passiert und ob er überhaupt hier getötet worden war, war immer noch unklar, genauso wie die Todesursache. Er hatte zwar eine Verletzung am Hinterkopf, aber ob er dadurch gestorben oder ertrunken war, würden erst die Untersuchungsergebnisse von Dr Goldberg offenlegen. Solange der aber so schlechte Laune hatte, wollte sie lieber nicht bei ihm nachfragen. Sie hoffte, dass sein Ärger über den Tod des Coachs ihn antreiben und er umso rascher arbeiten würde.

»Und was ist mit dem Boot?«, wandte Frederick sich an Stephanie Bradshaw. »Hast du da vielleicht irgendwelche Spuren gefunden?«

»Welches Boot?«, fragte sie überrascht.

»Der neue Sergeant hat am Iffley Lock ein führerloses

Boot gefunden«, erklärte er. »Anscheinend lag eine Jacke darin. Und da stellt sich natürlich die Frage, ob sie Hind gehörte oder vielleicht dem Täter.«

»Okay, ich werde mir das gleich anschauen und melde mich dann bei euch«, versprach Stephanie Bradshaw und ging in Richtung Iffley Lock.

~

»ICH DENKE, HIER können wir erst mal nichts mehr tun«, stellte Frederick fest. »Lassen Sie uns zur Police Station gehen!«

»Da haben Sie wohl leider recht«, stimmte Heidi zu. »Wir können durch den Christ Church Meadow gehen. Der Hintereingang der Police Station ist nicht weit entfernt. Aber ich wollte vorher noch kurz mit Simmons sprechen.«

»Na, das trifft sich ja gut«, sagte Frederick. »Da kommt er gerade.«

»Meinen Sie mich?«, fragte Sergeant Simmons, der offenbar den letzten Satz gehört hatte.

»Ja, allerdings«, entgegnete Heidi. »Könnten Sie sich bitte die Bänder des CCTV hier im Park von heute Morgen besorgen und sie durchsehen?«

Sergeant Simmons murrte. »Wissen Sie eigentlich, wie viele Kameras hier stehen? Mindestens zwölf! Das dauert ja ewig und drei Tage! Wenn ich für jede Kamera drei Stunden brauche …«

»Simmons, das ist wirklich wichtig für uns«, unterbrach Heidi ihn und lächelte aufmunternd. »Sie schaffen das schon!«

»Es bleibt mir ja ohnehin nichts anderes übrig«, nuschelte der junge Sergeant. »Ich mache mich gleich auf den Weg.«

»Danke, Simmons!« Heidi wandte sich an Frederick: »Kommen Sie?«

Schweigend liefen sie nebeneinander her. Frederick war noch nie in diesem Teil des Meadow gewesen, Heidi hingegen kannte ihn offenbar wie ihre eigene Westentasche. Er blickte zu ihr hinüber und betrachtete das ovale Gesicht mit den wachen Augen, das von einer wilden braunen Lockenmähne umrahmt wurde. Obwohl sie drei Köpfe kleiner war als er, hatte sie eine einzigartige Präsenz. Sie erinnerte ihn ein wenig an eine Löwin. Auch sie war durchsetzungsfähig, hatte jedoch ein feines Gespür dafür, wann Gefahr drohte. Wenn es sein musste, konnte sie brüllen, um sich Respekt zu verschaffen. Gleichzeitig war sie sehr vorsichtig, blieb manchmal lieber im Hintergrund und beobachtete kritisch. Inzwischen hatte er auch ihre verletzliche Seite kennengelernt, die sie allerdings lieber versteckte und stattdessen ihre scharfen Krallen zeigte.

Frederick schmunzelte. Plötzlich fiel sein Blick auf eine alte Holzbank, die einladend am Wegrand stand.

Ein wunderschöner Ort zum Verweilen, dachte er, man fühlt sich wie auf dem Land und ist doch mitten in der Stadt. Er würde bald einmal hierher zurückkehren, beschloss er. Es waren diese versteckten Orte, die er nach und nach in Oxford entdeckte und die das kleine Städtchen für ihn so besonders machten. Zwar vermisste er vor allem das quirlige Nachtleben von Liverpool, doch der einzigartige Charme Oxfords hatte ihn längst eingenommen. Er konnte sich derzeit nicht vorstellen, nach Liverpool zurückzugehen. Und da gab es ja auch noch diese Frau …

Nach einer Weile bogen sie rechts auf den Poplar Walk ab, einen breiten Weg, der von hohen alten Bäumen gesäumt war. Kurz darauf nahmen sie eine Abkürzung, die sie direkt zum Hintereingang der Thames Valley Police Station führte. Gerade als die Kirchturmglocke der Christ Church Cathedral zehn Uhr schlug, erreichten sie das Revier.

Frederick fragte sich, was wohl in Heidis Kopf vorging. Normalerweise war sie kaum zu bremsen und hielt mit ihren Ansichten zu einem Fall nicht hinterm Berg, auch wenn sie zunächst einmal noch so absurd waren. Aber heute schien sie damit zu hadern, dass Marcus Hind tot war. Er war offenbar ein wichtiger Mann für Oxford gewesen, da er der Stadt über ihre Grenzen hinaus Ruhm verschafft hatte. Frederick fand es immer wieder erstaunlich, wie sich die Bürger Oxfords mit ihrer Stadt identifizierten und ihre Traditionen hochhielten. Und sie ließen es sich nicht nehmen, Oxford bei jeder sich bietenden Gelegenheit zu feiern – mit einer Leidenschaft, die der von Italienern oder Spaniern gleichkam. Das war eigentlich kein Wunder, umgab die Stadt mit ihren verwinkelten Gässchen und den alten Colleges mit den unzähligen hohen Türmen doch ein fast südländisches Flair. Dass nun Marcus Hind tot war, der den Oxfordern mit einem Sieg über Cambridge einen Grund, sich zu freuen und stolz zu sein, hätte bescheren können, schien auch Heidi bis ins Mark getroffen zu haben.

»Ich bin mir sicher, dass Hinds Assistent auch einen guten Job machen wird«, versuchte Frederick Heidi aufzuheitern.

Sie sah ihn überrascht an. »Können Sie Gedanken lesen?« Es war einer dieser seltenen Momente, in denen sie leicht zu durchschauen war.

Er blickte ihr direkt in die grünen Augen. »Heute schon.«

Heidi lächelte gequält. »Trotzdem bleibt die Frage, wem Hinds Tod nützt. Dem Cambridge-Team ganz bestimmt.« Sie schluckte, dann meinte sie nachdenklich: »Unserem Team wohl kaum.« Ihre Stirn legte sich in Falten.

Da waren sie wieder, ihre Denkfalten. Sie waren ein gutes Zeichen. Anscheinend hatte Heidi den ersten Schock über den Tod des Coachs verwunden und war nun bereit, sich in die Ermittlungen zu stürzen. Das mochte Frederick an ihr – war einmal ihr kriminalistischer Instinkt geweckt, konnte nichts und niemand sie aufhalten. Sie würde nun unermüdlich ermitteln, bis der Täter hinter Gittern saß. Heidi brannte für die Polizeiarbeit, genauso wie er.

Er hielt ihr die Tür zu ihrem gemeinsamen Büro auf und sie betrat den Raum, ohne sich bei ihm zu bedanken. Sie war tatsächlich wieder ganz die Alte, in Gedanken offensichtlich nur noch bei dem Fall. Dabei vergaß sie alles um sich herum. Er nahm ihr den kleinen Fauxpas also nicht übel, im Gegenteil.

Heidi setzte sich an ihren Computer und tippte eilig etwas in die Tastatur. Dann rief sie: »Sehen Sie, Collins, das ist der Assistent! Sein Name ist Gerry Kirkwood.«

Frederick lehnte sich vor, sodass er den Bildschirm sehen konnte. Siegessicher lächelte ihm ein gut gebauter Dunkelhaariger entgegen.

»Kirkwood rückt jetzt nach«, erklärte Heidi. »Vielleicht wollte er Hind loswerden. Der Posten des Coach ist so begehrt wie ein Treffen mit der Queen.« Erneut legte sich ihre Stirn in Falten.

Frederick wartete geduldig ab, denn er kannte sie inzwischen gut. Er wusste, dass nun die Ideen aus ihr heraussprudeln würden.

»Wir sollten Simmons auf das Cambridge-Team ansetzen«, schlug Heidi vor. »Und dann sollten wir uns auch unser Team genauer anschauen, vielleicht wissen die was. Glaubt man den Zeitungen, dann hat Marcus Hind mehr Zeit mit dem Ruderteam verbracht als mit seiner eigenen Familie. Vor allem nach den Schlappen der letzten Wochen.« Sie holte kurz Luft.

Frederick nutzte die Pause, um anzumerken: »Dann sollten wir zuerst seine Frau befragen.«

Heidi nickte. »Stimmt, mit ihr sollten wir anfangen.« Sie griff nach dem Telefonhörer und drückte eine Schnellwahltaste.

Nach nur wenigen Sekunden hörte Frederick sie genervt stöhnen und er hatte eine Vermutung, wer am anderen Ende der Leitung sein könnte.

»Nein, das habe ich nicht gewusst«, sagte Heidi. »Kommen Sie doch bitte zum Punkt!« Sie lauschte eine Weile. »Nein, Simmons, das ist tatsächlich nicht gut.« Sie stockte. »Ich werde Stephanie Bradshaw Bescheid sagen.« Wieder hörte sie zu. »Okay.« Sie notierte sich etwas. »Ach, Simmons, ich möchte, dass Sie sich im Cambridge-Team mal etwas umsehen.« Wenig später stöhnte sie erneut. »Ja, das bedeutet, dass Sie nach Cambridge fahren müssen. Ich weiß, dass Sie mit der Auswertung der Videobänder erst einmal ausgelastet sind. Und ja, Sie müssen nicht gleich heute los, morgen reicht auch noch. Ich verstehe, dass Sie sich darauf vorbereiten wollen.« Nach einer Weile schnaufte sie und sagte dann deutlich lauter: »Nein, Simmons, ich wusste nicht, dass es keine direkte Zugverbindung zwischen Oxford und Cambridge gibt, und ich weiß auch nicht, ob Sie schneller dort sind, wenn Sie den Bus nehmen.«

Frederick konnte sich ein Grinsen nicht verkneifen. Aus eigener Erfahrung wusste er, wie schwer es war, den redseligen jungen Mann auf höfliche Art und Weise zu stoppen.

Als Heidi sein Grinsen bemerkte, sagte sie: »Warten Sie, Simmons, ich glaube, Inspector Collins wird Ihnen da gerne weiterhelfen! Soweit ich weiß, kennt er sich hervorragend mit dem Schienenverkehr aus. Ich reiche Sie gleich mal weiter, einen Moment.« Sie grinste nun ebenfalls und hielt Frederick auffordernd den Hörer entgegen.

Er winkte lachend ab, doch Heidi ließ ihn noch ein wenig zappeln.

Schließlich hielt sie sich den Hörer wieder ans Ohr und sagte: »Tut mir leid, Simmons, ich muss Sie enttäuschen. Inspector Collins ist gerade zu beschäftigt.« Sie zwinkerte Frederick zu. »Sie werden wohl selbst herausfinden müssen, wie Sie am besten nach Cambridge kommen.« Dann legte sie auf. »Das nächste Mal lasse ich Sie nicht so einfach davonkommen, Collins!«

Sie lachten beide, dann wurde Heidi ernst.

»Zurück zum Fall«, sagte sie. »Simmons meinte, die Joggerin, Kim Burke, ist aus dem Krankenhaus entlassen worden und müsste nun zu Hause anzutreffen sein. Hoffentlich hat sie den Sprung in die Themse einigermaßen weggesteckt. Er hat mir ihre Adresse durchgegeben.« Sie wedelte mit einem Zettel herum und steckte ihn schließlich in die Tasche ihrer Jeansjacke. »Außerdem ist er gerade dabei, sich die Bänder der CCTV-Kameras anzusehen, und ist nicht besonders glücklich darüber. Einige der Kameras wurden manipuliert und haben heute Morgen nicht aufgezeichnet. Ich muss noch schnell Steph Bescheid geben, damit sie auch dort die Umgebung auf Spuren untersucht.« Sie griff erneut zum Telefonhörer.

Diesmal dauerte das Gespräch nicht lange.

Als Heidi es beendet hatte, stand sie auf. »Kommen Sie,

Collins! Wir sollten Liz Hind schnellstmöglich über den Tod ihres Mannes informieren.«

~

SIE VERLIESSEN DIE Wache durch den Eingang zu St. Aldate's und gingen zügig die Straße hinunter in Richtung des Head of the River Pub. Kurze Zeit später stiegen sie in Heidis Mini. Heidi schmunzelte, als Frederick sich fluchend auf den Beifahrersitz zwängte. Das Polizeilicht legte er auf die Rückbank zwischen die beiden Kindersitze. Er war fast zwei Meter groß und hatte mit seinem breiten Kreuz und den langen Beinen nicht viel Platz in dem kleinen Wagen. Sie hingegen war das, was man – wenn man mal von den paar Kilos absah, die sich seit ihrer Zwillingsschwangerschaft hartnäckig auf ihren Hüften festgesetzt hatten – gemeinhin als »petite« bezeichnete, und passte hervorragend auf den hoch gepolsterten Fahrersitz. Und so war der alte Mini seit Jahren ihr treuer Begleiter.

Heidi startete den Wagen und fuhr dann rasch St. Aldate's hinauf in Richtung Rathaus. Am Carfax Tower bog sie ab in die High Street. Inzwischen war die Rushhour vorbei, sodass sie relativ schnell durch die Innenstadt auf die Woodstock Road gelangten, die nach Summertown führte. Doch Heidi ging es nicht schnell genug, sie wollte endlich loslegen. Die Lösung eines Kriminalfalls war für sie wie ein Puzzle. Und das erste Puzzleteil war das anspruchsvollste. Sobald sie es platzieren konnte, ergaben sich meist Hinweise, die zu weiteren Teilen führten, bis sich irgendwann das ganze Bild zusammenfügte. Je mehr Informationen sie durch das erste Teil erhielten, desto schneller kamen sie erfahrungsgemäß zum Ziel.

Ungeduldig trat Heidi aufs Gas. Frederick stieß einen Laut aus, der wie ein Stöhnen klang.

»Alles okay bei Ihnen, Collins?«

»Alles gut«, presste Frederick hervor.

Plötzlich hielt der Wagen vor ihnen und Heidi bremste heftig.

»Mensch, Green! Muss das denn sein?«, fuhr Frederick sie an.

»Was genau?«, gab Heidi zurück.

»Dass Sie so rasen und dann auf einmal in die Eisen steigen!«

»Sie meinen wohl eher, dass ich uns gerade vor einem Unfall bewahrt habe?«

Frederick seufzte. Heidi blickte ihn fragend an, doch als er nicht reagierte, ließ sie von dem Thema ab. Sie hatte Wichtigeres im Kopf. Was hatte Stephanie Bradshaw über Liz Hind und die Beziehung zu ihrem Mann erzählt? Er hätte sie nicht gut behandelt und auch die Kinder sehr streng erzogen. Mal sehen, ob sich das bestätigen würde.

In Heidi stieg auf einmal ein Kribbeln hoch – wie jedes Mal, wenn sie einen neuen Fall bearbeiteten und die Ermittlungen begannen. Das Haus der Hinds konnte nicht mehr weit entfernt sein. Sie fuhr wieder los, diesmal allerdings etwas langsamer. Dafür schaute sie sich ein wenig um. Summertown war eines der wohlhabendsten Viertel Oxfords, das zeigte sich an den gepflegten mehrstöckigen Häusern mit den großen Vorgärten.

»Dort vorne ist es«, stellte Heidi nach einer Weile fest. Sie blinkte und fuhr dann schwungvoll in die mit Kies bedeckte Auffahrt, an deren Ende ein schmuckes Einfamilienhaus stand. Neben einem dunkelblauen BMW kam sie abrupt zum Stehen.

»Gott sei Dank!«, sagte Frederick.

»Sie sollten sich lieber bei mir bedanken«, meinte Heidi belustigt und stieg aus.

Nachdem auch Frederick sich aus dem Mini gequält hatte, gingen sie hinüber zu der breiten Eingangstür des Hauses. Heidi drückte auf den Klingelknopf. Es dauerte eine Weile, bis ihnen eine außergewöhnlich große und kräftige Frau öffnete. Die blonden Haare hatte sie zu einem strengen Dutt hochgesteckt, außerdem war sie ganz in Schwarz gekleidet. Sie wusste es also bereits! Heidi hätte es auch gewundert, wenn die Nachricht von Marcus Hinds Tod sie nicht schon längst erreicht hätte. In einer kleinen Stadt wie Oxford verbreiteten sich Neuigkeiten, besonders so hochbrisante wie der Tod des Ruderteam-Coachs, wie ein Lauffeuer.

Die Frau schaute sie verunsichert an. »Ja, bitte?«

»Mrs Hind?«, fragte Heidi. Als die Frau nickte, fuhr sie fort: »Guten Morgen! Ich bin Inspector Green und das ist mein Partner Inspector Collins. Wir kommen von der Thames Valley Police und müssten dringend mit Ihnen sprechen.«

»Geht es um meinen Mann?«, fragte Liz Hind sofort. »Es ist so furchtbar …« Ihre Stimme versagte.

»Es tut uns sehr leid, was mit ihm passiert ist«, sagte Frederick mitfühlend. »Dürften wir bitte hereinkommen?«

»Natürlich, bitte!« Liz Hind führte sie in ein großes, lichtdurchflutetes Wohnzimmer. »Ich kann es immer noch nicht fassen«, sagte sie, dann zeigte sie auf zwei Ledersessel. »Setzen Sie sich doch! Darf ich Ihnen einen Tee anbieten?«

»Wenn es keine Umstände macht«, antwortete Frederick und ließ sich auf einem der Sessel nieder.

»Nein, nein«, erwiderte Liz Hind und verschwand hinter einer Tür.

Heidi setzte sich ebenfalls und sah sich um. Der Raum war modern eingerichtet. Die Hinds konnten sich ganz offensichtlich nicht nur das teure Anwesen leisten, sondern hatten auch genug Geld, um es standesgemäß auszustatten. An einer Wand hingen zahlreiche Fotos in silbernen Rahmen. Heidi wollte sie sich gerade etwas genauer ansehen, als Liz Hind mit einer Kanne Tee ins Wohnzimmer zurückkehrte. Behutsam stellte sie die Kanne auf einen Untersetzer auf dem eisernen Beistelltisch. Dann ging sie mit behäbigen Schritten hinüber zu einem antiken Holzschrank, holte drei Tassen heraus, platzierte sie ebenfalls auf dem Tisch und goss vorsichtig den Tee ein. Heidi fragte sich, ob die Frau unter Schock stand und deshalb alle Bewegungen so langsam ausführte, oder ob das tatsächlich ihre Wesensart war. Ihr ging das alles nicht schnell genug. Nun stellte Liz Hind auch noch einen großen Teller mit Keksen auf den Tisch – für Heidis Empfinden wie in Zeitlupe. Sie unterdrückte ein Seufzen.

Endlich setzte sich Liz Hind auf das Sofa. »Wissen Sie denn schon, was genau geschehen ist?«, fragte sie leise.

»Leider können wir zum jetzigen Zeitpunkt noch nicht sagen, wie Ihr Mann zu Tode gekommen ist, Mrs Hind. Wir beginnen gerade erst mit unseren Ermittlungen«, erklärte Heidi.

»Ermittlungen?«, unterbrach Liz Hind sie. »Sie meinen doch nicht etwa, dass er …« Erneut versagte ihre Stimme.

»Wir müssen leider auch in Betracht ziehen, dass er getötet wurde«, bestätigte Heidi. »Daher wäre es sehr hilfreich, wenn Sie uns alles erzählen würden, was Sie wissen. Jede Kleinigkeit könnte relevant sein. Zunächst wüssten wir gerne, wann Sie Ihren Mann zuletzt gesehen haben.«

Liz Hind begann nervös mit ihren fleischigen Fingern zu spielen. »Das war heute Morgen«, sagte sie kaum hörbar. Dann griff sie nach einem Keks und hatte ihn in kürzester Zeit verschlungen. »Allerdings habe ich nicht mit ihm gesprochen.«

»Wieso nicht?«, wollte Frederick wissen.

»Ich war noch im Halbschlaf und er ist recht früh los. Er geht jeden Morgen gegen halb sieben laufen. Da ich eher eine Nachteule bin, fällt es mir ehrlich gesagt schwer, so früh aus dem Bett zu kommen.« Liz Hind verzog das Gesicht. »Für Sport sowieso.«

»Ist Ihnen denn trotzdem irgendetwas an Ihrem Mann aufgefallen, bevor er ging?«, fragte Frederick.

»Nein«, antwortete Liz Hind knapp und griff nach einem weiteren Keks.

»Wissen Sie, ob er nur laufen ging oder auch rudern wollte?«, versuchte Heidi herauszufinden.

Liz Hind hob die Schultern. »Das weiß ich wirklich nicht.«

»Und wann genau haben Sie zuletzt mit ihm gesprochen?«, hakte Frederick nach.

Liz Hind überlegte kurz, bevor sie antwortete: »Am Dienstagabend. Aber da war er wie immer.«

»Und was war gestern? Haben Sie ihn den ganzen Tag über nicht gesehen?«

»Nein.« Liz Hind schüttelte den Kopf. »Er muss sehr früh los sein und ist wohl erst spät nach Hause gekommen. Ich habe da schon geschlafen.«

»Moment!«, mischte Heidi sich ein. »Sie hatten doch eben erwähnt, dass Sie eine Nachteule sind. Da wundert es mich, dass Sie schon schliefen, als Ihr Mann nach Hause kam.«

Liz Hinds Wangen röteten sich. »Er war wahrscheinlich bis spät in die Nacht bei den Bootshäusern. In den letzten Wochen war er kaum noch zu Hause. Es hat ihn sehr mitgenommen, dass die Rennen bislang so schlecht gelaufen sind. Er hat fieberhaft nach den Ursachen geforscht und versucht, die Jungs mit zusätzlichen Trainingseinheiten noch besser auf das Rennen gegen Cambridge vorzubereiten.« Sie griff nach einem neuen Keks, den sie sich schnurstracks in den Mund schob.

Da muss doch noch mehr dahinterstecken, überlegte Heidi und betrachtete Liz Hind genau. Sie hatte ein rundes Gesicht und eine kleine Stupsnase, die blauen Augen saßen tief in den Höhlen. Ihre dicken Backen bewegten sich, während sie kaute, aber ihre Lippen waren schmal und blass. Heidi schaute auf und entdeckte in einem Rahmen, der genau über Liz Hinds Kopf an der Wand hing, das Hochzeitbild des Paares. Die Frau, die darauf zu sehen war, hatte jedoch mit der Person, die nun vor ihr saß, rein gar nichts gemein. Auf dem Bild strahlte ihr eine sportliche, schlanke Frau entgegen, deren Augen vor Glück leuchteten.

Was ist nur geschehen?, überlegte Heidi. Was hat dazu geführt, dass Liz Hind sich physisch so sehr verändert hat?

Heidi war auch Fredericks körperlicher Wandel in der letzten Zeit nicht entgangen. Vor etwa einem Jahr hatte sie einen durchtrainierten neuen Partner bekommen. Doch innerhalb weniger Wochen hatte Frederick sich in einen Bewegungsmuffel mit Bierbauch verwandelt, dem alles zu viel gewesen war und der sich am liebsten nur zu Hause abgeschottet hätte. Und das alles, weil ihm sein Herz gebrochen worden war, wie sie nach vielen vorsichtigen Fragen herausgefunden hatte. Zum Glück hatte Frederick sich inzwischen wieder gefangen. Ob es Mrs Hind mit ihrem Mann ähnlich ergangen war? Oder interpretierte Heidi zu viel in diese Wandlung und die Frau aß einfach nur für ihr Leben gern?

»Am Dienstagabend ist Ihnen also wirklich nichts an Ihrem Mann aufgefallen?«, versuchte Frederick es erneut.

Liz Hind aß schnell noch einen weiteren Keks, bevor sie antwortete: »Nein, er war wie immer. Ich weiß nicht, was ich Ihnen sonst noch erzählen soll.« Sie seufzte. »In den letzten Monaten hat sich alles nur noch um die Bootsrennen gedreht, aber das habe ich Ihnen ja schon gesagt. Und am Mittwoch war er den ganzen Tag unterwegs.«

»Na gut.« Heidi wechselte das Thema: »Könnten Sie sich vorstellen, wer Ihrem Mann etwas antun wollte? Hatte er Feinde?«

»Da fällt mir niemand ein«, antwortete Liz Hind.

»Sie haben keinerlei Verdacht? Vielleicht jemand aus dem Ruderteam? Oder was ist mit Gerry Kirkwood?«

»Tut mir leid, ich kenne keinen Gerry Kirkwood«, entgegnete Liz Hind wenig interessiert.

Heidi warf Frederick einen frustrierten Blick zu, dann versuchte sie es anders: »Haben Sie Kinder?«

Liz Hind nickte. »Zwei.«

»Und hat Ihr Mann sich gut mit den beiden verstanden?«

»Ja, Marcus hatte ein sehr gutes Verhältnis zu meinen Kindern«, versicherte Liz Hind.

Heidi horchte auf. Hatte sie gerade »meine« Kinder gesagt?

»Sind die beiden denn nicht von ihm?«, fragte sie.

»Oh doch, natürlich ist er ihr Vater«, sagte Liz Hind schnell. »Ich meinte selbstverständlich, dass Marcus ein sehr gutes Verhältnis zu unseren Kindern hatte.« Ihre Wangen röteten sich.

»Leben die beiden denn noch bei Ihnen?«, fragte Frederick.

»Nein, unser Sohn Angus studiert am Christ Church Musik und wohnt auch dort«, erklärte Liz Hind. »Er spielt

Violine und ist sehr begabt. Schon als kleiner Junge hat er immer vor sich hin gepfiffen und gesungen. Er war mein kleiner Sonnenschein – und ist es auch jetzt noch.« Sie hielt inne und lächelte selig. »Jedes Jahr zu meinem Geburtstag spielt er mir ein Ständchen. Später will er mal zum London Philharmonic Orchestra.«

Zum ersten Mal seit Heidis und Fredericks Ankunft sprach Liz Hind mehr als nur ein paar knappe Sätze. Auffällig fand Heidi jedoch, dass sie nur von ihrem Sohn erzählte.

Daher fragte sie: »Und Ihre Tochter?«

»Hannah studiert Sport. Sie kommt ganz nach ihrem Vater«, meinte Liz Hind trocken.

»Hier in Oxford?«, wollte Frederick wissen.

Liz Hind verzog das Gesicht. »Ja, an der Brooks.«

»Und sie wohnt auf dem Campus dort?«, fragte Heidi.

»Richtig.«

»Wissen die beiden denn schon vom Tod ihres Vaters?«

»Angus noch nicht«, antwortete Liz Hind. »Er ist gerade mit dem College-Orchester in Spanien und kommt erst am Samstag zurück. Er war der Erste, den ich angerufen habe, als ich vom Tod meines Mannes erfahren habe. Aber er hat sein Handy ausgestellt«, erzählte sie enttäuscht. »Und eine Nachricht auf der Mailbox wollte ich ihm nicht hinterlassen.«

In diesem Moment war das Klirren eines Schlüssels zu hören.

»Das wird Hannah sein«, erklärte Liz Hind. »Ich habe ihr gesagt, dass ihr Vater tot ist, aber sie weiß noch nicht, dass es vielleicht kein Unfall war. Wenn es Ihnen recht ist, würde ich es ihr gerne selbst sagen.«

»Sicher«, antworteten Heidi und Frederick fast gleichzeitig.

Heidi konnte diese Bitte sehr gut nachvollziehen. Es musste schlimm genug für ein Kind sein zu erfahren, dass der geliebte Vater überraschend gestorben war. Aber die Nachricht, dass er womöglich getötet worden war, musste unerträglich sein.

Als Hannah Hind das Wohnzimmer betrat, hielt Heidi den Atem an. Die junge Frau ähnelte ihrer Mutter von der Statur her überhaupt nicht. Sie war dürr und ihr schmales Gesicht mit den eingefallenen Wangen zeigte keinerlei Gefühlsregung. Heidi hatte erwartet, dass Hannah ihrer Mutter schluchzend in die Arme fallen würde, doch nichts dergleichen geschah. Auch Liz Hind machte keine Anstalten, auf ihre Tochter zuzugehen. Mit kerzengeradem Rücken setzte diese sich auf einen der Stühle am Wohnzimmertisch und strich sich verlegen durch die kurzen braunen Haare. Dann nickte sie Heidi und Frederick zur Begrüßung zu, sagte aber nichts.

»Das sind Inspector Green und Inspector Collins von der Thames Valley Police«, erklärte Liz Hind.

»Ich weiß.«

Liz Hind warf ihrer Tochter einen fragenden Blick zu.

»Liest du denn keine Zeitung?«, fragte die schnippisch. »Die beiden haben letztes Jahr den Mörder von Jules McCann gefasst. Und den von diesen beiden Sterneköchen. Dann war da auch noch die Sache mit dem toten Polospieler. Das ging wochenlang durch die Presse.« Sie schaute ihre Mutter abschätzig an. Doch dann veränderte sich ihr Gesichtsausdruck. Angst schien in ihr hochzusteigen. »Wurde Dad etwa ermordet?« Sie blickte Heidi eindringlich an, dann Frederick. Da beide schwiegen, schaute sie zu ihrer Mutter. »Mum? Jetzt sag schon!«

Liz Hind antwortete nicht. Heidi hatte den Eindruck,

dass sie es genoss, ihre Tochter so verunsichert zu sehen. Konnte das sein? Oder steckte irgendetwas anderes dahinter? Jedenfalls empfand Heidi dieses Verhalten als Schikane. Am liebsten hätte sie Liz Hind die Meinung gesagt, aber im Moment war es für sie wichtiger, das quälende Schweigen zu beenden.

»Es tut uns sehr leid, Miss Hind, aber es besteht die Möglichkeit, dass Ihr Vater einem Gewaltverbrechen zum Opfer gefallen ist«, erklärte sie daher.

Hannah Hinds Augen weiteten sich. »Was? Das kann doch gar nicht sein! Wer tut denn so was?«, rief sie außer sich. »Hat Josie etwas damit zu tun?«

»Lass diese Josie aus dem Spiel!«, fauchte Liz Hind.

»Das hättest du wohl gerne, Mum?«, rief ihre Tochter trotzig. »Du warst immer schon besonders gut darin, die Realität zu verdrängen.«

»Sei still, Hannah!« Liz Hind schrie fast.

»Du kannst mir gar nichts verbieten!«

Nun mischte sich Frederick ein. »Bitte beruhigen Sie sich! Beide. Und dann klären Sie uns bitte auf, wer Josie ist!«

»Dads kleine Freundin!«, rief Hannah Hind, noch bevor ihre Mutter etwas sagen konnte. »Josie Edwards.«

»Ich warne dich, Hannah!«, zischte Liz Hind. »Halt endlich den Mund!«

»Mrs Hind, es ist wichtig, dass wir alles erfahren, was Ihren Mann betrifft. Wieso haben Sie uns nicht erzählt, dass er eine Freundin hatte?«, wollte Heidi wissen.

Liz Hind starrte auf ihre Hände und schwieg.

»Ist Ihnen bewusst, dass Sie sich damit verdächtig machen, etwas mit dem Tod Ihres Mannes zu tun zu haben? Eifersucht ist ein starkes Motiv«, mahnte Heidi, doch das ließ Liz Hind offenbar unbeeindruckt.

»Mrs Hind, gibt es einen Grund für Ihr Schweigen?«, versuchte es Frederick, aber auch er bekam keine Antwort. Daher wandte er sich an Hannah Hind: »Wieso denken Sie, dass Josie Edwards etwas mit dem Tod Ihres Vaters zu tun hat?«

Liz Hind blickte ihre Tochter warnend an. Aber die ließ sich davon nicht einschüchtern.

»Weil sie es letztendlich doch nicht geschafft hat, ihn um den Finger zu wickeln«, sprudelte es wütend aus ihr heraus. »Dabei wusste doch jeder, warum sie es auf ihn abgesehen hatte.«

»Und warum?«, hakte Frederick nach.

»Sie wollte ins Ruderteam!«

»Ich dachte, da kommen nur Männer rein.«

»Meinen Sie das ernst?« Hannah Hinds Verachtung richtete sich nun gegen Frederick. »Jedes Kind weiß doch, dass es auch ein Damen-Team gibt, das jedes Jahr gegen die Cambridge-Damen antritt. Außerdem kann der Cox im Männerteam auch weiblich sein, es gibt auch Steuerfrauen! Josie hat es aber in keines der beiden Teams geschafft. Sie war einfach nicht gut genug. Wenigstens wenn es um den Sport ging, hat mein Dad sich nicht von ihr einlullen lassen.«

»Verstehe. Und wie haben Sie von der Affäre erfahren?«, fragte Frederick schnell, ganz offensichtlich verlegen wegen seiner Wissenslücke.

Hannah Hind ging nicht näher darauf ein, sondern regte sich weiter über Josie Edwards auf. »Vor ein paar Wochen habe ich die beiden unten bei den Bootshäusern gesehen, als ich Dad besuchen wollte. Mum sagte, dass er wegen des Trainings kaum noch zu Hause sei. Aber als ich sie zusammen gesehen habe, war mir sofort klar, dass diese blöde Kuh der wahre Grund dafür war.« Ihr schmales Gesicht verzog sich wütend. »Es war widerlich, mit ansehen zu müssen, wie sie sich Dad an den Hals geworfen hat. Einfach ekelhaft!«

»Haben Sie Ihren Vater mit dem konfrontiert, was Sie gesehen haben?«, wollte Heidi wissen.

Auf einmal wurde Hannah Hind kleinlaut. »Das habe ich mich nicht getraut. Ich hatte Angst vor einem Streit mit ihm.«

»Aber Sie haben Ihrer Mutter davon erzählt.«

»Natürlich«, antwortete Hannah Hind mit fester Stimme und es klang fast so, als ob es ihr Freude bereitet hatte, ihr diese Nachricht zu überbringen.

»Kannst du jetzt endlich deinen Mund halten, Hannah!«, ermahnte Liz Hind ihre Tochter erneut.

»Wie wäre es, wenn Sie uns selbst erzählen würden, wie Sie auf diese Neuigkeit reagiert haben?«, wandte Frederick sich an sie.

»Ich sage dazu nichts.«

»Mrs Hind, wir werden es früher oder später ohnehin herausfinden. Also, bitte!«

Liz Hind verschränkte die Arme vor der Brust und schwieg.

»Wie Sie wollen«, sagte Heidi ruhig, obwohl sie innerlich kochte. »Dann noch einmal zu Ihnen, Miss Hind. Wann haben Sie Ihren Vater zuletzt gesehen?«

»Am Montagabend in Headington bei einem Hockeyturnier.«

»Dafür hat er sich Zeit genommen?«

»Ja. Wenn ich ein Spiel hatte und er es zeitlich einrichten konnte, war er immer da, um mich zu unterstützen.«

»Du meinst wohl, um dich anzutreiben?«, warf Liz Hind spöttisch ein.

»Ach, du verstehst einfach nichts von Sport, Mum!«,

erwiderte Hannah Hind verächtlich. »Wir haben jedenfalls gewonnen«, sagte sie dann triumphierend. »Und Dad hat mich noch ins Wohnheim gebracht.«

»War er irgendwie verändert?«, wollte Frederick wissen.

Hannah Hind überlegte kurz. »Ich hatte den Eindruck, dass er sich über irgendetwas geärgert hat«, sagte sie schließlich und sah ihre Mutter an. »Oder besser gesagt über jemanden.«

Liz Hind blickte zu Boden.

»Mrs Hind, hatten Sie möglicherweise eine Auseinandersetzung mit Ihrem Mann?«, stellte Heidi die unausweichliche Frage.

Doch Liz Hind blickte nicht auf und antwortete auch nicht.

Also wandte sich Heidi wieder an die Tochter: »Haben Sie ihn nicht darauf angesprochen?«

»Ich wollte ihn nicht noch mehr verärgern.«

»Und das war das letzte Mal, dass Sie ihn gesehen haben?«

»Ja«, flüsterte Hannah Hind und Tränen stiegen ihr in die Augen. Sie wischte sie schnell weg und lächelte verkrampft.

»Ist Ihnen sonst noch irgendetwas aufgefallen, Miss Hind? Jede Kleinigkeit ist wichtig für uns«, betonte Frederick erneut.

»Nein.«

Frederick sah Heidi an. Sie schüttelte kaum merklich den Kopf.

»Gut, dann war's das erst einmal«, wandte er sich wieder an die Hinds und erhob sich. »Falls Ihnen doch noch etwas einfallen sollte, melden Sie sich bitte bei uns!« Er reichte Hannah Hind eine Visitenkarte.

Sie nahm sie und nuschelte etwas, das wie »Sicher …« klang.

»Und wenn Ihr Sohn wieder in Oxford ist, soll er sich bitte gleich bei uns melden«, sagte Frederick zu Liz Hind und legte eine weitere Karte vor sie auf den kleinen Tisch, da sie keine Anstalten machte, sie entgegenzunehmen.

~

ALS HEIDI DEN Mini zurück auf die Woodstock Road lenkte, platzte es aus ihr heraus: »Meiner Meinung nach hätten beide Frauen ihre Gründe gehabt, Hind umzubringen! Die eine ist verquerer als die andere!«

»Liz Hind schon«, stimmte Frederick ihr zu. »Eifersucht kann sehr mächtig sein.« Er wusste nur zu gut, wie sie sich anfühlte.

Was, wenn Liz Hind ihren Mann mit Josie Edwards beim Turteln beobachtet hatte? Hatte sie sich womöglich nicht unter Kontrolle gehabt und sich an ihm gerächt?

»Aber wieso verdächtigen Sie Hannah?«, fragte Frederick weiter. »Ich hatte den Eindruck, ihr Vater war ihr Ein und Alles.«

»So wütend, wie sie auf diese Josie ist, kann ich mir ehrlich gesagt nicht vorstellen, dass sie ihren Vater nicht mit der Beziehung zu ihr konfrontiert hat«, fuhr Heidi eifrig fort. »Vielleicht ist sie mit ihm aneinandergeraten und die Situation ist eskaliert.«

»Das ist natürlich möglich«, erwiderte Frederick, doch in Gedanken war er bereits bei der nächsten Befragung. »Ich bin schon gespannt, was Kim Burke uns berichten kann.«

Er erhoffte sich viel von der Aussage der Joggerin. Die ersten Gespräche mit Zeugen waren seiner Erfahrung nach immer die aufschlussreichsten, denn dann waren ihre Erinnerungen noch recht frisch und unverfälscht. Je mehr Zeit verging, desto höher war die Wahrscheinlichkeit, dass auf die Zeugen durch Mitmenschen oder die Medien eingewirkt wurde. Und auch ihre eigene Psyche spielte eine Rolle.

»Die Adresse, die mir Simmons gegeben hat, ist nicht weit von hier«, verkündete Heidi.

Frederick erwischte sich dabei, wie er erleichtert aufatmete. Auch wenn er Heidis unermüdlichen Enthusiasmus bei der Arbeit zu schätzen wusste, beim Autofahren empfand er ihn als Herausforderung. Oder war er einfach nur ein schlechter Beifahrer?

Nein, daran liegt es nicht, sagte er zu sich selbst, als Heidi mit voller Wucht aufs Gas stieg.

Nachdem Frederick ein paar Mal in den Kurven nach links und rechts geschleudert worden war, kam der Mini ruckartig vor einem Reihenhaus in der Southmoor Road zum Stehen. Das Haus war etwas in die Jahre gekommen, doch die Gegend, Jericho, war durchaus eine der besseren Oxfords, wie Frederick inzwischen wusste. Der Begriff »Jericho« war Ende des 16. Jahrhunderts für Unterkünfte am Stadtrand verwendet worden. Hier hatten sich Reisende aufhalten können, wenn die Stadttore Oxfords bereits geschlossen worden waren. Ganz in der Nähe lag die Jericho Tavern, ein legendärer Pub, in dem spätere Musikgrößen wie Ride, Supergrass und Radiohead zu Beginn ihrer Karriere gespielt hatten, wie er bei seinem letzten Besuch dort herausgefunden hatte.

Sie stiegen aus, gingen auf das Haus zu und es war wieder einmal Heidi, die ungeduldig auf den Klingelknopf drückte. Offenbar konnte sie es kaum abwarten, die Frau kennenzulernen, die sich bei den kalten Märztemperaturen in die Themse gestürzt hatte, um Marcus Hind zu retten.

Eine attraktive Dunkelhaarige öffnete ihnen die Tür. Frederick konnte ihr Alter schwer einschätzen. Die Frau trug verwaschene Kleidung und hatte die Haare zu einem unordentlichen Zopf zusammengebunden. Sie lächelte ihn einnehmend an.

»Sind Sie Kim Burke?«, fragte er.

»Aber nein! Das ist meine Tochter.«

»Mein Name ist Frederick Collins und das ist meine Partnerin Heidi Green. Wir kommen von der Thames Valley Police«, stellte Frederick sie vor. Ihren Dienstgrad hatte er absichtlich weggelassen, denn aus Erfahrung wusste er, dass er manche Menschen einschüchterte und sie dann nicht mehr so gesprächig waren. Mrs Burke schätzte er so ein.

»Kommen Sie nur herein!«, sagte sie. »Kim hat Sie bereits angekündigt. Ich habe sie in eine dicke Decke gepackt und ihr Ruhe verordnet. Sie sitzt im Wohnzimmer und schaut ihre Lieblingsserie. ›Suits‹ heißt sie, glaube ich. Über diese gut aussehenden Anwälte aus New York. Ich muss zugeben, ich schaue auch manchmal mit.« Sie kicherte wie ein Schulmädchen.

Frederick ließ Heidi den Vortritt und folgte ihr dann in den engen Hausflur.

»Gehen Sie ruhig durch ins Wohnzimmer, Kim wartet schon auf Sie! Hier durch die Tür«, erklärte Mrs Burke und lächelte freundlich. »Ich bringe Ihnen gleich einen Tee.«

»Vielen Dank!«, sagte Frederick und öffnete die Tür, auf die Mrs Burke gezeigt hatte.

Zusammen mit Heidi betrat er das Wohnzimmer und schaute sich um. Ein übergroßes altes Sofa und zwei dunkle Holzschränke ließen den Raum beklemmend wirken. Die Möbel waren stark abgenutzt und überall lag irgendwelcher Krempel herum. Auf dem Sofa saß ein hübsches dunkelhaariges Mädchen, das in eine Wolldecke gewickelt war. Sie war blass und wirkte erschöpft. Starr blickte sie auf den Bildschirm eines alten Fernsehers, auf dem gerade ein blonder Anzugträger zu sehen war.

»Das ist doch Harvey, mein absoluter Liebling«, sagte Heidi begeistert.

Das Mädchen drehte sich zu ihr. »Meiner auch! Er sieht nicht nur extrem gut aus, sondern ist auch noch richtig clever.«

»Soll ich wieder gehen?«, fragte Frederick. »Dann können Sie sich weiter über den tollen Typen unterhalten.«

»Aber nein«, sagte die Dunkelhaarige schüchtern. »Bitte entschuldigen Sie! Setzen Sie sich doch!«

»Ach, Sie brauchen sich nicht zu entschuldigen«, wiegelte Heidi ab, während sie auf dem Sofa Platz nahm. »Inspector Collins ist bloß neidisch.« Sie lächelte das Mädchen an. »Sie sind Kim Burke, richtig?«

Die Dunkelhaarige nickte und für einen kurzen Moment lächelte sie ebenfalls. Doch dann versteinerten sich ihre Gesichtszüge und sie fragte: »Sie sind hier, um mit mir über heute Morgen zu sprechen, nicht wahr?«

»Ja«, sagte Frederick und setzte sich mit etwas Abstand neben sie. »Frederick Collins und Heidi Green von der Thames Valley Police.«

»Erst einmal möchte ich Ihnen sagen, wie mutig ich es finde, dass Sie den Mann aus der Themse gezogen haben«, begann Heidi vorsichtig. »Das hätte nicht jeder getan.«

Wieder zogen sich Kim Burkes Mundwinkel für den Bruchteil einer Sekunde nach oben.

»Könnten Sie uns bitte so genau wie möglich schildern, was Sie heute Morgen erlebt haben, Miss Burke?«

»Sie können ruhig Kim zu mir sagen.«

»Sehr gerne, Kim. Es gibt da noch einige Ungereimtheiten und wir hoffen, dass du uns weiterhelfen kannst«, fuhr Heidi fort.

Kim nickte, schwieg aber zunächst. Es wirkte so, als ob sie das Geschehene noch einmal vor ihrem inneren Auge sah.

Dann begann sie mit leiser Stimme zu erzählen: »Ich bin recht früh aufgestanden, weil ich an der Themse laufen gehen wollte. Ich brauche das jeden Morgen, sonst bin ich den ganzen Tag über schlecht gelaunt. Eigentlich sollte mein Freund mich begleiten, denn die Strecke führt auch einige Kilometer durch ziemlich einsame Landschaft, und allein war mir das nicht so geheuer. Aber als er nicht auf meine Anrufe reagierte, habe ich mich dazu entschlossen, allein zu gehen. Später habe ich dann erfahren, dass er verschlafen hatte.«

Beim Reden war ihr die Decke von den Schultern gerutscht, sodass ihre durchtrainierten Arme zu sehen waren. Frederick entdeckte an ihrem linken Unterarm eine etwa fünfzehn Zentimeter lange Wunde, auf der sich eine dunkelrote Kruste gebildet hatte. Doch bevor er danach fragen konnte, hatte Heidi schon das Wort ergriffen.

»Aber weshalb warst du nicht im Port Meadow laufen, der ist doch hier um die Ecke?«

»Zum schnellen Laufen ist der eher ungeeignet, dort gibt es zu viele Unebenheiten«, erklärte Kim. »Außerdem kommen einem dort manchmal Wildpferde in die Quere.«

»Aha«, kommentierte Heidi. »Also bist du durch die halbe Stadt gelaufen, um dann im Christ Church Meadow joggen zu gehen.« Sie schien sich daran zu stören, doch Frederick fand das Ganze nicht abwegig.

»So weit ist das nun auch nicht, ich bin ziemlich fit momentan. Und mein Freund wohnt in der Nähe des Christ Church«, erklärte Kim. »Wie gesagt, das ist unsere gemeinsame Laufstrecke.«

»Und die hast du heute Morgen auch genommen?«

Kim nickte und wollte offenbar etwas sagen, doch es gelang ihr nicht. Frederick hatte das Gefühl, dass es ihr schwerfiel, das Erlebte in Worte zu fassen.

»Dann hast du den Mann unten bei den Bootshäusern im Wasser entdeckt, richtig?«, half er daher etwas nach.

Sie nickte.

»Wo genau?«

»Vor der Brücke, die zu der Insel führt, auf der die Bootshäuser stehen. Da habe ich in der Nähe des Ufers etwas im Wasser schwimmen sehen. Die Sonne stand noch sehr niedrig und ich konnte nicht gleich erkennen, was es war. Zunächst dachte ich, es sei ein Hund. Aber als ich näher kam, wurde mir bewusst, dass da ein Mensch im Wasser trieb.«

»Hat er zu dem Zeitpunkt noch gelebt?«

»Das dachte ich zumindest. Seine Arme und Beine haben sich bewegt, aber das kam wohl von der Strömung. Sein Kopf hing halb im Wasser. Es sah so aus, als sei er bewusstlos und würde jede Sekunde ertrinken. Ich konnte doch nicht ahnen, dass er schon tot war!«, sagte Kim verzweifelt.

Heidi legte eine Hand auf ihren Arm. »Und was ist dann passiert?«

»Ich weiß noch, dass ich nur einen Gedanken hatte: Du musst ihn ganz schnell da rausholen. Also habe ich mein Handy und meinen Schlüssel ins Gras geschmissen, bin ins Wasser gesprungen und habe ihn an Land gezogen. Er war wahnsinnig schwer, ich habe es gerade so geschafft. Und als ich ihn endlich am Ufer hatte, habe ich versucht, ihn wiederzubeleben. Aber es hat einfach nicht geklappt!« Tränen liefen ihr über die Wangen. »Ich wusste nicht, was ich noch tun soll, deshalb habe ich den Rettungsdienst gerufen.« Sie begann zu schluchzen.

»Schon gut«, sagte Heidi sanft. Sie zog ein Taschentuch aus ihrer Tasche und reichte es Kim. »Du hast alles richtig gemacht.«

Kim nahm das Taschentuch dankbar an und schnäuzte sich. Nach einer Weile sprach sie weiter: »Die Zeit, bis der Krankenwagen kam, war einfach schrecklich. Ich bin hin und her gelaufen, weil mir so kalt war. Als ich ins Wasser gesprungen bin, habe ich von der Kälte nichts gespürt, das war wahrscheinlich die Aufregung. Aber als ich dann auf den Rettungsdienst gewartet habe, wurde mir erst richtig bewusst, was da gerade geschehen war, und ich begann schrecklich zu zittern. Ich habe gebetet, dass der Krankenwagen endlich kommt. Zum Glück hat es nicht allzu lange gedauert. Die haben mich dann sofort versorgt und zur Kontrolle ins Krankenhaus gebracht. Rein körperlich ist wohl alles okay mit mir. Aber ich werde nie vergessen, wie der Notarzt sagte, dass für den Mann jede Hilfe zu spät kommt.«

Frederick gab ihr etwas Zeit, bevor er fragte: »Erinnerst du dich daran, ob noch andere Menschen in der Nähe waren? Jemand, der hätte helfen können?«

Kim schüttelte heftig mit dem Kopf. »Nein.« Erneut stiegen ihr Tränen in die Augen.

»Und als du den Mann im Wasser entdeckt hast, hast du da auch irgendwo ein Ruderboot gesehen?«, hakte Frederick nach.

»Ja, das hatte ich ganz vergessen«, sagte Kim. »Etwas weiter flussabwärts trieb ein Ruderboot. Als ich ihn da so im Wasser liegen sah, war mir sofort klar, dass er einen Bootsunfall gehabt haben muss.« Sie schniefte.

Ist es sinnvoll, ihr zu erzählen, dass Hinds Tod kein Unfall war?, schoss es Frederick durch den Kopf.

Sie hatte ohnehin schon mit dem Geschehenen zu kämpfen. Würde sie eine solche Nachricht verkraften? Frederick haderte mit sich, doch wenn sie den Fall schnell lösen wollten, durften sie das Mädchen nicht schonen.

»Im Boot saß also niemand?«, unterbrach Heidi seine Gedanken.

»Nein«, antwortete Kim, dann fragte sie verunsichert: »Wer hätte denn darin sitzen sollen?«

In diesem Moment ging die Tür auf und Mrs Burke kam mit einem Tablett herein, auf dem eine Kanne Tee, eine Zuckerdose, ein Kännchen Milch und vier Tassen standen. »Lassen Sie sich von mir nicht stören«, sagte sie.

Frederick lächelte ihr kurz zu, dann wandte er sich wieder an das Mädchen: »Kim, weißt du, wer der Tote ist?«

»Marcus Hind, der Coach des Ruderteams der Universität.«

»Das ist richtig«, sagte Frederick mit ruhiger Stimme. »Wir wissen noch nicht genau, wie er gestorben ist, aber es könnte sein, dass er getötet wurde. Und vielleicht ist der Täter mit dem Boot entkommen.«

»Marcus Hind wurde getötet?«, rief Mrs Burke aufgelöst und wurde blass.

Frederick sprang auf, nahm ihr das Tablett aus den Händen und stellte es auf den Couchtisch. »Das ist eine Möglichkeit, ja.«

»Und mein armes Kind hat ihn gefunden!« Mrs Burke beugte sich zu ihrer Tochter und umarmte sie.

Die stöhnte. »Mum, nicht so fest! Es geht schon wieder, glaube mir, es ist alles okay.«

Doch erst nach einer Weile ließ Mrs Burke von ihr ab. Frederick sah, dass auch ihr Tränen in den Augen standen.

»Gut«, flüsterte sie. »Alles andere könnte ich nicht ertragen.«

»Mum, mach dir um mich bitte keine Sorgen! Ich komm schon klar«, sagte Kim schnell.

Ihr Ton hätte Frederick beinah überzeugt, aber er konnte ihr ansehen, dass es nicht so war.

»Mir geht es gut«, versicherte Kim erneut. »Wirklich.«

Frederick griff nach der Kanne und goss Tee in die vier Tassen. Dann erkundigte er sich, wie die Frauen ihn am liebsten tranken, und fügte Milch und Zucker hinzu. Das hatte Mrs Burke von einem Polizisten wohl nicht erwartet und es lenkte sie von der Sorge um ihre Tochter etwas ab.

»Aber Sir, das sollte ich doch …«, protestierte sie zunächst, aber dann schien sie es zu genießen, von ihm bedient zu werden.

»Ihre Tochter braucht Ruhe, Mrs Burke, das wissen wir«, sagte Frederick nach einer Weile einfühlsam. »Und wir wollen sie auch nicht länger als nötig stören. Aber wir haben noch ein paar Fragen, die wir ihr unbedingt stellen müssen. Wir wollen Mr Hinds Tod so schnell wie möglich aufklären, verstehen Sie?«

»Natürlich, Sir.« Mrs Burke lehnte sich zurück und nippte an ihrem Tee.

Frederick wandte sich wieder Kim zu: »Also, als du Marcus Hind aus dem Wasser gezogen hast, ist dir da aufgefallen, dass er eine Verletzung am Kopf hatte?«

»Ehrlich gesagt nein«, antwortete sie.

»Und die Wunde an deinem Arm, woher stammt die?«

Kim sah auf ihren linken Unterarm. »Ich weiß es nicht genau. Es ist alles so verschwommen in meiner Erinnerung. Vermutlich habe ich mich verletzt, als ich Marcus aus dem Wasser gezogen habe.«

»Marcus?«, fragte Heidi überrascht. »Kanntest du den Toten gut?«

Kim nickte. »Er ist ...« Sie stockte. »Er war der Coach meines Freundes.«

»Dann ist dein Freund im Ruderteam?«, rief Heidi aufgeregt.

»Ja, er war die letzten drei Jahre im Development Squad, dem Trainingslager für die Ruderer. Er hat sehr hart trainiert und sich immer weiter gesteigert. Und dieses Jahr wurde er ausgewählt, beim Rennen gegen Cambridge mitzurudern.« Kims Gesicht hellte sich auf. »Wir sind alle furchtbar aufgeregt. Ich trainiere mit Carl außerhalb des offiziellen Trainings und unterstütze ihn, so gut es geht. Denn so eine Chance bekommt er nur einmal im Leben. Das weiß er und er will sie nutzen«, erklärte sie überschwänglich.

»Das kann ich verstehen«, sagte Heidi bewundernd.

»Dann weißt du sicherlich auch, wann das nächste Rudertraining stattfindet«, übernahm Frederick wieder.

»Aber ja: morgen um halb neun. Eigentlich findet es jeden Tag um diese Uhrzeit statt, aber heute ist es natürlich ausgefallen. Marcus' Tod war für alle ein großer Schock.« Ihre Gesichtsmuskeln verhärteten sich wieder.

»Sag mal, Kim, kennst du eine Josie?«, wollte Heidi dann wissen.

»Josie Edwards?«

»Ja, genau.«

»Carl hat den Namen ein paar Mal erwähnt. Sie ist wohl im Development Squad für das Damenteam. Aber ich weiß, dass sie es nicht in die Mannschaft geschafft hat, die gegen Cambridge antritt. Sie soll deswegen ziemlich sauer gewesen sein. Wieso fragen Sie?«

»Wusstest du, dass sie eine Affäre mit Marcus Hind hatte?«

Kim war sichtlich überrascht. »Nein, das wusste ich nicht. Davon hat Carl nie etwas erzählt.«

»Hast du eine Ahnung, wo sie wohnt?«

»Soweit ich weiß, im Wohnheim des Christ Church.«

Plötzlich erinnerte Frederick sich daran, worum Stephanie Bradshaw sie gebeten hatte: »Kim, könntest du uns bitte die Kleider mitgeben, die du heute Morgen getragen hast?«

»Wozu brauchen Sie die denn?«, fragte Kim verunsichert.

»Es wurden verschiedene Spuren gefunden und wir müssen wissen, ob sie von dir stammen oder von jemand anderem«, erklärte Frederick.

»Oh nein! Im Krankenhaus haben sie mir trockene Sachen gegeben, und sobald ich zu Hause war, habe ich das nasse Zeug direkt in die Waschmaschine gesteckt.«

»Auch die Turnschuhe?«

»Die zuerst, die waren völlig schlammverschmiert.«

»Wir würden die Sachen trotzdem gerne mitnehmen.«

~

MIT EINER ALTEN Plastiktüte voller nasser Sportkleidung, die Mrs Burke Frederick kopfschüttelnd in die Hand gedrückt hatte, machten sie sich auf den Weg zu Stephanie Bradshaw. Ihr Labor lag in der Nähe des Bahnhofs in der Botley Road. Heidi war sich nicht sicher, inwieweit die gewaschene Kleidung ihnen überhaupt nützen würde.

Spuren würden sich daran wohl kaum noch finden lassen. Aber zumindest würde Stephanie Bradshaw die Abdrücke, die sie im Schlamm gefunden hatte, mit den Sohlen von Kims Turnschuhen abgleichen können.

Außerdem war Heidi sich unschlüssig, was sie von Kims Befragung halten sollte. Sie hatte einerseits großen Respekt vor der jungen Frau und ihrer Zivilcourage. Andererseits hatte sie sich von ihr neue Erkenntnisse erhofft. Aber von dem führerlosen Ruderboot auf der Themse hatten sie bereits vorher gewusst. Und Kims Aussage, dass niemand sonst um die Uhrzeit bei den Bootshäusern unterwegs gewesen war, hatte ihre Vermutung nur bestätigt. Dass Marcus Hind leblos im Wasser getrieben hatte, bevor sie ihn aus der Themse gezogen hatte, war bei den eisigen Temperaturen zu erwarten gewesen. Sie waren also nicht wirklich weitergekommen.

Heidi parkte den Mini unweit des grauen Betonkastens, der wohl noch aus den 1980er Jahren stammte. Im ersten Stock hatte Stephanie Bradshaw ihr Labor eingerichtet. Als Heidi und Frederick den weiß getünchten Raum mit den Mikroskopen, Kühltruhen und langen Regalen betraten, saß sie gerade an einem Tisch über einer Reihe Reagenzgläser. Sie trug Handschuhe und eine Schutzbrille, durch deren dicke Gläser sie die beiden überrascht ansah.

»Was verschlägt euch denn hierher?«, fragte sie und nahm die Schutzbrille ab.

»Wir kommen soeben von Kim Burke, der Zeugin, die Hind aus dem Wasser gefischt hat. Du hattest uns doch gebeten, ihre Kleider vorbeizubringen«, antwortete Frederick.

»Ich danke euch von Herzen!«, rief Stephanie Bradshaw überschwänglich. »Ich hatte schon befürchtet, ihr schickt Simmons damit zu mir. Wenn der nämlich einmal hier ist, werd ich ihn so schnell nicht wieder los. Ich muss ihm dann die Funktionsweise jedes einzelnen Mikroskops erklären.«

Heidi und Frederick schauten sich an und grinsten.

»Aber freu dich nicht zu früh!«, meinte Frederick und zog einen triefenden Turnschuh aus der Plastiktüte. »Leider hat das Mädchen die Sachen in die Waschmaschine gesteckt.«

Stephanie Bradshaw verzog das Gesicht. »Na ja, ich werde sehen, was ich damit noch anfangen kann.« Sie griff nach der Tüte und verstaute sie in einer Plastikwanne in einem der Regale.

»Außerdem hatten wir gehofft, dass du schon irgendwelche Informationen für uns hast«, gab Heidi zu.

Stephanie Bradshaw nickte. »Die habe ich tatsächlich.«

»Da bin ich aber gespannt«, sagte Heidi ungeduldig.

»Also, zuallererst mal zu der Jacke und dem Boot: Dr Goldberg hat mir die Kleidung und ein paar Gewebeproben von Hind rübergeschickt und ich habe sie mit den DNA-Spuren, die ich im Boot und auf der Jacke gefunden habe, abgeglichen. Sie stimmen überein.«

»Das heißt, Hind muss in dem Boot gesessen haben und es handelt sich um seine Jacke?«, fragte Heidi.

»Richtig«, bestätigte Stephanie Bradshaw. »Und ich sage euch, das Ding war ganz schön verschwitzt. Obwohl es so eine Hightech-Jacke speziell für Sportler ist. Der Mann hat sich wohl gerne an seine körperlichen Grenzen gebracht. Sie kann jedenfalls noch nicht lange in dem Boot gelegen haben, sonst wäre der Schweiß getrocknet. Außerdem habe ich Lehm- und Graspartikel daran gefunden. Ich hatte verschiedene Bodenproben genommen und die Partikel stimmen mit einer überein, die von einer Stelle ein paar Meter von seinem Fundort entfernt stammt.«

»Kann es vielleicht sein, dass er dort mal Sit-ups oder andere Übungen gemacht hat?«, warf Frederick ein.

»Theoretisch schon«, meinte Stephanie Bradshaw. »Aber ich habe auch Partikel an der Vorderseite und an den Ärmeln der Jacke gefunden. Das müssten dann schon sehr ungewöhnliche Sportübungen gewesen sein. Meiner Meinung nach sind die Partikel auf die Jacke gekommen, weil er durch den Schlag auf den Hinterkopf nach vorne gestürzt ist. Er scheint noch versucht zu haben, sich mit den Armen abzustützen, ist dann aber wohl zusammengesackt.«

»Das heißt, dass er in dem Bereich, in dem er dann an Land gezogen wurde, zuvor auch niedergeschlagen wurde«, sagte Heidi.

Stephanie Bradshaw nickte. »Ja, auf dem Weg etwa zwanzig Meter von der Stelle entfernt, an der ihn die Joggerin aus dem Wasser gezogen hat.«

»Und wegen der Partikel, die du auf der Rückseite der Jacke gefunden hast, denkst du, dass er, nachdem er niedergeschlagen wurde, auf den Rücken gedreht und über den Boden zum Ufer geschleift wurde?«, rekonstruierte Heidi weiter.

»Nein. Dazu wollte ich gerade kommen: Da die Jacke zwar verschwitzt, aber nicht durchnässt war, kann man wohl davon ausgehen, dass er sie getragen hat, bevor er angegriffen wurde, aber nicht mehr im Wasser. Mir ist aufgefallen, dass sie an den Ärmeln etwas verzogen ist. Ich könnte mir durchaus vorstellen, dass Hind einer von der Sorte war, der sich so eine Jacke nicht gerade zimperlich vom Leib riss, wenn sie ihn beim Training gestört hat. Oder aber – und das halte ich für wahrscheinlicher – irgendjemand hat sie ihm gewaltsam ausgezogen. Und zwar bevor er zum Ufer gezogen wurde.«

»Das passt zu den Verletzungen an seinen Unterarmen«, dachte Frederick laut.

»Genau. Und dazu wurde er meines Erachtens tatsächlich auf den Rücken gerollt. Das würde die Partikel auf der Rückseite der Jacke erklären, wie du ganz richtig gesagt hast, Heidi. Aber ich vermute, dass er zu dem Zeitpunkt schon tot war, oder meinetwegen auch nur bewusstlos. Jedenfalls hat er die Jacke nicht freiwillig ausgezogen.«

»Hast du darin irgendwelche persönlichen Sachen gefunden? Seine Schlüssel, seinen Geldbeutel, sein Handy oder sonst irgendetwas?«, fragte Heidi.

»Leider nicht. Ich habe auch Dr Goldberg schon gefragt, ob er in den Taschen von Hinds Jogginghose etwas gefunden hat, aber Fehlanzeige.«

»Vielleicht sind die Sachen in die Themse gefallen«, mutmaßte Frederick.

»Das habe ich mir auch gedacht und deshalb einen Taucher angefordert, der den Grund des Flusses rund um die Fundstelle der Leiche abgesucht hat. Doch da war nichts.«

»Seltsam«, überlegte Heidi. »Raubmord halte ich für sehr unwahrscheinlich. Dass Hind beim Joggen viel Bargeld bei sich hatte, glaube ich nicht. Und wer tötet heutzutage noch für ein Handy? Außerdem hätte der Täter dann höchstwahrscheinlich den Schlüssel zurückgelassen.«

»Dass die Sachen nicht gefunden wurden, wäre zumindest ein weiteres Indiz dafür, dass sein Tod kein Unfall war«, stimmte Frederick ihr zu. Dann wandte er sich an Stephanie Bradshaw: »Wenn ich dich richtig verstehe, gehst du davon aus, dass er vor seinem Tod in dem Boot gerudert ist.«

»Nein, auch das stimmt nicht ganz. Es ist möglich, aber es muss nicht heute gewesen sein. Ich habe auch noch andere DNA-Spuren darin gefunden.«

»Aha. Und konntest du die zuordnen? Hat die Datenbank etwas hergegeben?«

»Leider nicht.«

»Na toll!« Heidi stöhnte. »Er kann also heute Morgen in dem Boot gesessen haben oder an einem beliebigen anderen Tag.«

»Richtig«, antwortete Stephanie Bradshaw sachlich. »Aber ich habe noch etwas für euch: Das Boot gehört unserem Ruderteam. Ich habe mir die Nummer des Bootswarts geben lassen und ihn angerufen. Netter Mann! Er meinte, dass ich doch gleich zu den Bootshäusern kommen solle. Dort hat er mir eine kleine Einführung in die Nautik gegeben, ich bin jetzt quasi eine Expertin.« Sie lächelte. »Jedenfalls ist das Boot ein Einsitzer und Hind ist wohl jeden Morgen damit gerudert, bevor das Training mit den Jungs begann. Der Täter könnte das gewusst und die Jacke gezielt im Boot platziert haben, um von sich abzulenken und es nach einem Unfall aussehen zu lassen.«

»Heißt das, nur jemand, der Zugang zu den Booten hat, könnte auch der Täter sein?«

»Würde man annehmen«, gab Stephanie Bradshaw zu. »Aber laut dem Bootswart nehmen die Ruderer es wohl nicht allzu genau mit dem Abschließen der Bootshäuser. Oft werden die Boote der Einfachheit halber sogar im Außenbereich abgelegt. Vor allem in den letzten Wochen, als das Team in einer Art Rotation mehrmals täglich und auch in den späten Abendstunden trainiert hat, wurden die Boote erst gar nicht in die Häuser zurückgebracht. In letzter Zeit war es ja sehr trocken, da war das vom Wetter her wohl kein Problem. Und der Bootswart meinte noch, dass in den dreißig Jahren, in denen er schon dort arbeitet, noch nie ein Boot abhandengekommen ist. Er dreht außerdem regelmäßig seine Runden. Jedenfalls heißt das für mich, dass unser Täter nicht zwangsläufig aus dem Umfeld des Ruderteams kommen muss. Wobei ich es ehrlich gesagt nicht für einen Zufall halte, dass er sich ausgerechnet ein Boot ausgesucht hat, mit dem Hind oft gerudert ist.«

»Wahrscheinlich nicht«, stimmte Frederick ihr zu.

»Ach, und noch etwas: Ein wenig abseits von der Stelle, an der Hind aus dem Wasser gezogen wurde, habe ich einen Stein mit einer sehr scharfen Kante gefunden, an dem Blut klebte. Es ist Hinds, daher bin ich mir ziemlich sicher, dass es die Tatwaffe ist. Ich habe daran eine Lederfaser entdeckt, der Täter scheint also Lederhandschuhe getragen zu haben. Nach meiner Untersuchung habe ich den Stein zu Dr Goldberg geschickt, damit er prüfen kann, ob es wirklich die Tatwaffe ist. Und das ist noch nicht alles: Ganz in der Nähe des Fundorts der Leiche gab es weitere Fußabdrücke. Der Täter muss hinter den Büschen bei der Brücke gelauert und zugeschlagen haben, als Hind dort ankam.«

»Moment«, unterbrach Frederick sie. »Wenn ich es richtig verstanden habe, war Hind ziemlich fit und wird in einem schnellen Tempo gelaufen sein. Der Täter ist also aus dem Gebüsch gesprungen. Aber hätte Hind das nicht bemerkt und sich umgedreht? Und dann hätte der Täter nicht von hinten zuschlagen können, richtig?«

»Darauf wollte ich gerade zu sprechen kommen: Hind scheint aus irgendeinem Grund vor den Büschen zum Stehen gekommen zu sein.«

»Vielleicht hat er sich gedehnt?«, mutmaßte Heidi. »Er war ja im Prinzip fertig mit Joggen und wollte danach rüber auf die Insel, um sein Boot zu holen.«

»Gut möglich. Irgendetwas hat ihn jedenfalls dazu gebracht, anzuhalten.«

»In Ordnung, aber noch mal zurück zu der Person, die hinter den Büschen gewartet hat: Wir können jetzt also ganz sicher davon ausgehen, dass mit Vorsatz gehandelt wurde«, folgerte Frederick.

»Richtig. Der Täter hat sich von hinten angeschlichen und gezielt zugeschlagen. Die Abdrücke sind übrigens identisch mit denen, die ich bei den manipulierten Kameras gefunden habe.«

»Hind ist also tatsächlich ermordet worden«, murmelte Heidi. »Das hilft uns schon mal sehr weiter, danke, Steph!«

»Keine Ursache. Ich will unbedingt, dass ihr denjenigen so schnell wie möglich findet, der uns das angetan hat.« Sie verbesserte sich: »Also Hind und dem Ruderteam.« Dann setzte sie ihre Schutzbrille wieder auf. »Ansonsten werdet ihr euch noch ein bisschen gedulden müssen. Ich analysiere jetzt die Abdrücke, die ich fotografiert habe, und gleiche sie mit den Schuhsohlen von Burke und Hind ab. Das kann aber eine Weile dauern, selbst wenn ich mich beeile. Also raus mit euch, damit ich in Ruhe arbeiten kann!«

~

ALS HEIDI UND Frederick wieder im Mini saßen, besprachen sie kurz, wie sie weiter vorgehen wollten. Frederick schlug vor, als Nächstes Josie Edwards einen Besuch abzustatten, da sie Marcus Hind wahrscheinlich nach seiner Familie am besten gekannt hatte.

Heidi startete den Motor und fuhr los. Es ging nur langsam voran, denn in der Nähe des Bahnhofs stauten sich vor einer Baustelle die Autos. Heidi fluchte lauthals und hupte genervt. Das führte Frederick nicht nur auf ihre permanente Ungeduld zurück, sondern auch darauf, dass ihr inzwischen sicherlich der Magen knurrte. Ihm ging es ähnlich, doch Heidi konnte richtig ungemütlich werden, fast aggressiv, wenn sie unterzuckert war. Wie ein Raubtier. Wieder hatte Frederick das Bild der Löwin vor Augen. Er hielt es daher – schon aus reinem Eigenschutz – für angebracht, das Raubtier schnellstens zu füttern. Deshalb schlug er vor, nicht den direkten Weg zum Christ Church zu nehmen, sondern einen Zwischenstopp an der Jam Factory einzulegen. Das war nicht nur eine Kunstgalerie, sondern auch eine Bar mit hervorragender Küche. Wenig später sprang er aus dem Mini und besorgte zwei Chicken-Sandwiches. Sein Plan funktionierte: Schon nach den ersten Bissen waren Heidis Sätze nicht mehr voller Schimpfwörter.

»Dann hoffen wir mal, dass wir Josie Edwards auch antreffen, nicht dass wir den Weg umsonst machen«, sagte sie, während sie wieder losfuhr.

»Beim Training wird sie wohl nicht sein«, entgegnete Frederick.

»Da haben Sie recht. Und wenn ich Kim richtig verstanden habe, ist Josie richtig wütend darüber. Das ist aber auch kein Wunder. Da trainierst du jahrelang, fängst auch noch eine Affäre mit deinem Coach an, und dann schaffst du es trotzdem in kein Team«, meinte Heidi sarkastisch. »Das schreit förmlich nach Rache.«

»Durchaus ein Motiv«, gab Frederick zu.

Etwa zwanzig Minuten später parkte Heidi den Mini in einer Seitenstraße gegenüber des Tom Tower. Während sie ausstiegen, betrachtete Frederick fasziniert den imposanten Turm, der zum Christ Church gehörte.

Heidi schien seinen bewundernden Blick bemerkt zu haben, denn als sie St. Aldate's überquerten, sagte sie:

»Beeindruckend, nicht wahr? Das Christ Church ist übrigens das größte unserer Colleges. Und wussten Sie, dass es auch ›The House‹ genannt wird?«

»Wieso?«, fragte er interessiert.

»Die Kathedrale der anglikanischen Diözese, die auf dem Gelände steht und vom College als Kapelle genutzt wird, heißt eigentlich ›The House of Christ in Oxford‹. Aber weil uns das zu lang ist, nennen wir einfach alles ›The House‹, auch das College.«

»Verstehe.«

»Und der Tom Tower mit seiner Glocke, durch den wir gleich gehen werden, ist eines der Wahrzeichen unserer Stadt«, erklärte Heidi weiter. »Für uns Oxforder ist er das, was für die Londoner der Elizabeth Tower mit Big Ben ist. Die Glocke schlägt übrigens jeden Abend um einundzwanzig Uhr fünf genau einhundertein Mal.«

»Und wieso das?«

»Zu Gründerzeiten wurden einhundert Studenten am College zugelassen und jedem wurde ein Glockenschlag gewidmet. Später kam dann noch ein weiterer hinzu. Und um einundzwanzig Uhr fünf zum einen deshalb, weil die Studenten jeden Abend daran erinnert werden sollten, dass die College-Tore in Kürze geschlossen werden. Und zum anderen, weil das die sogenannte ›Oxford Time‹ ist. Die war bis Mitte des 19. Jahrhunderts genau fünf Minuten und zwei Sekunden nach der Greenwich Time in London.«

»Wollen Sie damit sagen, dass Sie dem Rest von England immer etwas hinterherhinken?«, fragte Frederick mit einem Augenzwinkern.

»Genau, deswegen bin ich auch so ungeduldig.« Heidi lachte. »Nein, nein, tagsüber orientieren wir uns inzwischen schon an der Greenwich Time, aber um einundzwanzig Uhr fünf wird am Christ Church die alte Tradition hochgehalten.«

Inzwischen hatten sie den Eingang erreicht. Sie gingen auf den Pförtner zu, einen älteren Herrn in dunkelblauer Uniform und mit schwarzem Hut.

Abwehrend hob er die Hände. »Bitte benutzen Sie den Eingang hinter dem War Memorial Garden! Dort können Sie auch die Eintrittskarten kaufen«, belehrte er sie. »Hier haben nur Studierende Zutritt.«

Heidi lächelte ihn freundlich an. »Wir sind keine Touristen, Sir. Wir kommen von der Thames Valley Police und würden gerne mit einer Studentin sprechen, die hier wohnen soll.«

Der Pförtner musterte sie ungläubig von oben bis unten. »Könnte ich bitte Ihre ID-Karten sehen?«, sagte er dann.

Heidi und Frederick zeigten sie ihm bereitwillig.

»Sagt Ihnen der Name Josie Edwards etwas?«, fragte Heidi, während sie ihre ID-Karte wieder in die Hosentasche steckte.

»Josie Edwards«, wiederholte der Pförtner. »Ja, die kenne ich. Sehr adrettes Mädchen. Die ist doch im Ruderteam, oder?«

»Sie hat zumindest dafür trainiert«, antwortete Heidi.

»Richtig. Die Auswahl für das Team gegen Cambridge war letzte Woche. Sie ist also nicht dabei?«, fragte er bedauernd.

»Wohl leider nicht«, mischte Frederick sich ein.

»Das wird sie hart getroffen haben. Soweit ich weiß, ist sie über ein Sportstipendium hier ans College gekommen«, berichtete der Pförtner. »Ich bin mir nicht sicher, was das jetzt für sie bedeutet.«

Das gibt dem Ganzen natürlich eine weitere Dimension,

dachte Frederick und fragte dann: »Können Sie uns sagen, in welchem Zimmer sie untergebracht ist?«

»Einen Moment, bitte!« Der Pförtner verschwand hinter einer alten Holztür, die in die Porter Lodge führte. »Josie wohnt im Meadows Building«, hörten sie ihn nach einer Weile rufen. »Nummer 23.« Dann kam er wieder zu ihnen. »Sie müssen quer über den Tom Quad gehen und dann durch den Gang rechts an der Hall vorbei«, erklärte er und zeigte ihnen die Richtung. »Dann sehen Sie es schon, es ist das neuere Gebäude, von dem aus man auf den Christ Church Meadow schauen kann.«

Das neuere Gebäude also, dachte Frederick amüsiert. Die Bezeichnung »neu« war wohl relativ in Anbetracht der Tatsache, dass es sich bei dem College um einen historischen Bau handelte, dessen Entstehung Frederick auf Mitte des 16. Jahrhunderts schätzte.

Er blickte sich um. Die vermauerten Arkaden, die um den riesigen Innenhof gebaut worden waren, ließen darauf schließen, dass hier einmal ein Klostergang entstehen sollte, der jedoch nie ausgebaut worden war. Und offenbar waren einige Jahrhunderte später neuere Bauten hinzugekommen, wie eben das Meadow Building. Das hatte er auch schon bei anderen Colleges gesehen. Mit der wachsenden Zahl der Studierenden waren wohl immer neue Unterkünfte nötig geworden, die sich jedoch wunderbar in die Architektur der historischen Collegegebäude eingliederten.

Frederick und Heidi bedankten sich bei dem Pförtner und gingen über den weitläufigen Platz. Sie kamen an einem Brunnen vorbei, in dessen Mitte eine Statue des römischen Gottes Merkur stand. Um den Brunnen herum war feiner Rasen gesät worden.

»Es ist wunderschön hier«, sagte Frederick begeistert.

»Wahrscheinlich im Sommer noch mehr als zu dieser Jahreszeit.« Er stellte sich vor, wie er auf einer Decke auf dem Rasen in der Nähe des plätschernden Brunnens saß und in einem dicken Buch schmökerte.

»Das stimmt«, bemerkte Heidi. »Allerdings wurde der Brunnen aus einem eher profanen Grund gebaut: Im Falle eines Feuers wollte man schnell und unkompliziert Wasser zur Verfügung haben, um löschen zu können.«

»Das ist doch wahre Kunst«, entgegnete Frederick leidenschaftlich. »Wenn Schönheit und Funktion Hand in Hand gehen.«

»Schönheit und Funktion gehen Hand in Hand?« Heidi blickte ihn zunächst kritisch an, grinste dann aber breit und meinte: »Ja, es ist wirklich ein ganz nett anzusehender Brunnen.«

Sie gingen weiter durch einen steinernen Rundbogen in einen Gang, der sie in das Gebäude der Hall führte.

»Das duftet ja herrlich!«, bemerkte Frederick. »Hier muss wohl irgendwo die Collegeküche sein.«

»Ganz richtig. Und hier befindet sich auch der alte Speisesaal, der als Vorlage für die Harry-Potter-Filme verwendet wurde«, erklärte Heidi ihm.

Kurz darauf traten sie hinaus in einen Hof. Sie überquerten ihn und standen bald vor einem großen Gebäude, das nach Fredericks Einschätzung im 19. Jahrhundert gebaut worden war. Das musste es sein, das »neuere Gebäude«, wie der Pförtner es genannt hatte. Die Außenwände waren teilweise mit Efeu bewachsen. Deshalb und wegen der spitz zulaufenden Fensterbögen, Dachgauben und Türme erinnerte es Frederick an ein kleines Schloss.

»Dort vorne, das muss der Eingang sein«, vermutete Heidi und zeigte auf eine kleine Treppe. »Lassen Sie uns hineingehen!«

Sie stiegen die Treppe hinauf. Oben öffnete Frederick eine schwere Tür, sie gingen hindurch, dann einen Flur entlang und fanden schnell das Zimmer mit der Nummer 23. Frederick klopfte.

»Moment!«, rief eine helle Stimme. »Ich komme.« Die Tür wurde von einer hübschen Blonden geöffnet. Sie war groß und schlank. Die Haare fielen ihr in großen Locken über die Schultern. Sie musterte sie, und noch bevor Frederick etwas sagen konnte, fauchte sie genervt: »Sie wollen sicher zum Speisesaal. Dafür müssen Sie in das Gebäude gegenüber. Hier sind Sie falsch!« Dann schlug sie ihnen die Tür vor der Nase zu. »Immer diese blöden Touristen!«, ertönte es hinter der Tür. »Da versucht man zu lernen und wird ständig gestört.«

»Das gibt's doch nicht!«, rief Frederick empört. »Menschen ohne Manieren mag ich ja ganz besonders. Na warte!« Er klopfte erneut an die Tür, diesmal jedoch heftiger. »Machen Sie sofort auf, Miss Edwards, hier ist die Polizei!«

Es rührte sich nichts.

»Wenn Sie nicht auf der Stelle aufmachen, hat das ernsthafte Konsequenzen für Sie, Miss Edwards.«

Nur Sekunden später wurde die Tür einen Spalt breit geöffnet. Josie Edwards schaute sie mit einer Mischung aus Abscheu und Neugier an.

»Ist ja schon gut! Was wollen Sie überhaupt von mir?«

»Lassen Sie uns herein, dann werden Sie es herausfinden«, antwortete Frederick kühl.

»Wenn's sein muss«, sagte Josie Edwards widerwillig und öffnete die Tür ganz, sodass Heidi und Frederick eintreten konnten.

Der Raum war einfach, aber praktisch eingerichtet. Neben einem Doppelbett standen zwei Sessel auf der einen und ein Schreibtisch mit Bürostuhl auf der anderen Seite. Frederick ließ Josie Edwards ein wenig zappeln, bevor er erklärte, wieso sie hier waren. Heidi machte mit. Sie waren inzwischen so gut aufeinander eingespielt, dass ein Nicken von ihm genügt hatte, um ihr zu verstehen zu geben, dass er die Befragung beginnen würde – auf seine Weise.

Erst einmal trat er langsam ans Fenster, durch das er einen herrlichen Blick auf den Christ Church Meadow hatte. Eine Weile schaute er einfach nur hinaus. Dann drehte er sich zu Josie Edwards, die ihn genervt ansah.

»Eine tolle Aussicht haben Sie hier. Sagen Sie, sind das wirklich Kühe, die auf dem Feld dort hinten weiden?«, fragte er gelassen.

»Ja, das sind Kühe«, antwortete sie patzig. »Aber was soll das Ganze? Was wollen Sie von mir? Sie sind doch sicherlich nicht wegen der schönen Aussicht hier.«

»In der Tat, nein. Wir möchten mit Ihnen über den Mord an Marcus Hind sprechen«, entgegnete er trocken und beobachtete sie genau.

Bei dem Wort »Mord« war sie zusammengezuckt.

»Können Sie uns sagen, wo Sie sich heute Morgen zwischen fünf und acht Uhr aufgehalten haben?«, fuhr er fort.

»Ich lag in meinem Bett, wo soll ich denn sonst gewesen sein?!«

»Nicht in dem von Marcus Hind?«, fragte er provozierend und blickte ihr dabei direkt in die Augen. Natürlich wusste er, dass das nicht der Fall gewesen war, aber er wollte herausfinden, ob sie die Affäre zugeben würde.

Sie rang kurz nach Luft, dann zischte sie: »Was zum Teufel wollen Sie von mir?«

»Stimmt es, dass Sie und Marcus Hind eine Liebesbeziehung hatten?«

»Eine Liebesbeziehung?«, antwortete sie schrill und ihre Wangen röteten sich. »Sicherlich nicht!«

»Sie behaupten ernsthaft, dass da nichts zwischen Ihnen war?«

»Nein, da war nichts.«

»Sind Sie sicher? Seine Frau hat das ganz anders dargestellt«, behauptete Frederick.

»Sie wusste davon?«

»Dann stimmt es also!« Er sah ihr an, dass sie sich darüber ärgerte, ihm in die Falle gegangen zu sein.

Sie strich sich verlegen eine Locke aus dem Gesicht. Langsam schien sie zu realisieren, dass sie mit ihrer frostigen Art bei ihm nicht weit kam.

»Also gut, wir hatten eine kleine Affäre«, gab sie zu. »Aber Sie glauben doch nicht wirklich, dass ich mich ernsthaft für ihn interessiert habe. Ich wollte ins Ruderteam, ja, und daraus habe ich auch nie einen Hehl gemacht«, erklärte sie.

»Weil Ihr Stipendium davon abhängt?«

»Woher wissen Sie das denn schon wieder?«

»Wir ermitteln in einem Mordfall, Miss Edwards. Es ist unser Job, so etwas zu wissen«, antwortete Frederick ruhig. »Sie geben also zu, dass Sie enttäuscht waren, als Sie hörten, dass Sie es trotz Ihrer guten Beziehung zum Coach nicht ins Team geschafft haben?«

»Natürlich war ich enttäuscht. Marcus hat mich lange Zeit glauben lassen, dass er mich ins Team holen würde. Dabei hat er mich nur ausgenutzt.«

Frederick konnte kein Mitleid für sie empfinden. »Und Sie waren richtig sauer darüber, nicht wahr?«

»Ehrlich gesagt ja«, gab sie verbittert zu. »Immerhin habe ich fast drei Jahre lang auf einen Platz im Team trainiert. So eine Chance bekommt man nur einmal im Leben, und wenn sie einem so kurz vor dem Ziel genommen wird, ist das ziemlich hart.« Obwohl sie sich offenbar sehr darum bemühte, sich zusammenzureißen, konnte Frederick ihr ansehen, dass sie vor Wut kochte.

»Das heißt, Sie fliegen vom College?«, fragte er.

»Wenn meine Noten stimmen, dann nicht. Aber ich kann mir jetzt keinen Ausrutscher erlauben. Seit ich weiß, dass ich nicht mitrudern darf, lerne ich nur noch. Ich bin gerade ziemlich im Stress. Und dann kommen Sie und beschuldigen mich, etwas mit Marcus' Tod zu tun zu haben. Darauf wollen Sie doch hinaus, nicht wahr?«

»Und, haben Sie?«

»Nein! So, nun haben Sie Ihre Antwort. Kann ich jetzt weiterlernen?«, fragte sie ungehalten.

»Wir sind noch nicht fertig«, entgegnete Frederick. »Wann haben Sie Mr Hind zuletzt gesehen?«

»Gestern Abend.«

»Und wo?«

»Bei den Bootshäusern.«

»Waren Sie allein mit ihm?«

»Nein.«

Muss man ihr denn alles aus der Nase ziehen?, dachte Frederick verärgert. »Wer war noch dabei?«

»Ryan und Ian.«

»Haben die auch Nachnamen?«

Josie Edwards verdrehte die Augen. »Sie werden es kaum glauben, aber ja, haben sie.«

»Und die wären?«

»Ross und Harding – also Ryan Ross und Ian Harding.«

»Vielen Dank!«, sagte Frederick mit ironischem Unterton in der Stimme. »Und wer sind die beiden Herren? Ich nehme an, sie gehören zum Ruderteam.«

»Nein«, erklärte Josie Edwards. »Sie waren zwar auch im Development Squad, aber ihnen ging es wie mir: Marcus hat sie nicht ins Team geholt. Sie waren ebenso …«, sie stockte und überlegte kurz, bevor sie weitersprach, »enttäuscht über seine Entscheidung wie ich.«

»Sie wollen damit sagen, die beiden waren ebenfalls wütend?«, hakte Frederick nach.

»Na ja, gefreut haben sie sich nicht.«

Das reichte ihm als Antwort. »Sie waren also gemeinsam mit den beiden unten bei den Bootshäusern.«

»Ja.«

»Und was wollten Sie dort?«

»Wir haben Marcus zur Rede gestellt. Er sollte seine Entscheidung noch einmal überdenken.«

»Überdenken?«, stieß Frederick hervor.

»Ja! Es war unfair, uns nicht auszuwählen.«

Sicher, dachte er, aber nur in der kleinen Welt, in der Josie Edwards lebt. Laut sagte er: »Er wird schon seine Gründe gehabt haben.«

»Aber die falschen!«, lamentierte sie. »Ian und ich waren ein Paar, bevor sich etwas zwischen Marcus und mir entwickelt hat. Ian war fürchterlich eifersüchtig und hat immer wieder versucht, mich zurückzugewinnen. Das hat Marcus überhaupt nicht gefallen«, versuchte sie, Frederick zu überzeugen.

»Und?«

»Na, Ian denkt, Marcus wollte ihn dadurch, dass er ihn nicht ins Team geholt hat, in die Schranken weisen und ihm zu verstehen geben, dass er die Finger von mir lassen soll.«

Was für ein Kindergarten, dachte Frederick. Trotzdem fragte er: »Und Ryan, wieso hat er es Ihrer Meinung nach nicht ins Team geschafft?«

»Er ist Ians bester Freund und hat Marcus gegenüber öfter mal durchblicken lassen, was er davon hält, dass ein Mann in seinem Alter etwas mit mir anfängt – und damit einem anderen noch dazu die Frau ausspannt.«

Frederick fand Josie Edwards mit einem Mal noch unsympathischer. Sie hatte sich schließlich auch auf den Coach eingelassen. Es gehörten immer zwei dazu.

»Sie hätten ihn ja abblitzen lassen können«, sagte er daher.

»Aber ich wollte doch unbedingt ins Team, verstehen Sie das nicht?«, rief sie. »Ich hätte meine Eltern stolz machen können, sie haben so viel für mich aufgegeben. Und wer es einmal ins Ruderteam geschafft hat, kann sich hinterher in der Sportwelt die Jobs aussuchen«, versuchte sie sich zu rechtfertigen.

Frederick schüttelte nur den Kopf.

»Kommen wir noch einmal auf gestern Abend zurück«, mischte sich Heidi nun ein. »Das Gespräch mit Marcus Hind hat also nichts gebracht, ist das richtig, Miss Edwards?«

»Nein, wir hätten es uns wirklich sparen können.«

»Gab es denn Streit?«

»Es ist ziemlich laut geworden, wenn Sie das meinen.«

»Kam es zu Handgreiflichkeiten?«

»Als ich dabei war, nicht.«

»Das heißt, Sie sind vor den beiden Jungs gegangen?«

Josie Edwards nickte.

»Allein?«

»Ja. Ich versichere Ihnen, dass die Sache mit Marcus für mich in dem Moment beendet war, als er sich nicht umstimmen ließ, mich doch noch ins Team zu holen.«

War das womöglich auch der Moment, in dem sie

beschloss, ihn dafür umzubringen?, schoss es Frederick durch den Kopf. Das Temperament dafür hatte sie.

»Und Ross und Harding? Wann sind die gegangen?«, fragte Heidi weiter.

»Keine Ahnung«, murmelte Josie Edwards.

»Wohnen die beiden ebenfalls hier im Christ Church?«

»Nein.«

Nun war es Heidi, die genervt seufzte. »Wo dann?«

»In einer WG in Summertown, ich schreib Ihnen die Adresse auf.« Josie Edwards ging zum Schreibtisch hinüber, notierte etwas auf einem Zettel und reichte ihn Heidi. »War's das jetzt endlich mit Ihrem Verhör? Ich muss wirklich weiterlernen.«

»Nur noch eine letzte Frage, dann sind Sie uns wieder los«, antwortete Frederick. »Könnten Sie sich vorstellen, wer Marcus Hind getötet hat?«

Josie Edwards zögerte kurz, bevor sie antwortete: »Nein. Allerdings habe ich mitbekommen, dass er einen heftigen Streit mit seinem Sohn hatte.«

»Wann war das?«

»Irgendwann letzte Woche.«

»Und wissen Sie auch, worüber sie gestritten haben?«

Josie Edwards zuckte mit den Schultern. »Ich glaube, es ging um Geld.«

~

HEIDI UND FREDERICK liefen entlang des War Memorial Garden in Richtung St. Aldate's. Vor einem Backsteingebäude waren liebevoll Beete angelegt worden, die in einigen Wochen in prachtvoller Blüte stehen würden. Heidi wusste das, weil der War Memorial Garden neben dem Botanischen Garten gegenüber des Magdalen College zu ihren Lieblingsorten in Oxford gehörte. Zwar hatte sie selbst überhaupt keinen grünen Daumen, doch seit ihre Zwillinge auf der Welt waren und sich an jeder noch so kleinen Pflanze erfreuten, kam sie gerne mit ihnen hierher.

Als sie durch das verschnörkelte Eisentor traten, fragte Frederick: »Wie sieht es aus bei Ihnen, Green, schaffen wir noch eine Befragung?«

Heidi zog ihr Handy hervor und schaute darauf. »Schon zehn vor sechs«, murmelte sie. Eigentlich sollte sie aufbrechen, um ihrem Mann Rich mit den Zwillingen zu helfen.

Rich war Ingenieur und arbeitete zurzeit an einem Großprojekt in Chesterton, etwa eine halbe Stunde von Oxford entfernt. Der Bau stand kurz vor der Abnahme und Rich musste jeden Morgen um fünf Uhr los, um sicherzustellen, dass die Arbeiten vorangingen und alles termingerecht fertig werden würde. Er stand gerade furchtbar unter Strom.

»An wen hatten Sie gedacht?«, fragte sie dennoch.

»Gerry Kirkwood sollten wir uns morgen früh beim Training vornehmen«, antwortete Frederick, »da können wir sicher sein, ihn auch anzutreffen. Aber was halten Sie davon, jetzt noch kurz mit den beiden Jungs zu sprechen, die es nicht ins Team geschafft haben, Ian Harding und Ryan Ross?«

Heidi kämpfte innerlich mit sich. Sie wusste genau, wie anstrengend es war, ihre beiden Kleinen allein zu versorgen und ins Bett zu bringen. Zumal Rich schon seit Stunden auf den Beinen war. Andererseits war das hier kein gewöhnlicher Fall. Bei der Aufklärung würde ihnen nicht nur der Chief Inspector, sondern auch die Collegegemeinde und wahrscheinlich ganz Oxford auf die Finger schauen. Je schneller sie Licht in die Sache bringen würden, desto besser.

»Also gut«, sagte sie, auch wenn sie sich dabei nicht recht wohl fühlte. »Ich gebe nur kurz meinem Mann Bescheid, dass es bei mir etwas später wird.«

Sie rief Rich an und erklärte ihm die Situation. Natürlich war er nicht begeistert, wünschte ihr aber viel Erfolg.

»Dann mal los!«, sagte sie zu Frederick, nachdem sie aufgelegt hatte.

Inzwischen dämmerte es, und als sie kurz darauf in den Mini einstiegen, leuchteten ringsherum bereits die alten Straßenlaternen.

»Dass die Jungs in einer Wohngemeinschaft in Summertown leben, heißt zum einen, dass sie schon in einem höheren Semester sein müssen, denn die Undergraduates sind immer auf dem Collegegelände untergebracht«, dachte Heidi laut, während sie den Wagen auf die High Street steuerte. »Und zum anderen bedeutet es, dass ihre Eltern nicht gerade am Hungertuch nagen«, ergänzte sie und bog vor der Bibliothek des Magdalen College in die Longwall Street ein. Wenig später fuhren sie auf der St Cross Road am Recreation Ground des New College vorbei, wo gerade Rugby gespielt wurde.

»Spielen Sie eigentlich auch Rugby, Collins?«, fragte Heidi und blickte kurz zu Frederick hinüber. »Sie hätten doch die optimale Statur dafür.«

»Groß und schwer meinen Sie?«, frotzelte er.

»Von wegen!«, entgegnete Heidi. »Damit kämen Sie beim Rugby nicht besonders weit. Das Feld ist gut und gerne einhundert Meter lang, da braucht man Ausdauer. Sie unterschätzen das Spiel ganz offensichtlich. Daraus schließe ich, dass Sie es noch nie gespielt haben.«

»Richtig, ich habe immer Fußball gespielt«, gab Frederick zu. »Bei uns im Norden wollen alle Jungs zum FC Liverpool, da ist Rugby nicht so angesagt.«

»Und weil das bei Ihnen nicht geklappt hat, sind Sie halt zur Polizei gegangen?«, stichelte Heidi, bevor sie blinkte und in die breite Banbury Road einbog, in der sich viele Restaurants und schnuckelige Cafés neben kleinen Geschäften reihten.

»Genau so war es.« Frederick lachte. »Aber Sie scheinen sich ja gut auszukennen. Ich dachte eigentlich, Sie verabscheuen jegliche Bewegung, die in Turnschuhen ausgeführt wird. Jetzt sagen Sie nicht, dass Sie eigentlich Frauen-Rugby spielen! Ich bin heute schon einmal in ein Fettnäpfchen getreten, was Frauen und Sport angeht«, meinte er selbstkritisch.

»Nein, nein, die Beziehung zwischen mir und einem Paar Turnschuhe haben Sie schon ganz richtig beschrieben«, stellte Heidi lachend klar. »Aber mein Bruder Tom war ein begeisterter Rugbyspieler, bevor er zur großen Freude unserer Mutter mit Polo anfing. Er hatte nämlich nicht nur blaue Flecken, sondern einmal auch ein gebrochenes Bein, eine verrenkte Schulter und eine lädierte Nase. Allerdings hat er selbst auch ganz schön ausgeteilt. Beim Rugby geht es ziemlich zur Sache. Mit einem wütenden Player ist nicht zu scherzen.«

»Und mit einem wütenden Ruderer?«

»Wir werden es gleich herausfinden.« Heidi riss das Lenkrad herum, bog in die Thorncliffe Road ab und kam dann vor einem großen Haus mit riesigem Vorgarten zum Stehen. »Das muss es sein.«

Wenig später standen sie vor der Tür des eleganten dreistöckigen Gebäudes. Heidi klingelte. Es dauerte eine ganze Weile, bis die Tür geöffnet wurde.

»Was geht?«, sagte ein junger Rothaariger in einem grauen Jogginganzug, der sich breitbeinig vor sie hinstellte. Er war glatt rasiert – für Heidi ein ziemlich eindeutiges Zeichen dafür, dass er trotz seines »Gangsterauftrittes« harmlos war.

»Mit wem haben wir das Vergnügen?«, wollte sie wissen.

»Raymond Ross.«

»Sind Sie mit Ryan verwandt?«

»Genau, ich bin sein Bruder, verdammt.«

»Wir sind auf der Suche nach ihm und Ian Harding. Die beiden wohnen doch hier?«, fragte Heidi und schloss in diesem Moment einen Pakt mit sich selbst: Sie würde nicht zulassen, dass ihr Sohn Max jemals zu so einem Möchtegern-Gangster heranwuchs.

Der Rothaarige nickte. »Verdammt, ja!«

»Könnten wir sie sprechen?«

»Verdammt, nein.«

»Sie sind also nicht da?«

»Verdammt, nein.«

»Und wo sind sie?«

»Im Dew Drop, verdammt.«

»Danke.«

»Moment mal, Lady! Was wollen Sie denn von ihnen, verdammt?«

Heidi blickte Frederick an und musste lachen. »Wir kommen von der Polizei und müssen dringend mit ihnen sprechen, verdammt«, erwiderte sie prustend.

»Verdammt!«, rief der Rothaarige und schloss schnell die Tür.

~

DER DEW DROP Inn war an diesem Abend nicht besonders gut besucht. Frederick sah sich um. Eine hölzerne Bar zog sich durch den Raum, vor den Wänden standen dunkle Tische und Hocker. Im hinteren Teil konnte man Dart spielen. Gedämpftes Licht erzeugte eine angenehme Atmosphäre.

Ich muss auf jeden Fall mal hierherkommen, wenn ich nicht im Dienst bin, dachte Frederick.

Zwar hatte er schon einen Lieblingspub, das King's Arms, das nur wenige Meter von seiner Wohnung entfernt war. Aber hier konnte man sich auch richtig wohlfühlen. An einem der Tische saßen ein paar Männer in schicken Anzügen, die sich wohl ein Feierabendbier gönnten. Einen Tisch weiter spielten drei ältere Herren Karten. Am Ende der Bar standen zwei junge Männer mit außergewöhnlich breiten Schultern. Einer der beiden war rothaarig und Raymond Ross wie aus dem Gesicht geschnitten. Heidi und Frederick gingen zu ihnen hinüber.

»Entschuldigen Sie, sind Sie Ryan Ross?«, fragte Frederick den Rothaarigen.

Der blickte ihn überrascht an. »Ja, Sir, der bin ich.«

»Und Sie sind Ian Harding?«, wandte Frederick sich an den Blonden.

»Korrekt, Sir. Wie können wir Ihnen helfen?«, fragte er verunsichert.

»Ich bin Inspector Collins und das ist meine Partnerin Inspector Green von der Thames Valley Police«, stellte Frederick sie vor.

»Guten Abend, Ma'am«, sagte Ryan Ross. »Sir.«

Ian Harding begrüßte sie ebenfalls.

Zwei sehr höfliche junge Männer, dachte Frederick. Ein ganz anderer Schlag als Josie Edwards. Dann erklärte er: »Wir sind hier, weil wir mit Ihnen über Marcus Hind sprechen müssen.«

Ian Harding schaute ihn entsetzt an. »Wir haben schon gehört, dass Marcus tot ist. Aber stimmt es wirklich, dass er umgebracht wurde?«

»Woher haben Sie das denn?«, wollte Frederick wissen.

»Das macht im Ruderclub die Runde.«

»Ich dachte, heute war kein Training?«

Ian Harding beäugte Frederick kritisch. »Nicht für uns im Development Squad, da haben Sie recht. Das ist erst mal vorbei. Aber Kirkwood, der neue Coach, hat die Jungs, die gegen Cambridge antreten, zusammengetrommelt. Er meinte, das Team kann sich keine Pause leisten. Er soll sogar gesagt haben, dass Marcus es sicherlich nicht anders gewollt hätte. Jedenfalls hat mich einer der Jungs nach dem Training angerufen und mir alles erzählt, auch dass ermittelt wird. Ich hab ihm zuerst nicht geglaubt. Stimmt es denn nun, dass Marcus' Tod kein Unfall war?«

»Das ist leider richtig«, bestätigte Frederick.

»Dann wurde er also umgebracht?« Ian Harding schien es immer noch nicht zu glauben.

»Wir gehen im Moment davon aus«, antwortete Heidi. »Und deshalb hätten wir gern gewusst, wo Sie sich heute Morgen zwischen fünf und acht Uhr aufgehalten haben.«

»Sie denken doch nicht etwa, dass wir etwas mit dem Mord zu tun haben?«, rief Ian Harding so laut, dass sich einige Köpfe zu ihnen umdrehten.

»Beruhige dich, Ian!«, sagte Ryan Ross eindringlich. »Die Inspectors machen doch nur ihre Arbeit.«

Frederick wunderte sich, dass der junge Mann so heftig

reagiert hatte. »Wir sind hier, weil wir genau das klären wollen.«

»Das ist doch absurd!«, regte Ian Harding sich weiter auf. »Wieso sollten wir denn Marcus etwas antun?«

»Nun, wir wissen, dass Sie ihn nicht besonders mochten, weil er Sie nicht ins Ruderteam geholt hat.«

Ian Harding stieß einen lauten Seufzer aus.

»Und weil er Ihnen die Freundin ausgespannt hat«, fuhr Frederick fort.

»Das wissen Sie auch?«, rief Ian Harding.

»Wir haben mit Miss Edwards gesprochen«, erklärte Heidi.

»Na, dann wissen Sie ja sicherlich auch, dass wir die Nacht zusammen verbracht haben und ich heute Morgen bei ihr war«, sagte Ian Harding trotzig.

Ach was, dachte Frederick und schaute zu Heidi. Dann fragte er: »Sie waren also nach dem Streit mit Mr Hind bei ihr im Meadows Building?«

Ian Harding nickte. »Josie war so enttäuscht, dass Marcus sich nicht hat umstimmen lassen. Sie ist weinend weggerannt, und da bin ich ihr hinterher.«

»Und dann haben Sie sich ausgesprochen?«

»Wie man's nimmt. Wir hatten ein paar Drinks im Undercroft.«

»Was ist das?«, fragte Frederick.

»Die Collegebar im Christ Church«, erklärte Heidi.

»Genau«, bestätigte Ian Harding. »Und dann sind wir auf ihr Zimmer. Da ist eins zum anderen gekommen. So viel dazu, dass sie mich wegen Marcus hat sitzen lassen«, meinte er triumphierend.

Aber warum hat Josie Edwards uns verheimlicht, dass Harding heute Morgen bei ihr war?, fragte Frederick sich.

Wäre das nicht das ideale Alibi für sie? Oder lügt Harding – und falls ja, wieso?

»Wie lange waren Sie heute Morgen bei ihr?«, wollte Heidi wissen.

Ian Harding schaute zu Boden. »Ich kann es Ihnen nicht genau sagen, ich hatte einen ziemlichen Kater«, gab er zu. »Vielleicht bis halb elf.«

»Und Miss Edwards war die ganze Zeit bei Ihnen im Zimmer?«

»Davon gehe ich aus. Ich habe ziemlich fest geschlafen, und als ich aufgewacht bin, saß sie neben mir auf dem Bett und hat gelernt.« Dann schien ihm auf einmal etwas einzufallen. »Sie denken doch nicht, dass Josie etwas mit dem Mord zu tun hat?«, fragte er drohend.

»Wir ermitteln in alle Richtungen«, erwiderte Frederick ausweichend, denn das hielt er tatsächlich für möglich.

Das Meadow Building lag nicht weit von den Bootshäusern entfernt. Josie Edwards hätte sich aus dem Zimmer stehlen können und Ian Harding hätte es wahrscheinlich nicht einmal bemerkt, so betrunken, wie er gewesen sein musste.

»Noch einmal zu dem Streit mit Mr Hind«, wandte Frederick sich nun an Ryan Ross, der die ganze Zeit still neben ihnen gestanden hatte. »Sie waren doch gestern Abend auch dabei, richtig?«

»Das ist korrekt«, antwortete Ryan Ross sachlich, seine geröteten Wangen verrieten jedoch, dass er nervös war.

»Nachdem Ihre Freunde gegangen waren, was haben Sie da gemacht?«

»Ich habe weiter mit Marcus diskutiert.«

»Erfolgreich?«, fragte Frederick.

»Nein, er ließ sich nicht umstimmen.«

»Haben Sie gestritten?«

»Wenn ich ehrlich bin, ging es ziemlich zur Sache. Ich war furchtbar wütend auf ihn, weil ich seine Entscheidung einfach nicht nachvollziehen konnte.«

»Und als er sich nicht umstimmen ließ, sind Sie nach Hause gegangen?«

»Nein«, antwortete Ryan Ross. »Ich habe Ian angerufen und noch kurz auf einen Drink im Undercroft vorbeigeschaut. Ian hat mir dann aber schnell zu verstehen gegeben, dass er mit Josie allein sein wollte.«

»Wieso haben Sie das eben nicht erwähnt, Mr Harding?«, wollte Frederick wissen.

Ian Harding zog eine Augenbraue hoch. »Ich dachte nicht, dass es wichtig sei. Er war nur kurz da, wie er schon sagte, nur auf ein Pint.«

»Uns interessiert jedes Detail, Mr Harding«, sagte Frederick scharf. »Wenn Sie etwas weglassen, machen Sie sich nur verdächtig.«

»Bitte entschuldigen Sie, Inspector Collins«, lenkte Ian Harding ein. »Das wollte ich nicht. Ich habe mit der Sache nichts zu tun, das müssen Sie mir glauben. Und es ist auch das erste Mal, dass ich von einem Inspector in einem Mordfall befragt werde. Also nehmen Sie es mir bitte nicht übel.«

»Schon gut«, meinte Frederick. Er traute dem redegewandten jungen Mann nicht. »Zurück zu Ihnen, Mr Ross: Wann genau sind Sie gestern vom Undercroft weg und wo waren Sie heute Morgen zwischen fünf und acht Uhr?«

Ryan Ross holte tief Luft. »Es wird so gegen elf gewesen sein gestern Abend, genau kann ich es Ihnen aber nicht mehr sagen. Allerdings war mein Bruder noch wach, als ich nach Hause kam.«

»Und heute Morgen?«

»Da bin ich recht früh laufen gegangen.«

»Früh heißt?«

»Etwa halb sieben. Ich konnte nicht schlafen, mir ist die ganze Nacht der Streit mit Marcus durch den Kopf gegangen und ich habe begriffen, dass es für mich wirklich vorbei ist mit dem Bootsrennen. Drei Jahre knallhartes Training umsonst. Was es für meine berufliche Laufbahn bedeutet hätte, wenn ich es ins Team geschafft hätte, muss ich Ihnen ja nicht erklären. Ich war fertig mit der Welt und hab es im Haus nicht mehr ausgehalten. Also bin ich raus an die frische Luft.« Seine Verzweiflung war fast greifbar in diesem Moment.

»Wo waren Sie laufen?«, fragte Heidi.

»Erst im University Park und dann durch den Christ Church Meadow.«

»Sind Sie auch an der Insel vorbeigekommen, auf der die Boothäuser stehen?«

»Nein, ich bin kurz vorher umgekehrt. Ich wollte nicht, dass alles wieder hochkommt. Deshalb bin ich ja laufen gegangen – damit ich den Streit aus meinem Kopf kriege.«

»Ist Ihnen unten an der Themse irgendetwas aufgefallen? Vielleicht ein führerloses Boot? Oder jemand, der sich an den Überwachungskameras zu schaffen gemacht hat?«, übernahm Frederick wieder.

Ryan Ross schüttelte den Kopf.

»Können Sie sich denn vorstellen, wer Mr Hind getötet haben könnte?«

Ryan Ross zögerte und brachte schließlich ein »Nein« hervor.

»Mr Ross, jeder kleinste Verdacht könnte uns weiterbringen«, drängte Frederick. Er hatte den Eindruck, dass Ryan Ross noch etwas wusste.

Doch als der gerade zum Reden ansetzten wollte, kam ihm Ian Harding zuvor: »Es tut uns wirklich leid. Ich kann mir auch nicht vorstellen, wer so etwas Schreckliches tun würde. Wir jedenfalls ganz bestimmt nicht.«

Danach sagte Ryan Ross nichts mehr.

~

»WAS HALTEN SIE von den beiden?«, wollte Heidi wissen, als sie wieder im Mini saßen.

»Mich macht es stutzig, dass Harding angeblich die Nacht mit Josie Edwards verbracht hat«, erklärte Frederick. »Wieso hat sie uns nichts davon gesagt? Außerdem hat er verschwiegen, dass Ross noch auf einen Drink in der Studentenkneipe vorbeigeschaut hat. Ich frage mich, ob er das Ganze nicht nur erfunden hat, um sich ein Alibi zu verschaffen.«

Heidi startete den Motor und fuhr los. »Sie meinen, Ross hat für ihn gelogen?«

»Ja, das könnte ich mir vorstellen. Ich hatte den Eindruck, dass er uns noch etwas sagen wollte. Vielleicht setzt Harding ihn mit irgendetwas unter Druck.«

»Möglich«, erwiderte Heidi nachdenklich.

Als sie die Banbury Road entlangfuhren, meinte Frederick: »Sie müssen mich wirklich nicht nach Hause bringen. Wenn Sie mich vor dem Ashmolean absetzen, kann ich den Rest zu Fuß gehen.«

»Sind Sie sich sicher, Collins?«

»Natürlich. Von dort sind es doch nur noch fünf Minuten bis zu meiner Wohnung.«

»Wie Sie meinen.« Heidi fuhr noch ein Stück, blinkte dann und kam gegenüber einem monumentalen Gebäude zum Stehen, dessen Eingang dem eines römischen

Tempels ähnelte. »Also dann, bis morgen früh bei den Bootshäusern! Ich bin schon gespannt, was dieser Gerry Kirkwood uns zu erzählen hat.«

»Ja, gute Nacht!« Frederick stieg aus.

Heidi winkte ihm noch kurz zu und fuhr wieder los. Sie wollte ganz schnell nach Hause, auch wenn sie den Zwillingen nicht mehr Gute Nacht sagen konnte. Dafür war es inzwischen zu spät.

Sie hatte Glück und fand einen Parkplatz direkt vor ihrem Haus in der Walton Well Road. Leise schloss sie die Haustür auf, zog ihre Schuhe aus und stieg die Treppe hoch. Im Dunkeln stolperte sie über ein Spielzeug und wäre beinah hingefallen. Doch das war nur ein Vorgeschmack darauf, was sie im Wohnzimmer erwartete: Überall lagen Spielsachen auf dem Boden verteilt, dazwischen Stifte, Papier und Kleider. Mitten in diesem Chaos entdeckte Heidi sogar eine angeknabberte Karotte. Sie sah förmlich vor sich, wie Rich in der Küche das Abendessen vorbereitete, während Ann und Max herumtobten, Schubladen und Schränke aufrissen, den Inhalt ihrer Spielkisten auskippten und alles im ganzen Haus verteilten. Rich war grundsätzlich ein ordentlicher Mensch, den Heidis unkontrollierbare Unordnung fast um den Verstand brachte. Und mit den Zwillingen hatte sie nun Verstärkung bekommen, was die Verbreitung von Chaos anbelangte.

Sie hörte ein Klappern, dem ein leises Fluchen folgte. Es schien aus der Küche zu kommen. Also bahnte sie sich einen Weg durch das Wohnzimmer und betrat die Küche. Rich stand vor der Spüle. Er hatte offenbar gerade damit begonnen, abzuwaschen, und ihm war wohl ein Teller von dem Geschirrberg, der sich neben ihm auftürmte, ins Spülwasser gerutscht. Genervt wischte er sich mit dem Hemdsärmel das Seifenwasser aus dem Gesicht.

Heidi blieb eine Weile im Türrahmen stehen und beobachtete ihn. Sie fand ihn wahnsinnig attraktiv in seiner schicken Anzughose und dem Hemd mit den hochgekrempelten Ärmeln. Über seine Schulter hatte er ein Geschirrhandtuch geworfen. Von der ordentlichen Frisur, mit der er am Morgen das Haus verlassen hatte, war nichts mehr übrig. Inzwischen sah er aus wie ein etwas gealterter James Dean. Sie wollte ihn einfach nur küssen. Leise ging sie auf ihn zu und umarmte ihn von hinten.

»Heidi! Hast du mich erschre…«, schimpfte er und drehte sich zu ihr.

Weiter konnte er nicht sprechen, denn sie drückte ihre Lippen auf seine. Er umarmte sie ebenfalls und sie spürte seine nassen, warmen Hände durch ihr Shirt. Für ein paar Sekunden vergaß sie alles um sich herum und genoss den Moment. Erst als ihr Magen sich meldete, ließ sie von ihm ab.

Auch Rich schien das Knurren gehört zu haben, denn er sagte: »Wir haben noch ein paar Brote. Also zumindest einige Reste der Brothäppchen, die ich für die Kinder gemacht habe. Den Belag haben sie allerdings heruntergegessen.« Er lachte und zeigte auf einen Teller, auf dem angebissene Brotstückchen lagen.

Heidi lachte ebenfalls. »Ich nehme alles, ich sterbe fast vor Hunger.«

Während Rich sich wieder dem Abwasch zuwandte, ging sie zum Kühlschrank und holte eine Milchflasche heraus.

»Ist mit den Kindern alles okay?«, fragte sie.

»Wenn du meinst, ob sie sofort eingeschlafen sind, nachdem sie das halbe Haus auseinandergenommen haben, dann: ja!«, erwiderte Rich.

Heidi lächelte ihn mitfühlend an. »Es war also wie

immer.« Sie setzte Wasser auf, nahm zwei Tassen aus dem Schrank und gab jeweils einen Beutel Darjeeling hinein. Dann küsste sie Rich auf die Wange, griff nach der Milchflasche und dem Teller und stellte alles auf den Tisch. Inzwischen pfiff der Kessel. Heidi goss das Wasser in die Tassen, brachte sie ebenfalls zum Tisch und ließ sich mit einem lauten Seufzer auf einen Stuhl fallen.

»Und?«, fragte Rich neugierig. »Habt ihr schon was?« Er setzte sich zu ihr.

Eigentlich durfte Heidi nicht über die Details ihrer Polizeiarbeit sprechen. Aber wem, wenn nicht Rich, konnte sie sich anvertrauen? Sie hatte schon viele Tote gesehen, die oft auf brutale Weise ums Leben gebracht worden waren. Das ging natürlich nicht spurlos an ihr vorbei. Deshalb war sie dankbar, dass Rich immer ein offenes Ohr für sie hatte und verschwiegen war. Außerdem hatte er ihr in der Vergangenheit bei der Lösung des einen oder anderen Falls geholfen – allein durch die Fragen, die er stellte. Denn er dachte ganz anders als sie, sehr geradlinig. Das war eine gute Ergänzung zu ihrer eher unkonventionellen, manchmal auch emotionalen Herangehensweise.

»Ich habe vorhin im Radio gehört, dass die Leiche von Marcus Hind aus der Themse gezogen wurde. Wie ist er denn dort überhaupt hineingekommen?«, wollte Rich wissen.

»Genau das ist die zentrale Frage«, erwiderte Heidi. »Der Mörder wollte es wohl nach einem Bootsunfall aussehen lassen, aber wir denken, dass Hind am Ufer erschlagen und danach ins Wasser geworfen wurde.«

»Dann gibt es also mehr als einen Täter? Oder war der Mann ein Leichtgewicht?«

»Er war nicht gerade groß und recht schlank.«

Dann dachte Heidi darüber nach, wie anstrengend sie es fand, ihre Kinder ins Haus zu tragen, wenn sie im Auto eingeschlafen waren und keine Körperspannung mehr hatten. Aus irgendeinem Grund schienen sie dann noch schwerer als sonst zu sein. War also mehr als eine Person nötig gewesen, um den toten Marcus Hind ins Wasser zu werfen? Ein starker Ruderer hätte sicherlich keine Probleme damit gehabt. Aber nicht alle aus dem Team waren groß und muskulös, das wusste sie aus den Presseberichten über die Mannschaft. Einige der Jungs waren sogar ziemlich hager, wenn auch nicht weniger durchtrainiert. Sie kamen also nicht als Einzeltäter infrage. Zu zweit wiederum wäre es möglich gewesen. Und was war mit einer Frau? Kim Burke hatte es zwar geschafft, Hind aus dem Fluss zu ziehen, allerdings eben heraus. Zuvor hatte das Wasser sein Gewicht getragen und ans Ufer hatte sie es gerade so geschafft, wie sie ihnen eindrücklich beschrieben hatte.

»Die junge Frau, die Hind aus dem Wasser geholt hat, wird inzwischen als Heldin gefeiert, auch wenn sie nichts mehr für ihn tun konnte«, sagte Rich, der scheinbar ihre Gedanken lesen konnte.

»Zu Recht«, meinte Heidi.

»Aber ihr habt noch keinen Verdächtigen?«

»Wir sind noch nicht mit allen Befragungen durch.«

»Und was sagt dir dein Bauchgefühl?«

Heidi horchte in sich hinein. In der Vergangenheit hatte sie bei manchen Befragten von Anfang an das Gefühl gehabt, dass sie nichts mit der Sache zu tun hatten. Aber dieses Mal war es anders.

»Es ist schwierig.« Sie machte eine Pause und schaute Rich liebevoll an. »Aber jetzt gerade sagt mir mein Bauchgefühl, dass ich dich unbedingt noch einmal küssen muss.«

~

FREDERICK LIEF DURCH das abendliche Oxford. Beim Spazierengehen konnte er am besten nachdenken. In Bezug auf den Fall gab es so viele Ungereimtheiten. Ihn machte die Vorstellung nervös, dass ein Mörder frei in Oxford herumlief, der einem Menschen aufgelauert, ihn hinterrücks erschlagen, über den Boden gezerrt und dann in die bitterkalte Themse geworfen hatte. Frederick versuchte sich vorzustellen, was er jetzt wohl gerade tat. Triumphierte er, berauscht von dem Mord und der Tatsache, dass sie ihm noch nicht auf die Schliche gekommen waren? Oder war er eher jemand, der nervös und ängstlich im Stillen verharrte in der Hoffnung, dass sich die Aufregung um die Tat bald legen und alles wieder seinen normalen Gang gehen würde. Beide Typen waren gefährlich, denn sie waren Fredericks Erfahrung nach unberechenbar, wenn sie in die Enge getrieben wurden.

Er sah auf die Uhr. Inzwischen war es kurz vor acht. Schon seit einer ganzen Weile lief er ruhelos durch die Stadt. Er wollte noch nicht nach Hause, wollte nicht herumsitzen, auf das Display seines Handys starren und auf eine Nachricht von ihr warten. Denn er hatte immer noch nichts von Louise gehört, Heidis bester Freundin. Sie war eine tolle Frau, nicht nur wunderschön, sondern es war auch keine Sekunde langweilig mit ihr. Ihre Abenteuerlust war ansteckend. Und sie scheute sich vor keiner Diskussion. Außerdem war sie sehr erfolgreich in ihrem Job und wusste genau, was sie wollte.

Aber etwas verwirrte ihn. Sie kannten sich nun schon

seit letztem Herbst, doch bislang war es nur bei ein paar Dates geblieben. Alle paar Wochen sahen sie sich. Am Anfang hatte ihm das gefallen, denn es hatte ihm den Freiraum gegeben, den er gebraucht hatte. Sie schien das gespürt zu haben. Doch inzwischen wünschte er sich, dass ihre Begegnungen regelmäßiger würden. Er war bereit für etwas Festeres. Aber er wusste nicht, ob sie das ebenfalls wollte, und das machte ihn fast wahnsinnig. Eine Frau wie sie konnte sich sicherlich vor Verehrern nicht retten. Bildete er sich die Verbindung zwischen ihnen am Ende nur ein? Oder noch schlimmer – steigerte er sich in etwas hinein, das irgendwann wie eine Seifenblase zerplatzen würde? Es ärgerte ihn, dass eine Frau ihn so verunsichern konnte. Andererseits hatte er noch nie so ein unglaubliches Herzklopfen und ein Gefühl der Vertrautheit verspürt, wenn er mit einer Frau zusammen gewesen war. Noch nicht einmal bei seiner Ex Susan.

Auf einmal fand er sich im Christ Church Meadow wieder. War das Zufall oder hatte sein Unterbewusstsein ihn hierhergetrieben? Er rätselte noch immer, wieso Josie Edwards ihnen verschwiegen hatte, dass Ian Harding in der Nacht bei ihr gewesen war. Ihr musste doch klar sein, dass sie früher oder später davon erfahren würden. Oder hatte sie es verdrängt – so wie Kriminelle manchmal die Tat selbst und Dinge »vergaßen«, die kurz zuvor oder danach geschehen waren. Das war ein bekanntes Phänomen, wohl eine Art Selbstschutz des Gewissens.

Nachdenklich ging Frederick den New Walk entlang, der vom Ufer der Themse in Richtung Meadow Building führte. Links und rechts des breiten Wegs brannten Laternen. Hier hätte Josie Edwards am Morgen auch entlanggehen können, vielleicht nicht auf dem Weg, sondern einige Meter abseits davon, wahrscheinlich unbemerkt.

Es hätte nur etwa zehn Minuten vom Meadow Building bis hinunter zur Themse gedauert, bei schnellem Schritt und mit ihrer körperlichen Fitness wahrscheinlich sogar weniger.

Vielleicht hat sie Harding etwas in seine Drinks gemischt, schoss es Frederick auf einmal durch den Kopf. Aber wieso würde sie so etwas tun? Was für ein Spiel spielte sie? Sie hatte ihn noch nicht einmal als Alibi benutzt.

Frederick ging weiter auf das Meadow Building zu. In vielen Zimmern brannte Licht und er konnte die jungen Bewohner durch die Fenster sehen. Wahrscheinlich waren sie gerade vom Dinner zurückgekehrt. Auf einmal zuckte Frederick zusammen. In diesem Moment hatte er Josie Edwards entdeckt. An den langen, blonden Locken war sie leicht zu erkennen. Und da war noch jemand mit ihr im Zimmer; Frederick sah einen Schatten an der Wand, der sich hin und her bewegte. Dann trat die zweite Person ebenfalls vors Fenster und Frederick traute seinen Augen nicht: Er konnte deutlich einen Rothaarigen erkennen, der Josie Edwards zu sich heranzog und leidenschaftlich küsste. Das war Ryan Ross!

Freitag, 6. März

DAS WETTER AN diesem Morgen spiegelte Fredericks Stimmung wider: mies. Er zog den Kragen seiner Lederjacke noch ein Stückchen höher. Die ganze Nacht lang hatte er darüber nachgedacht, was es wohl mit diesem Kuss zwischen Josie Edwards und Ryan Ross auf sich hatte. Außerdem war er frustriert, dass Louise immer noch nicht auf seine Nachricht reagiert hatte. Und nun begann es auch noch zu regnen. Dicke, kalte Tropfen fielen ihm ins Gesicht. Das fehlte ihm gerade noch, denn er hatte wie immer keinen Schirm dabei. Es war ein Klischee, dass englische Männer aus dem Norden auch beim heftigsten Regenschauer keinen Schirm benutzten. Doch er gehörte zu denjenigen, die es erfüllten. Denn erfahrungsgemäß kam zu dem Regen noch ein starker Wind hinzu, und da machte man sich mit einem Schirm eher zu einer Witzfigur, als dass man sich damit gegen die Widrigkeiten schützte. Und für eine unförmige Regenjacke in einer Signalfarbe war Frederick zu eitel. Also musste seine speckige Lederjacke den Schauer aushalten.

Frederick ging schneller. Er war auf dem Weg zu den Bootshäusern, um Heidi zu treffen. Dabei wollte er die Strecke ablaufen, die Ryan Ross gestern Morgen beim Joggen genommen hatte. Vielleicht war er doch weiter gelaufen, als er behauptet hatte. Frederick schloss nicht aus, dass er sie angelogen hatte und zum Tatzeitpunkt am Tatort gewesen war. Nach dem, was er gestern Abend gesehen hatte, traute er dem stillen Rothaarigen den Mord an Hind inzwischen durchaus zu.

Nun ging Frederick direkt am Cherwell entlang, der sich durch das flache Gelände wand. Der Weg war gesäumt von hohen Bäumen, die ihn ein wenig vor dem Regen schützten. Bei gutem Wetter war der kleine Fluss sicherlich überfüllt mit Touristen, die in Stechkähnen in Richtung Themse schipperten. Am flachen Ufer ließ es sich herrlich picknicken. An diesem Morgen war der Boden jedoch matschig und rutschig. Frederick kam nicht besonders schnell voran und ärgerte sich bei jedem Schritt, dass er nicht doch den Weg an der Themse entlang gewählt hatte.

Endlich erreichte er den künstlich angelegten Wasserlauf, der vom Christ Church Meadow aus die kleine Insel abgrenzte, auf der ein Großteil der Bootshäuser der Colleges gebaut worden war. Er schaute sich um. Um zu den Bootshäusern zu gelangen, musste man weiter am Wasserlauf entlanggehen und kam dann über eine kleine Holzbrücke auf die Insel. Für Ryan Ross wären es nur ein paar Hundert Meter mehr gewesen. Einen anderen Zugang zur Insel gab es nicht. Der Mörder musste gewusst haben, dass Hind jeden Morgen rudern ging und deshalb auf dem Weg zu den Bootshäusern gewesen war. Denn dort hatte das Ruderboot gelegen, das er zum Training benutzt hatte. Vor der Brücke musste er von seinem Mörder abgefangen worden sein.

Dicht am Wegesrand standen alte Bäume mit dicken Stämmen, dazwischen einige Büsche. Das waren wohl die, von denen Stephanie Bradshaw gesprochen hatte. Dahinter musste der Mörder auf Hind gewartet haben. Frederick verließ den Weg, um sich das Gelände anzuschauen. Hinter den mannshohen Büschen blieb er stehen. Von hier aus hatte man durch die Zweige hindurch einen recht guten Blick auf den Weg und war gleichzeitig durch das Dickicht geschützt. Der Mörder hatte womöglich hier gestanden und sein Opfer immer näher kommen sehen. Wahrscheinlich hatte sein Herz wild zu klopfen begonnen. Den Stein hatte er in der Hand gehalten, um genau den richtigen Moment abzupassen. Hind war vorbeigelaufen und hatte aus irgendeinem Grund angehalten. Vielleicht war das die Stelle, an der er sich nach dem Joggen immer gedehnt hatte, und der Mörder hatte das gewusst. Oder weshalb sonst hätte Hind ausgerechnet hier angehalten? Der Mörder war jedenfalls aus seinem Versteck gekommen, hatte sich von hinten an ihn herangeschlichen und dann zugeschlagen.

Frederick stockte. Er starrte vor sich auf den aufgeweichten Boden: Dort waren Fußabdrücke zu sehen! Doch das konnten nicht die sein, die Stephanie Bradshaw gestern entdeckt hatte, denn diese hier waren ganz frisch. Fast panisch blickte Frederick sich um, schaute hinauf in die Baumkronen. Instinktiv ballte er die Fäuste, um vorbereitet zu sein, falls jemand ihn angreifen würde. Sein Herz pochte bis zum Hals. Doch weit und breit war niemand zu sehen.

Woher stammten die Abdrücke? War der Mörder noch einmal zurückgekehrt?

Frederick zog sein Handy hervor und rief Stephanie Bradshaw an, um ihr zu berichten, was er entdeckt hatte.

~

HEIDI LIEF MIT strammen Schritten den Christ Church Meadow Walk entlang in Richtung der Bootshäuser. Sie war spät dran. Gestern Abend hatte sie zusammen mit Rich noch über zwei Stunden das Chaos im Haus beseitigt, war danach erschöpft ins Bett gefallen und sofort eingeschlafen. Erst heute Morgen war ihr eingefallen, dass sie wieder einmal vergessen hatte, die Schuluniformen der Zwillinge zu bügeln. Das gehörte wahrlich nicht zu ihren

Lieblingsbeschäftigungen und sie war nicht besonders gut darin. Trotzdem hatte sie es erledigen müssen und es hatte sie wertvolle Zeit gekostet.

Die versuchte sie nun wieder aufzuholen. Doch bei dem furchtbaren Wetter war das gar nicht so einfach. Der Himmel war dunkelgrau und dicke Regentropfen prasselten auf sie herunter. Außerdem wehte ein rauer Wind. Also hatte sie sich Gummistiefel und eine regendichte Wachsjacke mit einer großen Kapuze angezogen und stiefelte nun tapfer durch den Christ Church Meadow. Es waren nicht viele Menschen unterwegs. Bei dem Wetter wagten sich nur diejenigen vor die Tür, die wirklich rausmussten.

Auf einmal hörte Heidi laute Rufe. Dann entdeckte sie in einigen Hundert Metern Entfernung ein Ruderboot auf der Themse. Das musste das Team der Universität sein. Daneben fuhr ein Motorboot, das ein Mann in einer dunkelblauen Regenjacke lenkte. Wahrscheinlich war das der neue Coach. Heidi konnte ihn zwar nicht erkennen, denn er hatte die Kapuze tief ins Gesicht gezogen, doch er trieb die Mannschaft über ein Megafon gnadenlos an. Als ob es nicht schon eine Qual gewesen wäre, überhaupt bei diesem Dreckswetter zu trainieren! Seine Methode schien allerdings zu wirken, die Ruderer glitten in schnellem Tempo über das Wasser.

Heidi war stolz auf diese Jungs. Wenn sie so weitermachten, schafften sie es vielleicht allen Widerständen zum Trotz doch, Cambridge zu besiegen. Sie wünschte es sich so sehr!

Dann entdeckte sie Frederick bei den Bäumen vor der Brücke. »Guten Morgen, Collins!«, rief sie ihm zu und ging zu ihm hinüber.

»Morgen!«, antwortete Frederick, dann sagte er aufgeregt: »Kommen Sie mal mit, Green! Ich habe hinter den Büschen frische Fußabdrücke gefunden, genau an der Stelle, wo der Mörder gestern auf Hind gewartet haben muss.«

Heidi folgte ihm und betrachtete die Spuren, die im aufgeweichten Boden besonders deutlich zu sehen waren. »Die sind ja wirklich ganz frisch!«

»Ich habe Steph schon informiert, sie müsste jede Minute hier sein«, erklärte Frederick.

»Gut, während Sie auf sie warten, schaue ich mich mal bei den Bootshäusern um. Vielleicht finde ich dort noch weitere Spuren.«

Frederick nickte. »Ich komme später nach. Bis dahin ist Kirkwood ja hoffentlich mit dem Training fertig.«

Heidi ging zurück zu dem Weg und dann über die kleine Holzbrücke auf die Insel, auf der etwa zehn Bootshäuser nebeneinanderstanden. Die modernen Neubauten spiegelten wider, welchen hohen Stellenwert der Rudersport für die Colleges hatte. Aus der Presse wusste Heidi, dass jede Menge Geld in den Bau geflossen war.

Vor einem der Häuser stand ein großer grauhaariger Mann in Arbeitskleidung unter einem Vordach und nickte ihr freundlich zu. »Was verschlägt Sie denn bei dem ekligen Wetter hierher?«, rief er ihr entgegen und winkte sie zu sich. Er schien froh, jemanden gefunden zu haben, mit dem er ein paar Worte wechseln konnte.

Heidi ging zu ihm hinüber, erleichtert, dem Regen entkommen zu sein. »Meine Arbeit«, antwortete sie. »Genauso wie Sie, nehme ich an. Sind Sie der Bootswart, Sir?«

»Der bin ich in der Tat.«

»Das trifft sich gut«, sagte Heidi. »Meine Kollegin Miss Bradshaw hat gestern schon mit Ihnen gesprochen und mir erzählt, was für hervorragende Auskünfte Sie ihr gegeben haben.«

Der Grauhaarige war sichtlich geschmeichelt. »Ist das so?«

»Ich bin übrigens Inspector Green von der Thames Valley Police«, stellte Heidi sich vor.

»Peter Brown.«

»Ich hätte ebenfalls ein paar Fragen an Sie, Mr Brown, wenn es Ihnen recht ist.«

»Aber gerne, ich helfe, wo ich kann.«

»Sehr schön. Zuerst möchte ich wissen, wo ich Gerry Kirkwood finden kann.«

»Der ist gerade mit dem Motorboot draußen und trainiert die Jungs.«

»Und wie lange dauert das Training normalerweise?«

Peter Brown schaute auf seine Armbanduhr. »Noch eine ganze Weile. Die haben erst vor einer halben Stunde angefangen. Heute trainieren sie die Startphase eines Rennens.«

»Wo kann ich Mr Kirkwood denn danach am besten antreffen?«

»Hier. Die Boote, mit denen sie draußen sind, liegen normalerweise dort drüben.« Peter Brown zeigte auf das letzte Haus in der Reihe. »Zumindest bei diesem Regenwetter.«

»Lag dort auch das Boot, das wir gestern beim Iffley Lock gefunden haben?«

»So ist es. Mit dem ist Marcus am liebsten rausgefahren.«

»Hat er denn viel trainiert?«, wollte Heidi wissen.

»Jeden Tag, auch am Wochenende. Er war unermüdlich. Sein eigenes Training hatte er schon längst hinter sich, bevor die Jungs überhaupt eingetrudelt sind. Ihm war es wichtig, fit zu bleiben, um ein gutes Vorbild für die jungen Kerle zu sein.«

»Das heißt, er ist jeden Tag von seinem Haus in Summertown hierher gejoggt und danach ist er noch rudern gegangen?«

»Ja, er hat sich durch nichts und niemanden ausbremsen lassen«, sagte Peter Brown mit Bewunderung in der Stimme.

»Sie mochten ihn?«

Peter Brown nickte, aber ihm schien durchaus bewusst zu sein, dass das nicht jedem so ging. »Zu mir war er immer sehr freundlich.«

»Wann haben Sie ihn zuletzt gesehen?«

»Am Mittwochabend. Ich habe gegen elf meine letzte Runde gedreht, da war Marcus noch im Bootshaus.«

»Allein?«

»Nein, einer der Ruderer war bei ihm.«

»Ryan Ross?«

»Sie kennen Ryan?«, fragte Peter Brown überrascht.

»Ja«, antwortete Heidi. »Die beiden haben gestritten, nicht wahr?«

»Den Eindruck hatte ich eigentlich nicht«, widersprach Peter Brown.

»Ach nein?«, versicherte Heidi sich.

»Sie haben sich ganz normal unterhalten«, beteuerte er. »Es sah so aus, als würden sie etwas besprechen.«

»Und wissen Sie auch, was?«

»Aber nein, ich lausche doch nicht! Außerdem war das Fenster geschlossen. Ich habe sie im Vorbeigehen nur durch die Scheibe gesehen.« Als Heidi ihn irritiert anschaute, erklärte er: »Wenn sie gestritten hätten, dann hätte ich das sicherlich durchs Fenster gehört.«

Das passt so gar nicht zu dem, was Ross erzählt hat,

dachte Heidi. Dennoch sagte sie: »Da haben Sie natürlich recht. Und ist Ihnen vielleicht sonst irgendetwas Ungewöhnliches an Mr Hind aufgefallen?«

»Nicht dass ich wüsste.« Peter Brown schüttelte den Kopf. »Nein, auf mich wirkte Marcus wie immer. Vielleicht etwas gestresst, aber das war ja verständlich, immerhin findet das große Rennen gegen Cambridge bald statt.«

Heidi wechselte das Thema. »Und Gerry Kirkwood, was halten Sie von ihm?«

»Ach, Gerry«, antwortete Peter Brown unverblümt, »der lässt immer den großen Zampano raushängen, dabei hat er bei Weitem nicht so viel Erfahrung wie Marcus.«

»Wissen Sie, ob er auch immer so früh zum Training kam wie Mr Hind?«

»Nein, er kommt jedes Mal als Letzter und geht als Erster«, regte Peter Brown sich auf. »Er ist auch keiner, der mal mit anpackt, wenn die Boote ins Wasser gelassen und wieder rausgezogen werden.« Er seufzte. »Man kann über Marcus denken, was man will, aber er war da anders. Er war sich für solche Arbeiten nicht zu schade.«

~

FREDERICK GING ÜBER die Holzbrücke und entdeckte Heidi schon von Weitem. Mit ihren knallgelben Gummistiefeln war sie kaum zu übersehen. Sie stand vor dem letzten Bootshaus in der Reihe und schien auf ihn zu warten.

»Es gibt neue Erkenntnisse«, verkündete er sofort, als er sie erreicht hatte. »Ich habe mit Steph gesprochen, während sie die Abdrücke genommen hat. Sie hat die Spuren von gestern schon analysiert.«

»Und?«

»Offenbar gab es drei verschiedene Akteure am Tatort«, erklärte er aufgeregt. »Zum einen sind da die Spuren von Hind. Er ist wohl den Weg an der Themse entlanggelaufen und dann ganz in der Nähe des Fundorts seiner Leiche zu Boden gegangen. Die Abdrücke stimmen mit den Sohlen der Turnschuhe überein, die er trug, als er gefunden wurde. Außerdem gibt es unzählige Spuren von Kim Burke. Sie lassen sich vom Weg bis hinunter ans Ufer verfolgen. Steph konnte genau sehen, wo sie in die Themse gesprungen ist, und auch, wo sie Hind an Land gezerrt hat. Danach muss sie immer wieder auf und ab gelaufen sein, während sie auf den Krankenwagen gewartet hat.«

»Ja, um sich aufzuwärmen«, sagte Heidi. »Das hat sie uns gestern selbst erzählt.«

»Richtig«, stimmte Frederick zu. »Aber jetzt wird es spannend: Steph hat noch weitere Abdrücke entdeckt, Schuhgröße 44. Sie stammen also sehr wahrscheinlich von einem Mann. Es sind ebenfalls Abdrücke von Turnschuhen, übrigens dasselbe Modell, das auch Hind getragen hat. Steph hat herausgefunden, dass der gesamte Development Squad mit diesen Schuhen ausgestattet wurde.«

»Das macht es uns natürlich nicht einfacher.«

»Jedenfalls führen diese Abdrücke vom Versteck hinter den Büschen bis zum Gehweg. Dann werden sie tiefer und es sind Schleifspuren zu erkennen. Das bestätigt Stephs Hypothese, dass der Mörder Hind zum Ufer geschleppt und dann in die Themse geworfen hat.«

»Jetzt stellt sich natürlich die Frage, ob diese Abdrücke mit denen übereinstimmen, die Sie vorhin entdeckt haben«, überlegte Heidi. »Wenn dem so wäre, sind wir dem Mörder womöglich näher, als wir denken.« Sie blickte hinüber zu dem Motorboot auf der Themse. »Oder er uns.«

Frederick nickte. »Ich bin gespannt, was Kirkwood uns zu erzählen hat.«

Doch Gerry Kirkwood ließ noch über eine halbe Stunde auf sich warten. Immer und immer wieder übte er mit den Jungs den Start eines Rennens. Inzwischen schüttete es wie aus Kübeln, doch der neue Coach kannte kein Erbarmen. Dann endlich fuhr er mit dem Boot ans Ufer heran, warf Peter Brown die Leine zu und sprang an Land. Der Bootswart rief ihm etwas zu, woraufhin er entnervt das Gesicht verzog.

»Mr Kirkwood!« Heidi wollte offenbar keine Zeit mehr verlieren und ging schnurstracks auf ihn zu.

Frederick folgte ihr widerwillig durch den niederprasselnden Regen.

»Wir müssen dringend mit Ihnen sprechen.«

»Ich habe es schon gehört«, erwiderte Gerry Kirkwood unfreundlich. »Lassen Sie uns hineingehen, hier bin ich ohnehin fertig.«

Sie folgten ihm ins Bootshaus und dann über eine breite Holztreppe ins Obergeschoss. Gerry Kirkwood holte einen Schlüssel hervor, schloss die Tür zum Clubraum auf und bat sie herein. In dem großen, modern eingerichteten Raum standen verschiedene Tische und Stühle, eine Bar und ein Kicker. Durch hohe Fenster hatte man einen direkten Blick auf die Themse. An den Wänden hingen gerahmte Fotos von erfolgreichen Rennen und daneben die Ruder, mit denen die Siege eingefahren worden waren. Frederick sah förmlich vor sich, wie hier danach ausgelassen gefeiert wurde.

»Gemütlich haben Sie's hier«, bemerkte er, doch Gerry Kirkwood reagierte nicht darauf.

Er zog seine Regenjacke aus, legte sie ordentlich über einen Stuhl und strich sich die schwarzen Haare glatt.

Das wäre doch nicht nötig gewesen bei der Menge an Gel, das er sich in die Haare geschmiert hat, dachte Frederick. Er betrachtete den Coach kritisch, seine hohe Stirn und die dichten dunklen Augenbrauen.

Gerry Kirkwood machte eine Kopfbewegung zu den Stühlen hinüber, die ihnen wohl zu verstehen geben sollte, Platz zu nehmen, und stieß ungeduldig hervor: »Ich habe ehrlich gesagt nicht viel Zeit. Außerdem würde ich mich gerne erst mal umziehen, ich bin völlig durchnässt.«

Wir auch, hätte Frederick beinah gesagt, doch er hielt sich zurück. »Kein Problem.«

Gerry Kirkwood verschwand kurz in einem Nebenraum. Als er zurückkam, trug er einen Jogginganzug. Er setzte sich, schlug die Beine übereinander und wippte mit dem rechten Fuß nervös auf und ab.

»Wie Sie sich sicher vorstellen können, sind wir hier wegen des Verbrechens an Marcus Hind. Sein Tod muss für Sie sehr überraschend gekommen sein, nicht wahr?«, begann Frederick.

»Das stimmt«, erwiderte Gerry Kirkwood knapp.

»Und stimmt es auch, dass es für Sie wie ein Ritterschlag ist, das Team jetzt trainieren zu dürfen?«, fragte Frederick weiter.

Gerry Kirkwood sah ihn genervt an. »Einen Ritterschlag würde ich es nicht nennen. Sie dürfen vor allem nicht den Druck unterschätzen, der mit einer solchen Position einhergeht. Alle Augen sind auf mich gerichtet und jeder erwartet, dass ich liefere.« Er strich sich durchs Haar.

»Ich kann mir den Druck vorstellen«, gab Frederick zu. »Dennoch ist das doch der Höhepunkt Ihrer bisherigen Karriere, nicht wahr?«

»Das ist jetzt etwas hoch gegriffen«, antwortete Gerry

Kirkwood gereizt. »Ich würde eher sagen, dass es der Anfang meiner Karriere ist. Ich kann noch mehr.«

»Jedes Jahr bewerben sich Hunderte auf den Posten, und Sie wollen uns weismachen, dass Sie ihn eigentlich gar nicht wollen, weil er zu viel Druck mit sich bringt und Sie für Höheres bestimmt sind?«, fragte Heidi aufgebracht.

»Natürlich ist es eine große Ehre, dass ich den Job machen darf«, lenkte Gerry Kirkwood ein. »Aber wenn Sie darauf anspielen, dass ich Marcus deswegen getötet habe, sind Sie auf der falschen Fährte.« Er machte eine kurze Pause, dann sagte er nachdenklich: »Ja, wir Sportler sind alle sehr ehrgeizig, aber es geht eben auch um Fair Play. Ich hätte doch Marcus niemals umgebracht, um seinen Platz als Coach einzunehmen. Das hätte einen ziemlich bitteren Beigeschmack gehabt.«

»Wir möchten trotzdem gern wissen, was Sie gestern zwischen fünf und acht Uhr morgens gemacht haben«, beharrte Heidi.

»Ich bin gegen acht aufgestanden und habe mich etwa eine halbe Stunde später mit dem Rad auf den Weg hierher gemacht – ich wohne nicht weit von hier. Als ich gesehen habe, dass am Iffley Lock eines unserer Ruderboote von der Polizei aus dem Wasser gezogen wurde, hatte ich schon eine böse Vorahnung. Ich wusste, dass Marcus jeden Morgen vor dem Mannschaftstraining selbst rudern ging. Und als ich dann im Christ Church Meadow die Polizei und den Notarztwagen gesehen habe, war mir klar, dass etwas Schlimmes passiert sein musste. Aber dass Marcus getötet wurde, kann ich mir nicht vorstellen. Das war doch ganz eindeutig ein Bootsunfall!«

Stellt der Kerl jetzt tatsächlich unsere Kompetenz in Frage, dachte Frederick erbost. Oder ist er doch der Mörder und versucht nur, von sich abzulenken? Lass dich nicht provozieren, ermahnte Frederick sich und fragte: »Welche Schuhgröße haben Sie?«

»43.«

Das war nicht die Antwort, die Frederick hatte hören wollen. »Wann haben Sie Mr Hind das letzte Mal gesehen?«, fuhr er fort.

»Am Mittwochabend. Marcus und ich hatten eine Besprechung hier im Bootshaus«, antwortete Gerry Kirkwood.

»Waren Sie schon weg, als er sich mit Josie Edwards, Ian Harding und Ryan Ross getroffen hat?«

Nun blickte Gerry Kirkwood Frederick neugierig an. »Ich wusste nicht, dass die drei bei ihm waren. Was wollten sie von ihm?«

»Wir sind noch dabei, das herauszufinden«, erwiderte Frederick ausweichend. »Könnten Sie sich denn vorstellen, dass einer von ihnen Mr Hind etwas angetan hat?«

»Sie waren ziemlich sauer auf Marcus. Es ist der Traum aller im Development Squad, ins Team berufen zu werden. Und da die letzten Rennen nicht so gut gelaufen sind, hatten sie vielleicht darauf gehofft, eine Chance zu bekommen, sich zu beweisen. Möglicherweise ist einem von ihnen die Sicherung durchgegangen, das kann ich mir schon vorstellen.« Plötzlich stockte er. »Mir fällt gerade etwas ein: Marcus hat mich Mittwochnacht noch angerufen.«

»Wann genau?«

»Kurz vor Mitternacht. Ich habe den Anruf verpasst, aber er hat mir eine Nachricht hinterlassen.«

»Und wie lautete die?«

»Er meinte, es gebe personelle Änderungen im Team und er wolle das mit mir Donnerstag früh besprechen.«

Interessant, dachte Frederick. Hat Ross ihn also doch noch umgestimmt?

»Haben Sie ihn denn nicht zurückgerufen und nachgefragt?«, wollte Heidi wissen.

Gerry Kirkwood schüttelte den Kopf. »Als ich gesehen habe, dass er angerufen hat, war es schon nach Mitternacht. Und ich dachte, ich würde ihn am nächsten Morgen ohnehin treffen. Gewundert habe ich mich aber schon.«

»Und haben Sie eine Ahnung, um was für Änderungen es sich handeln könnte?«

»Beim besten Willen nicht«, antwortete Gerry Kirkwood. »Marcus hatte monatelang an der perfekten Zusammenstellung des Teams gearbeitet und war absolut zufrieden damit. Mir kam es seltsam vor, dass er nun jemanden auswechseln wollte, vor allem so kurz vor dem Rennen. Irgendetwas muss da vorgefallen sein.«

~

EILIG LIEFEN HEIDI und Frederick die Treppe des Bootshauses hinunter. Sie hofften, dass die Ruderer nach dem Training nicht sofort gegangen waren. Wenigstens spielte ihnen der heftige Regen in dieser Beziehung in die Hände, denn die Jungs waren tatsächlich noch dabei, das Boot im Trockenen zu verstauen. Das Eingangstor war weit geöffnet, als Heidi und Frederick die Halle betraten. In der Mitte des großen Raums waren eiserne Ständer aufgebaut, auf denen Boote unterschiedlicher Größe lagerten. An der linken Wand standen Kisten mit unzähligen Rudern darin. Die Jungs waren lautstark damit beschäftigt, ihr Boot auf einen der leeren Ständer zu hieven.

Heidi wartete, bis sie fertig waren, und rief dann: »Guten Morgen, Dark Blues!«

Neun Augenpaare blickten überrascht in ihre Richtung. »Guten Morgen!«, klang es dann aus neun Mündern.

»Ich bin Inspector Green und das ist mein Kollege Inspector Collins. Wir untersuchen den Tod von Marcus Hind und haben eine wichtige Frage an Sie.«

Alle schauten sie erwartungsvoll an.

»Er soll geplant haben, Änderungen im Team vorzunehmen. Wussten Sie davon?«

Niemand antwortete.

Dann endlich traute sich ausgerechnet der Kleinste der neun, wohl der Steuermann, zu fragen: »Was für Änderungen?«

»Wir glauben, dass er das Team noch einmal neu zusammenstellen wollte«, erklärte Heidi. »Wen er nicht mehr dabeihaben wollte und weshalb, hätten wir gerne von Ihnen gewusst. Also noch mal: Wer kann uns dazu etwas sagen?«

Es waren einige »Ich wusste nichts davon« und »Keine Ahnung« zu hören. Dann schepperte es auf einmal laut. Einem großen Blonden war ein Ruder aus der Hand gerutscht. Als er es wieder aufhob, zitterte er heftig. Entweder war ihm extrem kalt oder er war schrecklich nervös. Heidi versuchte, Blickkontakt zu ihm aufzunehmen, doch er wich ihr aus. Sie ging zu ihm.

»Haben Sie vielleicht eine Ahnung, was das für Änderungen gewesen sein könnten?«, fragte sie ihn eindringlich.

Ringsum war Gemurmel zu hören. Der Blonde schüttelte heftig den Kopf.

»Wie heißen Sie?«

»Carl Morgan«, presste er hervor.

»Ach, dann sind Sie der Freund von Kim Burke?«, sagte Heidi überrascht.

Er nickte.

»Wie geht es Kim?«, erkundigte Heidi sich.

»Okay«, krächzte er.

»Das ist gut zu hören«, sagte sie, dann beugte sie sich zu ihm und fragte leise: »Und Sie sind sich ganz sicher, dass Sie nicht doch irgendetwas wissen? Sie würden uns damit sehr helfen.«Erneut schüttelte er heftig den Kopf.

Heidi glaubte ihm nicht, doch sie spürte, dass er sich lieber die Zunge abbeißen als ihr etwas verraten würde. Daher wandte sie sich noch einmal an die anderen Jungs: »Wenn Ihnen irgendetwas einfallen sollte, meine Herren, dann melden Sie sich bitte bei der Thames Valley Police Station in St. Aldate's! Einen schönen Tag noch!« Zusammen mit Frederick ging sie zur Tür. Als sie die Halle gerade verlassen wollten, drehte Heidi sich ein letztes Mal um und rief kampfeslustig: »Ach, und noch etwas: Lassen Sie uns diese Cambridge Losers besiegen! Shoe the filthy tabs! Whoop! Whoop!«

Die Jungs stimmten grölend ein und klatschten.

~

»UND JETZT, COLLINS, zurück zur Police Station, raus aus dem Regen?«, fragte Heidi, als sie vor der Halle standen.

»Ich hätte vorher noch ein Hühnchen mit Josie Edwards zu rupfen, wenn wir schon mal in der Nähe sind«, antwortete Frederick und erzählte Heidi, was er am Abend zuvor gesehen hatte.

Bevor Heidi etwas dazu sagen konnte, klingelte ihr Handy. Es war Sergeant Simmons. Heidi stellte das Telefon auf laut, damit Frederick mithören könnte.

»Guten Morgen, Inspector Green! Ich wollte Ihnen nur

mitteilen, dass der Obduktionsbericht vorliegt und Dr Goldberg Sie in der Pathologie erwartet.«

»Wie war er gelaunt?«, fragte Heidi.

»Ganz gut, aber wieso sollte er das auch nicht sein? Ich bin ja schließlich auch freundlich zu ihm«, antwortete Sergeant Simmons.

»Natürlich.«

»Wenn Sie allerdings schon fragen – ich habe kürzlich von einer psychologischen Studie gelesen. Die kam zu dem Ergebnis, dass es einer anderen Person schwieriger fällt, unfreundlich zu einem zu sein, wenn man vorher nett zu ihr war, auch wenn man denkt, dass diese Person einen nicht so sehr mag. Ich habe das schon ausprobiert, wissen Sie, und eigentlich ganz gute Erfahrungen damit gemacht. Als ich einmal …«

»Klingt interessant«, unterbrach Heidi ihn. »Aber noch viel mehr interessiert mich, ob Sie mit der Analyse der Videobänder inzwischen durch sind.«

Sergeant Simmons schnaufte laut. »Ich bin gerade fertig geworden. Das war keine schöne Aufgabe, sage ich Ihnen, stundenlang auf das dahinplätschernde Wasser der Themse zu starren«, beschwerte er sich.

»Also haben Sie nichts gefunden?«

»Doch, doch. Und zwar sind die Kameras gegen sechs Uhr morgens manipuliert worden. Es waren genau die, die das Geschehen hätten aufzeichnen können. Aber das Boot ist zu sehen, etwas weiter flussabwärts.«

»Danke, Simmons, gute Arbeit! Und wann fahren Sie nach Cambridge?«, hakte Heidi nach.

»Heute Nachmittag«, erklärte Sergeant Simmons gequält. »Ist das denn wirklich nötig? Kann ich das nicht telefonisch klären?«

»Simmons, Sie müssen sich schon ein Bild vor Ort

machen! Das ist wirklich wichtig für uns«, betonte Heidi. »Und da ist noch etwas: Könnten Sie bitte eine Übersicht erstellen, wer im Development Squad Schuhe der Größe 44 trägt? Wenn möglich noch bevor Sie nach Cambridge fahren.«

»Das auch noch?« Er stöhnte.

»Es wäre sehr hilfreich.«

»Also gut«, sagte er. »Ach, da fällt mir gerade ein, ich soll Ihnen ausrichten, dass der Chief Inspector Sie sprechen will, sobald Sie bei Dr Goldberg waren.«

Diesmal waren es Heidi und Frederick, die gequält stöhnten.

~

DR GOLDBERG BEGRÜSSTE sie herzlich und führte sie gleich zu dem Seziertisch, auf dem Marcus Hinds Leichnam lag. »Ich habe ihn von Kopf bis Fuß auseinandergenommen«, sagte er verheißungsvoll. Als weder Heidi noch Frederick darauf antworteten, rief er: »Nun schaut doch nicht so! Es tut mir leid, dass ich gestern etwas die Fassung verloren habe.« Er lächelte breit.

»Schon gut«, sagte Heidi versöhnlich. »Ich kann Sie ja verstehen, Dr Goldberg. Dass Hind tot ist, war für uns alle ein Schock. Aber glauben Sie mir, Kirkwood hatte einen guten Lehrer. Er ist mindestens genauso erbarmungslos beim Training, wie Hind es war. Wir konnten uns eben mit eigenen Augen davon überzeugen.«

»Das habe ich auch schon gehört, obwohl Kirkwood ja ansonsten nicht von der fleißigen Sorte sein soll«, erwiderte Dr Goldberg und kraulte seinen dunklen Bart. »Es ist also noch nicht alles verloren. Aber nun zu Hind hier. Der Mann hat ganz schön was hinter sich.«

»Das bedeutet?«

»Die Todesursache ist nicht der Schlag auf den Hinterkopf.«

»Sondern?«, wollte Frederick wissen.

»Langsam!«, sagte Dr Goldberg. »Ich muss weiter ausholen. Also, nach dem Schlag ist Hind ohnmächtig geworden und zusammengesackt. Bei dem Sturz hat er sich Verletzungen an Knien und Armen zugezogen. Dann wurde er wohl auf den Rücken gedreht und über den Weg geschleift und schließlich über das Gras bis hinunter zum Ufer. Ich habe entsprechende Partikel in den Wunden an seinen Unterarmen gefunden.«

»Das heißt, die Jacke wurde ihm tatsächlich vorher ausgezogen?«, hakte Heidi nach.

»Ja, davon können wir ausgehen.«

»Und dann wurde er lebend in die Themse geworfen?«, fragte Frederick entsetzt.

»Ja. Er war zwar benommen, aber er hat noch gelebt. Im Wasser ist er dann an einem Kälteschock gestorben. Daher auch das verzerrte Gesicht. Die Verletzung am Kopf hätte er vielleicht noch weggesteckt, doch das eiskalte Bad in der Themse hat ihm den Rest gegeben. Seine Blutgefäße haben sich zusammengezogen und die lebenswichtigen Organe sind ausgekühlt. Es war ein verhältnismäßig langsamer innerlicher Tod. Wer auch immer ihn umgebracht hat, hatte kein Erbarmen mit ihm.«

»Das heißt, er ist letztendlich an Hypothermie gestorben?«, fasste Frederick zusammen.

»Sehr richtig«, sagte Dr Goldberg anerkennend.

»Da hat aber jemand seine Hausaufgaben gemacht«, warf Heidi ein und zwinkerte Frederick zu. »Sie Streber!«

Frederick lachte.

»Ich will noch einmal zu der Wunde am Kopf zurückkommen.« Dr Goldberg ging um den Toten herum. »Der Schlag kam von hinten, und zwar meines Erachtens von einem Menschen, der groß und kräftig ist. Ich würde schätzen von jemandem, der ähnlich groß ist wie Sie, Collins.« Er musterte Frederick von oben bis unten. »Ja, Ihre Größe müsste in etwa hinkommen. Hier, das ist der Stein, mit dem Hind niedergeschlagen wurde, Miss Bradshaw war so freundlich, ihn mir rüberzuschicken.« Er griff nach einem faustgroßen Stein, der in einer durchsichtigen Plastiktüte steckte, drückte ihn Frederick in die Hand und stellte sich mit dem Rücken zu ihm vor ihn. »Ich bin etwa so groß wie Hind. Also los, Collins, machen Sie schon, probieren Sie es aus!«

Frederick hob den Arm und tat so, als ob er Dr Goldberg am Kopf treffen wollte. Tatsächlich würde der Stein in etwa an der Stelle auftreffen, an der Hind verletzt worden war.

»Dann wird es so gewesen sein«, sagte Dr Goldberg und nahm Frederick den Stein wieder ab.

»Wir können also davon ausgehen, dass der Täter ein Mann ist?«, versicherte sich Heidi.

»Mit neunundneunzigprozentiger Wahrscheinlichkeit: ja«, antwortete Dr Goldberg. »Außer, ihr habt unter den Verdächtigen eine außergewöhnlich große und kräftige Frau.«

»Die haben wir tatsächlich«, dachte Heidi laut. »Liz Hind.«

~

ZURÜCK IN DIE Police Station machten Heidi und Frederick sich auf den Weg zu Chief Inspector Meyers. Sie gingen einen muffigen Gang entlang, dessen blauer

Teppich seine besten Jahre längst hinter sich hatte. Er führte am Gemeinschaftsbüro der Sergeants vorbei. Die Tür stand offen. Sergeant Simmons saß an seinem Schreibtisch, vor sich ein übergroßer Wanderrucksack, in den er gerade eine Lunchbox packte.

»Hallo Simmons!«, grüßte Heidi, während sie eintraten.

»Inspectors!«, gab Sergeant Simmons gestresst zurück. »Sie sind sicherlich hier, weil Sie die Liste abholen wollen.«

»Ganz richtig.«

Er hielt ihnen ein Blatt Papier entgegen.

Heidi griff danach. »Vielen Dank, Simmons!« Dann zeigte sie auf den Rucksack. »Wollen Sie etwa das Land verlassen?«

Der Sergeant blickte sie fragend an.

»Na, wegen des Rucksacks«, erklärte sie geduldig. »Es sieht aus, als ob Sie vorhaben, auf Weltreise zu gehen.«

»Sie wissen doch, dass ich nach Cambridge fahren muss«, entgegnete er verständnislos. »Ich will auf alle Eventualitäten vorbereitet sein. Deshalb habe ich meine Regensachen dabei, auch eine Regenhose, ein zweites Paar Schuhe, etwas Traubenzucker, eine große Thermoskanne voll Tee und …«

»Na, dann sind Sie ja wirklich für alle Fälle gewappnet«, meinte Heidi und grinste. »Ich hoffe, dass Sie heute Abend unversehrt wieder zu uns zurückkehren. Cambridge ist ja ein ziemlich gefährliches Pflaster. Nehmen Sie sich bitte in Acht!«

Sergeant Simmons' Augen weiteten sich ängstlich. »Das habe ich auch schon gedacht, gerade jetzt vor dem Bootsrennen. Die sehen uns Oxforder sicherlich nicht gerne dort. Ich werde gut aufpassen müssen.«

»Haben Sie ein Taschenmesser dabei?«

Sergeant Simmons nickte eifrig und holte ein Schweizer Messer hervor. Frederick stupste Heidi an, vermutlich um ihr zu signalisieren, ihn nicht weiter zu verunsichern.

»Wenn etwas ist, haben Sie ja meine Nummer«, sagte er in beruhigendem Ton. »Sie können mich jederzeit anrufen, das wissen Sie.«

»Danke, Inspector Collins!« Sergeant Simmons sprang auf und es sah so aus, als ob er auf Frederick zugehen und ihn umarmen wollte.

Schnell zog Heidi Frederick mit sich in den Gang. »Viel Erfolg, Simmons!«, rief sie durch die offene Tür.

»Müssen Sie den armen Kerl so foppen?«, fragte Frederick, als sie vor dem Büro des Chief Inspector ankamen.

»Kommen Sie schon, der Junge fährt schließlich nur nach Cambridge, nicht nach Cape Town!«, erwiderte Heidi und klopfte an die Tür.

»Ja?«, war die dunkle Stimme des Chief Inspector zu hören.

»Sind Sie bereit?«, fragte Heidi und blickte Frederick herausfordernd an.

»So wie Sie gerade drauf sind, bin ich mir da nicht sicher. Bitte provozieren Sie den Chef nicht!«

»Natürlich nicht! Ich will da genauso schnell wieder raus wie Sie. Also werde ich jetzt mal Simmons' Studie in der Praxis testen.« Dann öffnete Heidi die Tür. »Chief Inspector Meyers, guten Tag!«, sagte sie überfreundlich und strahlte ihn an. »Sie wollten uns sprechen?«

»Guten Tag. Setzen Sie sich!«, kam es unfreundlich zurück.

»So viel zu dieser Theorie«, flüsterte Heidi Frederick zu.

Sie nahmen auf den beiden Stühlen Platz, die vor dem breiten Schreibtisch standen. Dahinter saß der Chief Inspector in einem ledernen Chefsessel. Seine Arme hatte er auf die Tischplatte abgestützt, als ob er jeden Moment aufspringen wollte.

»Wie Sie sich sicherlich vorstellen können, bekomme ich gerade sehr viele Anfragen zum Fall Hind«, polterte er mit lauter Stimme. »Ich habe mir die bisherigen Unterlagen durchgesehen, aber es gibt noch überhaupt keine Protokolle! Was soll ich den Leuten denn sagen, wenn sie mir Fragen stellen? Dass meine eigenen Leute mich nicht informieren? Wissen Sie, wie mich das dastehen lässt? Als ob ich meinen Laden nicht im Griff hätte!« Er atmete tief ein und aus. »Was haben Sie dazu zu sagen?«

»Wir stecken mitten in den Untersuchungen und hatten noch keine Zeit, die Protokolle von gestern zu erstellen«, versuchte Heidi sich zu rechtfertigen. »Und Simmons war auch mit wichtigeren Dingen beschäftigt.«

»Wichtigere Dinge?«, regte der Chief Inspector sich auf. »Ich erwarte, dass die Protokolle in einer Stunde auf meinem Schreibtisch liegen!«

»Denken Sie nicht, wir sollten zunächst weitere Befragungen durchführen? Wäre das nicht zielführender als der Papierkram?«, wagte Heidi zu fragen. »Wir kommen gerade von Dr Goldberg, und der hat uns eine ziemlich genaue ...«

»Das interessiert mich nicht«, unterbrach Chief Inspector Meyers sie. Sein Gesicht war rot angelaufen. »Sorgen Sie dafür, dass die Papiere in einer Stunde auf meinem Schreibtisch liegen! Haben Sie verstanden?«

»Wie Sie wünschen, Chief Inspector«, antwortete Heidi. »Dann machen wir uns direkt wieder an die Arbeit.«

Sie wollte gerade aufstehen, als Chief Inspector Meyers

sie zurückhielt: »Sie bleiben schön hier, Green, und berichten mir zuerst, was der letzte Stand der Ermittlungen ist.«

»Sicher.« Heidi lehnte sich auf ihrem Stuhl zurück. »Aber noch stehen wir am Anfang, Chief Inspector«, erklärte sie. »Wir können bisher nur mit Sicherheit sagen, dass Hind von hinten niedergeschlagen und dann in die Themse geworfen wurde, wo er an Hypothermie gestorben ist. Dr Goldberg beschreibt den Täter als groß und sehr kräftig. Somit kommen momentan folgende Personen in Betracht: Ryan Ross und Ian Harding, zwei Ruderer, die es nicht in das Team geschafft haben, das gegen Cambridge antreten wird. Aus der Mannschaft selbst wäre da noch Carl Morgan. Der hat sich heute Morgen bei der Befragung sehr eigenartig verhalten und wir wollen noch einmal mit ihm sprechen.«

»Was ist mit den anderen Jungs aus dem Team?«, fragte der Chief Inspector. »Sind die nicht alle groß und kräftig?«

»Nicht unbedingt«, widersprach Heidi. »Der zierliche Steuermann fällt beispielsweise von vornherein raus und auch die anderen Jungs sind zwar alle muskulös, aber viele von ihnen sind eher hager und keiner außer Carl Morgan hat die Körpergröße, von der Dr Goldberg gesprochen hat. Es gibt allerdings noch eine Person, auf die die Täterbeschreibung passt: Liz Hind, die Ehefrau des Opfers.«

»Da haben Sie recht«, sagte der Chief Inspector nachdenklich. »Ich hatte mal das Vergnügen, bei einer Charity-Veranstaltung im Rathaus neben den beiden zu sitzen. Und da ist mir aufgefallen, dass Mrs Hind ein ganzes Stück größer war als ihr Mann. Ein ziemlich ungleiches Paar.«

»Wir wollten die vier Verdächtigen heute noch befragen. Wenn wir nun aber erst die Protokolle fertig machen müssen, verzögert sich das Ganze natürlich.« Heidi blickte den Chief Inspector erwartungsvoll an.

»Sie kommen um die Protokolle nicht herum, Green, das hatte ich doch eben mehr als deutlich gemacht. Sie werden das schon alles unter einen Hut bringen.«

»Sicher.«

»Gibt es denn belastendes Material?«, wollte der Chief Inspector wissen.

»Wer auch immer den Mord begangen hat, ist sehr vorsichtig vorgegangen«, ergriff Frederick das Wort.

»Das heißt, Sie haben noch gar nichts?«, fragte Chief Inspector Meyers empört.

»Doch, doch«, sagte Frederick schnell. »Wir haben die Tatwaffe. Allerdings hat der Mörder Handschuhe getragen. Aber er hat Fußabdrücke hinterlassen. Er trug Turnschuhe, und zwar die Art, die vom gesamten Rudersquad getragen wird. Kennen Sie die? Das sind diese dunkelblauen mit dem Leuchtstreifen. Passt gut zum Namen des Teams, Dark Blues, nicht wahr? Und wir haben weitere Spuren hinter einem Strauch gefunden, ganz in der Nähe der Bootshäuser. Der Strauch hat so rote Beeren, kennen Sie die? Ich glaube, die nennt man Vogelbee ren …«

»Schon gut«, unterbrach ihn Chief Inspector Meyers genervt. »Liefern Sie mir das alles schriftlich ab, meinetwegen bis heute Abend vor Dienstschluss. Sie können jetzt gehen.«

Nachdem Heidi die Tür hinter sich zugezogen hatte, flüsterte sie: »Gut gemacht, Collins! Jetzt haben wir zumindest bis heute Abend Zeit für die Protokolle.«

»Das war der Plan.« Frederick grinste.

»Aber seit wann gehen Sie denn so ins Detail?«

»Ich dachte mir, wenn das Ergebnis von Simmons' Studie in unserem Fall schon nicht zutrifft, dann gebe ich einfach mal selbst den Simmons. Von dem Jungen kann man sich durchaus etwas abschauen.«

~

»UND, WAS VERRÄT uns die Liste?«, fragte Frederick, nachdem Heidi sie überflogen hatte.

»Dass unsere Verdächtigen aus dem Ruderclub tatsächlich alle Sportschuhe der Größe 44 tragen.« Sie stockte und sagte dann nachdenklich: »Ob das Zufall ist oder ob Kirkwood seine Finger im Spiel hat?«

»Sie meinen, er hat die Liste manipuliert?«

Heidi nickte.

»Wieso sollte er?«

»Vielleicht, um jemanden zu decken?«, überlegte Heidi.

»Möglich, wir sollten ihn auf jeden Fall im Auge behalten«, gab Frederick zurück. »Und was ist mit Liz Hind?«

»Auf der Liste steht sie natürlich nicht. Aber ich denke, wenn sie gewollt hätte, wäre sie über ihren Mann sicherlich irgendwie an ein solches Paar Turnschuhe gekommen«, sagte Heidi. »Also, ich fange dann mal mit den Protokollen an.«

»Gut, und ich rufe unsere vier Hauptverdächtigen an«, erwiderte Frederick.

Er erreichte Carl Morgan und Ryan Ross und bat sie, zur Police Station zu kommen. Bei Ian Harding ging nur die Mailbox ran. Frederick hinterließ ihm eine Nachricht – ebenso wie auf Liz Hinds Anrufbeantworter. Dann griff er erneut zum Telefonhörer und wählte Stephanie Bradshaws Nummer. Nach nur wenigen Sekunden meldete sie sich am anderen Ende der Leitung. Er stellte auf laut, damit Heidi mithören konnte.

»Und, hast du die Abdrücke von heute Morgen schon analysiert?«, fragte er ungeduldig.

»Das hab ich. Haltet euch fest: Es sind tatsächlich Abdrücke derselben Turnschuhe, Größe 44!«

»Verstehe, die Spuren könnten also tatsächlich vom Mörder stammen?«

»Gut möglich«, meinte Stephanie Bradshaw.

»Aber dann muss er sich ziemlich sicher gewesen sein, nicht erwischt zu werden«, überlegte Frederick. »Jedenfalls danke, Steph!«

»Keine Ursache.«

Frederick legte auf und blickte zu Heidi. »Was macht Ihr Magen, Green?«, fragte er.

»Der fängt langsam an zu knurren.«

»Carl Morgan kommt erst in einer Stunde zum Verhör. Meinen Sie, wir schaffen es vorher noch zum Head of the River zum Pub Lunch?«

Das musste er nicht zweimal fragen. Ehe er sichs versah, war Heidi aufgesprungen, hatte sich ihre Jacke geschnappt und marschierte in Richtung Ausgang. Er griff nach seiner Lederjacke und lief hinterher. Sie verließen die Police Station, gingen St. Aldate's entlang und bogen kurz vor der alten Folly Bridge auf das Gelände des Head of the River Pub ab. Über die Terrasse erreichten sie den großzügigen Eingangsbereich des Gebäudes. Doch sie waren leider nicht die Einzigen, die der Hunger hierhergetrieben hatte. Vor der Bar hatte sich bereits eine kleine Schlange gebildet.

»Wie immer den Beef Pie und eine Soda 'n' Lime?«, fragte Frederick.

Heidi nickte. »Ich such uns mal zwei Plätze.«

Frederick stellte sich ans Ende der Schlange, um das Essen und die Getränke zu bestellen. Während er wartete, betrachtete er die alten Schwarzweißfotos an den Wänden, die Oxford zu früheren Zeiten zeigten. Dann sah er sich nach Heidi um. Sie hatte zwei Sitzplätze an einem der großen Tische nahe der Fenster ergattert, von denen aus man einen herrlichen Blick auf die Themse und Salter's Boatyard hatte. Plötzlich stutzte Frederick. Diese dunklen, nach hinten gegelten Haare kannte er doch! Das war Gerry Kirkwood. Und ihm gegenüber saß ausgerechnet Peter Brown. Hatte Heidi nicht erzählt, dass der Bootswart keine besonders hohe Meinung von Kirkwood hatte?

»Nächster bitte!«, rief der junge Mann hinter der Bar.

»Zweimal Beef Pie und zwei Soda 'n' Lime bitte«, bestellte Frederick.

»Welcher Tisch?«

»Dort hinten vor dem Fenster. Ich glaube, es ist die Nummer 16.« Frederick bezahlte und ging dann hinüber zu Heidi. Er drückte sich allerdings an Kirkwood und dem Bootswart vorbei, um nicht von ihnen gesehen zu werden. »Schau'n Sie mal, wer da drüben sitzt, aber ganz unauffällig!«, sagte Frederick leise zu Heidi, während er sich setzte.

Heidi drehte sich vorsichtig um und wandte sich dann wieder Frederick zu. »Na, das ist ja interessant!«, meinte sie nachdenklich. »Entweder Peter Brown hat mich angelogen, was seine Beziehung zu Kirkwood betrifft, oder er versucht gerade, sich bei dem neuen Coach beliebt zu machen.«

~

HEIDI UND FREDERICK saßen im Vernehmungsraum der Police Station und warteten auf Carl Morgan. Als die Tür aufging und der junge Mann den Raum betrat, wirkte er genauso angespannt wie am Morgen.

Er entspricht schon dem Bild, das Dr Goldberg vom Mörder gezeichnet hat, dachte Heidi. Er ist groß und hat außergewöhnlich kräftige Oberarme. Aber hat er Hind tatsächlich umgebracht, wo doch ausgerechnet seine Freundin den Coach aus der Themse gezogen hat?

»Mr Morgan«, begrüßte sie ihn freundlich, »bitte setzen Sie sich doch!« Sie zeigte auf einen Stuhl.

Carl Morgan nahm Platz und hielt sich krampfhaft an der Tischkante fest. Dabei schaute er Heidi ängstlich an. Sein Blick wanderte nervös zu Frederick und dann wieder zurück zu ihr.

»Fangen wir doch am besten gleich an. Nur zu Ihrer Information: Unser Gespräch wird aufgezeichnet«, erklärte Heidi.

Das schien Carl Morgan noch nervöser zu machen. »Okay«, sagte er kaum hörbar.

»Mr Morgan, könnten Sie uns bitte mitteilen, was Sie gestern Morgen zwischen fünf und acht Uhr gemacht haben?«

Er räusperte sich. »Ich habe geschlafen. Oder besser gesagt, ich habe verschlafen. Eigentlich wollte ich mit meiner Freundin joggen gehen.«

»Was hat Sie denn so müde gemacht?«

»Wir hatten am Mittwochabend ein ziemlich anstrengendes Training. Marcus war erbarmungslos, er hat mich extra hart rangenommen, weil mir beim letzten Rennen immer wieder Fehler passiert sind und uns das den Sieg gekostet hat.«

»Das heißt, Sie sind jetzt sehr nervös, weil das Rennen

gegen Cambridge ansteht?«, fragte Heidi vorsichtig. »Das ist ja noch mal eine ganz andere Klasse als die Rennen, die Sie in letzter Zeit gefahren sind.«

»Das stimmt schon, aber ich kann es mir einfach nicht erlauben. Deswegen hat Marcus mich nach dem Training zur Seite genommen und mir ganz schön zugesetzt. Er meinte, ich muss lernen, meine Nerven unter Kontrolle zu bekommen, und ich darf keine Fehler mehr machen.«

»Hat er denn damit gedroht, Sie aus dem Team zu werfen, wenn Sie das nicht schaffen?«, mischte Frederick sich ein.

Carl Morgans Augen weiteten sich. »Nein«, stammelte er, »zum Glück nicht.«

»Aber ich nehme an, dass Sie nach dieser Ansage nicht besonders gut geschlafen haben.«

»Ja, genau, ich habe kein Auge zubekommen«, gab Carl Morgan zu. »Mir gingen immer wieder Marcus' Worte durch den Kopf, dass ich mich zusammenreißen soll, dass ein Sportler alle anderen Gedanken ausblenden und allein an den Sieg denken muss.« Er seufzte. »Für das Rennen gegen Cambridge ausgewählt worden zu sein, ist wie ein Sechser im Lotto, das passiert einem nur einmal im Leben. Und ich wollte nicht riskieren, alles zu verlieren, nur weil ich meine verdammte Nervosität nicht im Griff habe.« Er wirkte verzweifelt.

»Aber irgendwann müssen Sie ja eingeschlafen sein, sonst hätten Sie am nächsten Morgen nicht verschlafen können«, stellte Frederick fest.

»Das ist richtig«, erwiderte Carl Morgan. »Ich habe ein Schlafmittel genommen, aber offenbar die Wirkung unterschätzt. Mein Handy, das mich am Morgen wecken sollte, habe ich jedenfalls nicht gehört.«

»Und was ist das für ein Mittel?«

»Diazepam. Ich habe gleich zwei Tabletten genommen, weil ich wusste, dass am nächsten Tag wieder ein hartes Training anstand und ich mir keine schlaflose Nacht erlauben konnte. Marcus hat mir in unserem Gespräch unmissverständlich klargemacht, dass mit meinen Verfehlungen Schluss sein muss.«

»Nehmen Sie dieses Mittel regelmäßig?«

»Nein, mein Hausarzt hat es mir erst vor ein paar Tagen verschrieben – weil ich nicht mehr schlafen konnte, wegen meiner Angst, beim Rennen zu versagen.«

»Das heißt, Mr Hind wusste nicht, dass Sie Diazepam einnehmen?«, fragte Heidi.

Carl Morgan schüttelte den Kopf.

»Und die Wirkung war so stark, dass Sie auch Kims Versuche, Sie am nächsten Morgen zu kontaktieren, nicht mitbekommen haben?«

»Wie schon gesagt, ich muss wohl etwas zu viel davon genommen haben«, erklärte Carl Morgan. Er zog sein Handy hervor, öffnete die Anrufliste und hielt es Heidi entgegen. Seine Hand zitterte. »Hier, sehen Sie? Kim hat mich an dem Morgen ein paar Mal angerufen und mir eine Nachricht hinterlassen. Ich kann es mir auch nicht erklären, aber ich muss tief und fest geschlafen haben. Dabei tut Kim wirklich alles, um mir zu helfen. Sie will auch unbedingt, dass wir gewinnen.«

»Und Sie wollen sie nicht enttäuschen.«

»Natürlich nicht.«

Heidi griff nach dem Handy und sah sich die Liste der unbeantworteten Anrufe an. »Ist es in Ordnung, wenn ich mir die Nachricht Ihrer Freundin durchlese?«, fragte sie.

»Natürlich, bitte!«

Heidi rief die SMS auf, in der Kim ihren Freund aufforderte, sich zu melden, weil sie ihn gleich zum Laufen abholen würde. »Hat sie denn nicht bei Ihnen an der Tür geklingelt?«

»Doch, das hat sie wohl«, sagte Carl Morgan schuldbewusst, »aber ich habe es einfach nicht gehört.«

»Und wann sind Sie aufgewacht?«

»Erst kurz vor neun. Ich habe einen riesigen Schreck bekommen, denn um neun beginnt das Rudertraining und Marcus hasste Unpünktlichkeit. Und nach der Ansage vom Abend davor hatte ich Panik, dass ich mich gleich wieder in Schwierigkeiten bringen würde, weil ich zu spät war. Also habe ich mir schnell meine Sportsachen übergezogen, mir mein Rad geschnappt und bin zum Christ Church Meadow gefahren.«

»Wo wohnen Sie?«

»In der Speedwell Street, das ist zum Glück nicht weit entfernt. Aber als ich am Christ Church Meadow ankam, war schon alles abgesperrt, man ist überhaupt nicht mehr hinunter zu den Bootshäusern gekommen. Ich habe sofort Kim angerufen und die hat mir dann erzählt, was passiert ist und dass sie noch im Krankenhaus behandelt wird.«

Heidi sah wieder auf das Handy. Es wurde tatsächlich ein ausgehender Anruf an Kim Burke um Viertel nach neun am Donnerstagmorgen angezeigt.

»Hatten Sie Angst vor Mr Hind?«, wollte Frederick wissen.

Carl Morgan wurde rot. »Ich würde es eher Respekt nennen.«

»Und wie war das bei den anderen im Team?«

»Ich denke, ihnen ging es ähnlich.«

»Gab es irgendwelche Unstimmigkeiten zwischen Mr Hind und jemandem aus dem Team?«

»Nein, wir alle haben Marcus sehr geschätzt. Natürlich

hat er uns oft ziemlich getriezt, aber er wollte eben das Beste aus uns herausholen.«

»Und während Ihres Gesprächs am Mittwochabend, ist Ihnen da etwas Ungewöhnliches an ihm aufgefallen?«, fragte Heidi.

Carl Morgan schien zu überlegen, bevor er antwortete: »Nein, nichts.«

»Gut, nur noch eine letzte Frage, Mr Morgan«, sagte Heidi. »Haben Sie vielleicht heute Morgen vor dem Training jemanden bei den Büschen in der Nähe der Brücke, die zu den Bootshäusern führt, gesehen?«

»Nein, tut mir leid.«

~

IAN HARDING HATTE eine Menge seines selbstbewussten Auftretens eingebüßt, als er den Vernehmungsraum mit hängenden Schultern betrat. Er trug einen verwaschenen Pullover und eine Jogginghose, dazu die dunkelblauen Turnschuhe des Ruderteams.

»Guten Tag, Mr Harding«, begrüßte Frederick ihn. »Schön, dass Sie es einrichten konnten. Bitte setzen Sie sich doch!« Er zeigte auf einen Stuhl auf der anderen Seites des Tisches.

Ian Harding nickte ihm und Heidi zu und nahm Platz. »Ich war ehrlich gesagt überrascht, als ich Ihre Nachricht auf der Mailbox gehört habe, Inspector Collins«, gab er zu. »Ich komme direkt vom Schwimmen, tut mir leid, dass ich so leger herumlaufe.«

»Kein Problem«, gab Frederick zurück. »Ich will gleich zur Sache kommen: Wo waren Sie heute Morgen?«

»In der College-Bibliothek.« Ian Hardings Stimme klang unsicher. »Wieso? Ist noch jemand getötet worden?«

»Nein, zum Glück nicht.« Frederick blickte ihn prüfend an. »Aber wir haben neue Fußabdrücke an der Stelle gefunden, an der Mr Hinds Mörder auf ihn gewartet haben muss.«

»Ich war das nicht, Inspector! Ich war wirklich in der Bibliothek!«, rief Ian Harding schnell. »Ach, verdammt, ich wusste von Anfang an, dass die ganze Sache eine Schnapsidee war und mir nur Ärger einbringen würde!«, platzte es dann aus ihm heraus.

»Welche Sache?«, hakte Frederick nach.

»Marcus davon zu überzeugen, uns doch noch ins Team zu holen. Bestimmt verdächtigen Sie mich deshalb, oder? Weil ich versucht habe, ihn umzustimmen, und mich mit ihm gestritten habe. Sie denken wahrscheinlich, dass ich ihn deswegen umgebracht habe! Dabei war das Ganze nicht mal meine Idee.«

»Und wessen Idee war es?«

»Josie hat als Erste davon gesprochen, dass wir es versuchen sollten. Und dann hat Ryan so lange auf mich eingeredet, bis ich zugestimmt habe.«

»Ich hatte eher den Eindruck, dass Sie derjenige sind, der den Ton angibt«, sagte Frederick.

»Bei Ryan und mir ist das vielleicht so. Aber sobald Josie ins Spiel kommt …«

»Verstehe. Sind Sie denn wieder ein Paar?«

»Leider nein«, antwortete Ian Harding traurig.

»Wussten Sie eigentlich, dass Miss Edwards und Mr Ross etwas miteinander haben?«, fragte Frederick, gespannt auf Ian Hardings Reaktion.

Der sprang auf. »Wie bitte? Nein, das kann nicht sein!«

»Ich habe es mit meinen eigenen Augen gesehen, und Sie können mir glauben, ich war genauso überrascht wie Sie«, bekräftigte Frederick.

»So ein Schweinehund!«, rief Ian Harding wütend. »Wenn ich den in die Finger kriege, ich bring ihn um!« Er stoppte. »Also, das habe ich natürlich nicht wörtlich gemeint, ich ...«, stammelte er verlegen. »Das ist mir nur so rausgerutscht. Ich würde doch niemals ...«

»Mr Harding, setzen Sie sich bitte wieder!«, sagte Frederick.

»Natürlich, tut mir leid.« Ian Harding nahm Platz.

»Waren Sie auch so sauer auf Mr Hind?«, fuhr Frederick fort. »Schließlich hat er Ihnen ja Ihre Freundin weggeschnappt.«

»Anfangs ja. Allerdings waren wir da schon getrennt.«

»Wie kam es zu der Trennung?«

»Wenn ich das nur wüsste!« Ian Harding zuckte mit den Schultern. »Ich verstehe Josie einfach nicht.«

»Miss Edwards hat übrigens nie erwähnt, dass Sie in der Nacht vom Mittwoch zum Donnerstag bei ihr übernachtet haben«, eröffnete Frederick ihm.

»Was?« Ian Hardings Wangen röteten sich. »Natürlich habe ich die Nacht mit ihr verbracht! Das habe ich mir sicherlich nicht eingebildet!«

»Aber wenn ich Sie richtig verstanden habe, hatten Sie einige Drinks an dem Abend. Vielleicht war ja doch alles ganz anders?«

»Nein!« Jetzt wurde Ian Harding richtig sauer. »Ich habe die Nacht mit Josie verbracht und war bis halb elf am nächsten Tag bei ihr«, rief er aufgebracht. »Außerdem hätte ich so früh am Morgen gar nicht weggehen können, ich hatte einen richtig fiesen Kater. Aber das habe ich Ihnen doch alles schon erzählt. Moment mal!« Plötzlich schien ihm etwas klarzuwerden. »Wenn Josie mein Alibi nicht bestätigt hat, müssen Sie ja denken, ich lüge.«

»Richtig«, sagte Heidi. »Können Sie sich erklären, weshalb sie so etwas tun sollte?«

»Nein, kann ich nicht.« Ian Harding blickte sie Hilfe suchend an. »Ich weiß nur, dass ich wirklich bei ihr war. Es ist furchtbar, dass sie das abstreitet und anscheinend auch noch was mit Ryan angefangen hat. Aber glauben Sie mir, ich werde die beiden zur Rede stellen!«

~

HEIDI LIESS SICH die Befragung von Ian Harding noch einmal durch den Kopf gehen. Hinter seiner selbstbewussten Fassade steckte ein verletzlicher junger Mann, der ihrer Meinung nach nur einen Fehler hatte: in Josie Edwards verliebt zu sein. Heidi wusste nicht, was die Frau für ein Spiel spielte. Sie schien eine von denen zu sein, die sich jedem Mann in die Arme warfen, wenn sie sich nur etwas davon versprachen. Was sie von Marcus Hind gewollt hatte, war klar. Und als sie es nicht bekommen hatte, hatte sie sich abgewandt. Aber wieso hatte sie nun gleichzeitig etwas mit Ian Harding und Ryan Ross? Heidi war sich sicher, dass auch dahinter Kalkül steckte. Ian Harding war ihr verfallen, vermutlich hatte er als Lückenbüßer herhalten müssen, nachdem die Sache mit Hind beendet war. Doch weshalb hatte Josie Edwards sich auf Ryan Ross eingelassen?

Ein vorsichtiges Klopfen riss Heidi aus ihren Gedanken. Die Tür öffnete sich und Ryan Ross betrat den Vernehmungsraum. Auch er passte von der Statur her genau in Dr Goldbergs Täterprofil.

»Guten Tag, Inspector Green!«, sagte er höflich. »Inspector Collins!«

»Vielen Dank, dass Sie gekommen sind, Mr Ross«,

gab Heidi freundlich zurück. »Bitte setzen Sie sich doch!«

Ryan Ross nahm Platz und schaute sie erwartungsvoll an.

»Wir haben Sie hierherbestellt, weil wir noch einmal mit Ihnen über den Mord an Mr Hind sprechen möchten«, erklärte sie. »Wieso haben Sie uns gesagt, dass Sie am Mittwochabend mit ihm gestritten haben?«

»Weil es so war!«

»Mr Ross, wir haben einen Zeugen, der beobachtet hat, wie Sie sich ganz normal mit Mr Hind unterhalten haben. Also, was sollte die Falschaussage?«

»Ja, gut«, gab Ryan Ross zu. »Ich wollte vor Ian nicht dastehen, als ob ich nicht zumindest versucht hätte, Marcus weiter davon zu überzeugen, uns ins Team zu holen.«

»Und deshalb lügen Sie uns an?«, fragte Heidi.

Er nickte.

»Mit der Wahrheit scheinen Sie es sowieso nicht so genau zu nehmen«, mischte Frederick sich ein. »Oder was hat es mit Ihrer Affäre mit Miss Edwards auf sich?«

Ryan Ross starrte ihn überrascht an. »Das ist keine Affäre«, widersprach er dann. »Sie war völlig fertig, als sie erfahren hat, dass Marcus tot ist. Ich war zufällig an dem Abend bei ihr und habe sie getröstet.«

»Sie ist die Ex Ihres besten Freundes!«, sagte Frederick vorwurfsvoll.

Ryan Ross zuckte mit den Schultern.

»Und sehr attraktiv«, fügte Heidi leise hinzu. Sie war sich nicht sicher, was sie von Ryan Ross denken sollte. Natürlich war sein Verhalten zumindest fragwürdig. Doch sie hatten rein gar nichts gegen ihn in der Hand.

~

»DIE BEFRAGUNGEN SIND nicht so gelaufen, wie ich es mir erhofft hatte«, sagte Heidi frustriert, als sie ihre Sachen zusammenpackte. »Ich kann mir nicht helfen, aber ich werde das Gefühl nicht los, dass Ross uns etwas verheimlicht. Haben Sie inzwischen wenigstens Liz Hind erreicht?«

Frederick schüttelte den Kopf.

»Ich muss jetzt los, um die Zwillinge von der Preschool abzuholen. Ist das in Ordnung, Collins?«, fragte Heidi.

»Natürlich, heute kommen wir ohnehin nicht mehr weiter«, antwortete Frederick. »Gehen Sie schon, ich mache die Protokolle fertig!«

»Ganz sicher?«

»Ja. Ich habe sowieso nichts Besseres vor«, antwortete er verbittert.

~

ALS HEIDI VOR die Tür trat, roch es noch immer nach Regen, aber die Wolken hatten sich inzwischen verzogen. Ein helles Schimmern lag über den Dächern der Stadt, deren unzählige kleine Türme in den Himmel ragten. Heidi atmete die frische Luft tief ein, setzte sich in ihren Mini und fuhr St. Aldate's hinauf. Als sie sich der Cornmarket Street näherte, ging es nur noch schleppend voran, denn die große Einkaufsstraße, die sich bis hoch zum Hotel Randolph zog, war mit Menschen jeden Alters überlaufen – kein Wunder an einem späten Freitagnachmittag! Wie gern wäre Heidi jetzt auch dort unterwegs gewesen. Sie konnte sich nicht daran erinnern, wann sie das letzte Mal entspannt shoppen gewesen war. Das musste lange vor der Geburt ihrer Zwillinge gewesen sein, denn die Schwangerschaft war sehr beschwerlich verlaufen. Und seit die Kinder auf der Welt waren, war ohnehin nichts mehr entspannt.

Auch nachdem Heidi in die High Street eingebogen war, stockte der Verkehr immer wieder. Auf dem Gehsteig tummelten sich bereits die ersten Grüppchen, die sich zum Dinner in einem der feinen Restaurants trafen. Andere waren auf dem Weg in den Pub, um die Arbeitswoche mit einem kühlen Pint ausklingen zu lassen. Heidi schaltete das Radio ein. Nach einem Song kamen die Nachrichten. Es ging natürlich um den Tod von Marcus Hind und darum, dass sein Mörder noch nicht gefasst war. Im Schritttempo fuhr Heidi weiter in Richtung Magdalen College und hing ihren Gedanken nach. Es war nicht mehr lange bis zum 1. Mai, dann würde der Collegechor morgens um sechs Uhr von dem hohen Glockenturm aus seine Gesänge anstimmen und ganz Oxford würde auf den Beinen sein, um das zu feiern.

Kurz vor dem Magdalen College bog Heidi nach links in die Longwall Street ab. Sie schaute auf die Uhr. Es war schon kurz vor fünf. Sie musste sich beeilen, um die Zwillinge rechtzeitig von der Preschool abzuholen. Danach würde sie sie wie jeden Freitag bei ihren Eltern abgeben. Rich traf sich freitags nach der Arbeit immer mit seinen Kollegen zum obligatorischen Feierabend-Pint in einem Pub in Cowley, und so hatte Heidi einmal in der Woche einen Abend für sich. Heute wollte sie sich mit Louise treffen. Doch der ungeklärte Mord an Marcus Hind lag ihr schwer im Magen und sie hatte etwas Angst davor, dass er ihr Treffen überschatten würde. Sie konnte momentan an fast nichts anderes denken.

Endlich erreichte sie das große historische Gebäude mit den zwei Ecktürmen, in dem die Preschool der Zwillinge untergebracht war. Da es keine Parkplätze mehr gab, hielt sie in zweiter Reihe in der Nähe des Eingangs. Sie stieg aus, schloss den Wagen ab und ging durch das eiserne Tor in einen kleinen Vorgarten. Dort warteten schon andere Eltern. Auf einmal hörte Heidi hektische Schritte. Sie schaute sich um und sah, wie Debbie Williams durch das Tor stürmte. Sie war die Mutter eines Jungen, mit dem Ann und Max besonders eng befreundet waren.

Völlig außer Atem kam Debbie neben Heidi zum Stehen. »Ich hab's geschafft!«, stieß sie erleichtert hervor.

»Was ist denn heute los mit dir? Normalerweise bin ich doch diejenige, die zu spät dran ist«, sagte Heidi lachend.

Debbie lachte ebenfalls. »Ich wäre nicht zu spät, wenn da nicht so ein grüner Mini mitten auf der Straße stehen und den Weg versperren würde.«

»Jetzt tu doch nicht so! Wenn du vor mir da gewesen wärst, hättest du dort geparkt.«

»Wie recht du hast«, gab Debbie zu, dann wurde sie ernst. »Ich hab von der Sache mit Marcus Hind gehört. Schrecklich! Arbeitest du an dem Fall?«

»Ja, und wir stecken noch mitten in den Ermittlungen«, antwortete Heidi. Damit wollte sie Debbie durch die Blume sagen, dass sie nicht darüber reden durfte.

»Schaffst du es dann am Sonntag überhaupt zu kommen?«

»Am Sonntag?«, fragte Heidi. »Was ist da?«

»Stanley Burke feiert Geburtstag. Seine Schwester hat gestern die Einladungskarten verteilt.«

»Rich hat gar nichts erzählt, allerdings ist er momentan ziemlich eingespannt«, sagte Heidi entschuldigend. »Das ist aber auch ganz schön kurzfristig, oder? Und ist Stanley nicht eine Klasse über unseren Kindern?«

Debbie nickte. »Mich hat es auch gewundert. Aber

anscheinend hat er sich ein großes Fest gewünscht.« Sie beugte sich zu Heidi und sagte etwas leiser: »Wahrscheinlich denkt Mrs Burke, sie muss dem Kleinen etwas Gutes tun. Soweit ich weiß, hat ihr Mann sie erst kürzlich verlassen und die Kinder leiden wohl ziemlich darunter. Außerdem soll Stanley krank sein, irgendwas mit der Leber, wohl sogar etwas Ernstes. Und jetzt noch der ganze Trubel um seine Schwester, das geht an dem Kleinen sicher auch nicht spurlos vorbei.«

»Was für ein Trubel?«

»Na, seine Schwester hat doch Marcus Hind aus der Themse gezogen!«

»Stanley ist Kim Burkes Bruder?«, fragte Heidi überrascht.

Debbie nickte. »Anscheinend hat ihre Mutter sie ziemlich jung bekommen.«

~

FREDERICK HATTE GERADE das letzte Protokoll abgetippt, als sein Handy klingelte. Er wartete noch immer auf einen Rückruf von Liz Hind. Unzählige Nachrichten hatte er ihr auf dem Anrufbeantworter hinterlassen. Doch je später es geworden war, desto weniger Hoffnung hatte er sich darauf gemacht, dass sie sich melden würde. Jetzt griff er schnell nach seinem Handy in der Hoffnung, sie wäre es. Doch als er auf das Display schaute, erschrak er. Zwar hatte er diese Nummer längst gelöscht, doch er erkannte sie sofort. Das war die Handynummer seiner Exfreundin Susan! Was wollte sie von ihm? Ungläubig starrte er das Handy an. Wie oft hatte er sich nach ihrer Trennung gewünscht, dass sie ihn anrief? Und wie oft hatte er vor dem Telefon gesessen und beinah ihre Nummer gewählt?

Er brachte es nicht über sich, das Gespräch anzunehmen. Also ließ er es so lange klingeln, bis sich seine Mailbox meldete.

Es klopfte an der Tür. Einer der Kollegen kam herein und fragte, ob Frederick mit auf ein Pint ins Lamb and Flag auf der St. Giles' kommen wollte. Das kam ihm wie gerufen. Er wollte nur raus hier und nicht weiter grübeln. Schnell zog er sich seine Lederjacke über und brachte die Protokolle hinüber zu Miss Sullivan, Chief Inspector Meyers' Sekretärin. Dann ging er gemeinsam mit den Kollegen in Richtung St. Giles'.

~

HEIDI WAR SPÄT dran. Trotzdem fuhr sie noch einmal nach Hause, um sich umzuziehen. Sie hatte nur wenige Stunden, bevor sie die Zwillinge wieder bei ihren Eltern abholen musste. Also beeilte sie sich: Schnell sprang sie unter die Dusche, zog sich ein enges, kurzes Kleid an, legte Make-up auf und band ihre Locken zusammen. Dann betrachtete sie sich im Spiegel. Wenn sie neben Louise bestehen wollte, die in jeder Situation supermodisch und gestylt war, musste sie noch eins draufsetzen. Sie griff nach einem Paar funkelnder Ohrringe und nahm ihre höchsten Heels aus dem Schrank. Bevor sie das Haus verließ, zog sie ihren hellen Trenchcoat über. Dann lief sie eilig die Walton Well Road entlang, zumindest so schnell, wie es ihre Schuhe erlaubten.

Schon von Weitem hörte sie Stimmengewirr und Gelächter, das von der kleinen Terrasse des Victoria Pub kommen musste. Tatsächlich standen dort unter weißen Schirmen unzählige Feierwütige, die sich laut unterhielten. Heidi ging nun die Walton Street entlang bis ans Ende der Straße, wo sie mit Louise verabredet war. Die wartete schon an der Ecke zur Little Clarendon Street und winkte ihr fröhlich zu.

»Da bist du ja endlich!«, rief Louise freudig und küsste sie links und rechts auf die Wangen.

Wie Heidi vorhergesehen hatte, sah sie in ihren schwarzen High Heels und dem roten Kleid mit der kurzen Jacke dazu einfach umwerfend aus.

»Es tut mir leid, ich hab erst die Zwillinge bei meinen Eltern abgegeben und dann musste ich mich noch etwas hübsch machen.«

»Du siehst toll aus!«, fand Louise. »Und Rich, ist der auch unterwegs?«

Heidi nickte. »Ja, mit seinen Kollegen.«

»Dann hab ich dich ein paar Stunden lang nur für mich?«, jubelte Louise.

»Ja, ganz für dich allein!« Heidi legte ihr freundschaftlich den Arm um die Hüfte.

So gingen sie die Little Clarendon Street entlang bis zu ihrer Lieblingsbar, dem Duke of Cambridge. Davor standen unzählige Anzugträger und Frauen in Kostümen und Cocktailkleidern, aber auch einige Studenten hatten sich unter die Menschenmenge gemischt. Heidi und Louise drängten sich an ihnen vorbei und fanden im Inneren der Bar zwei Plätze auf einem der dunklen Ledersofas.

»Das kann ja ewig dauern, bis wir was zu trinken bekommen«, stöhnte Heidi, als sie die Schlange sah, die sich vor der Bar gebildet hatte.

Doch Louise lächelte nur. »Lass mich mal machen!« Und tatsächlich, nach wenigen Minuten kam sie mit zwei Bellinis in den Händen zurück.

»Wie hast du das denn mal wieder geschafft?«, fragte Heidi lachend.

»Ich kenne den Barkeeper von früher«, antwortete Louise und zwinkerte ihr zu. Dann setzte sie sich neben sie und reichte ihr ein Glas. »Cheers!«

Heidi nahm einen großen Schluck und genoss nicht nur den Drink, sondern auch das ganze Drumherum. Seit die Zwillinge auf der Welt waren, gab es nicht mehr viele Momente, in denen sie sich frei und ungezwungen fühlte. Sie wollte das Leben mit ihren Kindern nicht missen, aber sie mochte es auch, mal nicht nur Ehefrau und Mutter, sondern einfach eine Frau in einem schönen Kleid mit einem Drink in der Hand in einer Cocktailbar zu sein.

»Ich hab von der Leiche in der Themse gehört«, sagte Louise plötzlich und holte Heidi damit in die Realität zurück. »Ihr habt gerade viel zu tun, oder?«

Heidi grinste sie an. Sie ahnte, dass sich Louise weniger für den Toten, sondern eher dafür interessierte, ob Frederick Collins viel um die Ohren hatte.

»Ja, wir haben in der Tat viel zu tun.«

»Das ist also der Grund«, jammerte Louise.

»Wofür?«

»Ach, ich weiß auch nicht. Mit Frederick läuft es einfach nicht so, wie ich mir das vorgestellt habe.« Louise seufzte. »Er ist so anders als all die Männer, die ich bislang kennengelernt habe.«

»Weil er sich wirklich für dich interessiert und auch dir Zeit lässt, ihn richtig kennenzulernen?«, fragte Heidi.

Louise nahm einen großen Schluck von ihrem Drink. »Nein«, antwortete sie dann. »Oder vielleicht ja. Ach, ich weiß auch nicht. Bei den anderen Männern war immer ziemlich schnell klar, was Sache ist.«

»Und, wo sind sie heute?«, fragte Heidi und schaute sich zum Spaß nach links und rechts um.

»Du hast schon recht«, gab Louise zu und lachte. »Andererseits: Siehst du Frederick irgendwo?«

»Wann hat sich Collins denn das letzte Mal bei dir gemeldet?«

»Könntest du ihn bitte Frederick nennen?«

»Also gut, wann hat sich dein Frederick das letzte Mal bei dir gemeldet?«

»Er ist noch nicht mein Frederick«, stellte Louise richtig. »Leider!«

»Also, wann?«

»Am Mittwochabend. Er hat mir eine ganz seltsame Nachricht geschickt.« Louise zog ihr Handy hervor. »Wie schön er es findet, dass wir uns kennengelernt haben.«

»Und was ist daran seltsam?«

»Er hat nicht gefragt, ob wir uns wiedersehen können«, empörte Louise sich.

»Dann frag du ihn doch!«

»Das muss er schon machen«, antwortete Louise stur.

»Kein Wunder, dass sich nichts tut bei euch«, neckte Heidi sie. Dann dachte sie an Rich und war dankbar, dass sie das alles schon hinter sich hatten. »Hattest du nicht gesagt, Frederick wäre dein absoluter Traummann?«

»Das ist er auch! Ich sage dir, er sieht nicht nur gut aus, er kann …«

In diesem Moment klingelte Heidis Handy. Sie zog es hervor und schaute aufs Display.

»Tut mir leid, das ist Simmons, da muss ich rangehen«, sagte sie zu Louise und nahm das Gespräch an. »Simmons, was gibt's?«

»Ich bin gerade aus Cambridge zurück, und ich sage Ihnen, es war ein Höllentrip. Am Ende hatte ich mich ja doch dazu entschlossen, den Zug zu nehmen, und was glauben Sie, was passiert ist?«, quasselte er einfach drauflos. »Mein Zug wurde gestrichen! Eine geschlagene Stunde habe ich am Bahnhof gesessen, bevor es überhaupt losging. Zum Glück hatte ich ja genug Proviant dabei. Und dann …«

»Simmons, könnten Sie mir das bitte ein andermal erzählen?«, fragte Heidi leicht genervt. »Ich bin gerade beschäftigt.«

»Womit? Es ist ziemlich laut bei Ihnen. Na, egal, ich muss Ihnen unbedingt noch etwas sagen. Deswegen rufe ich Sie ja eigentlich an.«

»Hat das nicht auch Zeit?«

»Es ist wirklich wichtig.«

»Dann machen Sie schon, Simmons! Aber halten Sie sich bitte kurz!«

»In einem der Bootshäuser wurde eine Leiche gefunden.«

»Wieso sagen Sie das nicht gleich?« Heidi sprang auf.

»Sie haben nicht gefragt.«

Heidi schnaufte. »Wissen Sie, wer es ist?«

»Noch nicht.«

»Also gut. Ich mache mich sofort auf den Weg.«

~

FREDERICK WOLLTE ZUERST nicht reagieren, als sein Handy in der Jackentasche vibrierte. Dann holte er es widerwillig hervor, denn es könnte ja auch Liz Hind sein. Wenn es wieder Susan war, würde er sie einfach wegdrücken, beschloss er. Doch es war Sergeant Simmons.

Wahrscheinlich hat er sich in Cambridge verlaufen, dachte Frederick amüsiert und nahm das Gespräch an.

Als er den Grund für den Anruf erfuhr, rief er sofort ein Taxi. Angespannt saß er auf der Rückbank und versuchte den Fahrer dazu zu bewegen, schneller zu fahren. Endlich kamen sie am Christ Church Meadow an. Frederick bezahlte und stieg eilig aus. Im selben Moment hielt ein weiteres Taxi genau neben ihm. Eine Tür öffnete sich und eine Frau in einem kurzen Kleid und High Heels stieg aus.

»Green, sind Sie das?«, fragte Frederick überrascht. »In so einer Aufmachung hab ich Sie ja noch nie gesehen! Das ist mal was anderes als diese gelben Gummistiefel von heute Morgen.« Er zwinkerte ihr zu.

»Gewöhnen Sie sich nicht dran!«, sagte Heidi grinsend und zog ihren Trenchcoat über.

Sie gingen in Richtung der Bootshäuser. Heidi schimpfte laut, denn sie stakste wie ein Vogel über den matschigen Boden.

»Soll ich Sie unterhaken?«, bot Frederick nach ein paar Metern an. »Sonst kommen wir ja nie an.« Er wusste, dass Heidi nicht der Typ Frau war, der sich gerne von einem Mann stützen oder führen ließ, aber in diesem Fall hatte er wohl die besseren Argumente.

»Das wäre mir tatsächlich eine große Hilfe, Collins. Danke!«

Er hakte Heidi unter und sie liefen hastig den Christ Church Walk entlang, dann über die Brücke bis zum letzten Bootshaus. Dort warteten Stephanie Bradshaw und Dr Goldberg bereits vor der Halle.

»Hast du dich für uns so hübsch gemacht?«, fragte Stephanie Bradshaw Heidi grinsend. »Das wäre doch nicht nötig gewesen.«

»Das hättest du wohl gerne?«, erwiderte Heidi. Dann fragte sie: »Habt ihr die Leiche schon gesehen? Wo ist sie? Und vor allem: Wer ist es?«

»Sie liegt wohl in der Halle. Aber euer hyperaktiver

Sergeant will uns da nicht reinlassen. Er wollte warten, bis ihr auch da seid. Wir könnten sonst Spuren verwischen, meinte er. Ausgerechnet wir!« Stephanie Bradshaw lachte. »Nun, dem eigenwilligen Charme des jungen Mannes kann man sich nur schwer entziehen.«

»Ich weiß genau, was du meinst«, gab Heidi zurück. »Dann also los!«

Frederick öffnete die schwere Tür. »Simmons, wo sind Sie?«, fragte er.

»Hier!«, rief Sergeant Simmons. »Hinter dem Bootsständer.«

Frederick ging um den Bootsständer herum und entdeckte Sergeant Simmons, der ihm aufgeregt zuwinkte.

»Zum Glück sind Sie endlich da! Ich hätte das nicht länger neben der Leiche ausgehalten. Heute ist ein schrecklicher Tag, erst die Fahrt nach Cambridge und jetzt das!«, jammerte er.

»Vielen Dank, Simmons!«, sagte Frederick. »Sie können nach draußen gehen und dort weitermachen. Stellen Sie bitte sicher, dass das Gelände weiträumig abgesperrt wird!«

»Wird erledigt, Inspector Collins«, antwortete Sergeant Simmons dankbar und ging an ihm vorbei.

Frederick trat näher an die Leiche heran. Heidi, Stephanie Bradshaw und Dr Goldberg folgten ihm. Vor ihnen lag ein großer Mann auf dem Bauch, die Arme angewinkelt, als ob er sich hatte abstützen wollen. An seinem Hinterkopf waren mehrere Platzwunden zu sehen, aus denen Blut herausgequollen war, das sein blondes Haar rot gefärbt und neben seinem Körper eine Lache gebildet hatte.

»Da hat jemand ganz schön kräftig zugeschlagen. Und wenn ich das richtig sehe, nicht nur einmal«, kommentierte Dr Goldberg und schaute sich um. »Wahrscheinlich damit.« Er zeigte auf einen blutverschmierten Cricketschläger, der in der Nähe der Leiche lag.

Stephanie Bradshaw nahm ein paar Einweghandschuhe aus ihrem Koffer und verteilte sie. »Hier, bitte!« Dann holte sie eine Kamera hervor, machte verschiedene Fotos von der Leiche und dem Schläger und sah sich nach weiteren Spuren um. »Okay, ich hab, was ich brauche«, sagte sie nach einer Weile.

»Dann bin ich mal gespannt, wen es diesmal getroffen hat.« Dr Goldberg zog sich die Handschuhe an. »Collins, helfen Sie mir?«

Frederick nickte und zog sich ebenfalls Handschuhe über. Langsam hoben sie den Toten an und drehten ihn zur Seite, sodass sein Gesicht zu sehen war.

»Und, kennt ihr den Mann?«, wollte Dr Goldberg wissen.

»Das ist Carl Morgan!«, rief Heidi.

»Er liegt noch nicht lange hier«, befand Dr Goldberg.

»Ich denke, ihr solltet uns jetzt mal in Ruhe unsere Arbeit machen lassen!«, sagte Stephanie Bradshaw zu Heidi und Frederick. »Ich will nicht die ganze Nacht hier zu Gange sein.«

~

HEIDI PLAGTE IHR schlechtes Gewissen. Hätten sie Carl Morgan bei ihrer Befragung am Nachmittag doch mehr unter Druck setzen müssen? Was hatte er ihnen verschwiegen? Und wieso hatte er sterben müssen? Ja, er war nervös gewesen, aber dass er getötet werden würde, damit hätte Heidi niemals gerechnet. Dass es überhaupt noch ein weiteres Opfer geben würde, hatte sich für sie so gar nicht abgezeichnet.

Frederick schien es ähnlich zu gehen, denn er sagte wütend: »Irgendetwas muss er gewusst haben. Dass der Junge sich uns aber auch nicht anvertraut hat! Vielleicht hätten wir seinen Tod dann verhindern können.«

In diesem Moment entdeckte Heidi Sergeant Simmons, der gerade mit einer Kollegin dabei war, das Gelände hinter dem Bootshaus abzusichern. Sie stöckelte zu ihm hinüber, Frederick an ihrer Seite.

»Simmons, könnten wir Sie kurz sprechen?«, fragte Heidi.

»Natürlich, Inspector Green.« Er blickte auf ihre Schuhe. »Wollen Sie noch wo hin?«

»Nein, Simmons.«

»Das ist aber schade, sieht gut aus. Sollten Sie öfter tragen!«

»Danke!« Heidi lächelte ihn an und er lächelte zurück. Dann fragte sie: »Haben Sie in Cambridge etwas herausfinden können?«

Sofort verzog Sergeant Simmons das Gesicht. Er kratzte sich am Kopf, als müsse er erst einmal darüber nachdenken.

»Also«, sagte er langsam. »Das Team ist momentan nicht in Cambridge, sondern in einem Trainingslager irgendwo im Norden; ich habe vergessen, wie das Kaff heißt. Ich habe es mir aufgeschrieben, aber im Moment habe ich meine Notizen nicht dabei. Morgen kann ich Ihnen gern …«

»Und wie lange sind sie schon dort?«, unterbrach Heidi ihn.

»Seit etwa einer Woche.«

»Fehlt irgendjemand, ist krank oder Ähnliches?«

»Nein. Ich habe mich von der netten Dame im Collegesekretariat telefonisch mit dem Coach verbinden lassen, und der hat mir bestätigt, dass alle da sind. Er war total schockiert, als er gehört hat, dass Marcus Hind tot ist. Anscheinend sind die dort so abgeschieden, dass sie nicht einmal Internet oder einen Fernseher haben, sonst hätten sie es sicherlich mitbekommen.«

»Das heißt, wir können davon ausgehen, dass keiner von ihnen etwas mit den Morden hier zu tun hat«, folgerte Frederick. »Haben Sie sonst noch etwas herausfinden können?«

Sergeant Simmons nickte. »Ich habe mich eine ganze Weile mit der Sekretärin unterhalten, Mrs Rooney. Eine sehr nette Frau! Sie hat mich ein bisschen an meine Tante Lucy erinnert. Die erzählt auch immer so gerne. Wobei meine Tante Lucy …«

»Simmons, was hat Ihnen die Sekretärin erzählt?«, fragte Heidi ungeduldig.

»Ach so, ja, also, sie meinte, dass sich Gerry Kirkwood wohl auch schon in Cambridge als Coach beworben hat, aber abgelehnt wurde. Und alle in Cambridge bedauern uns, weil wir ihn jetzt an der Backe haben.«

»Sieh mal einer an!«, sagte Frederick.

»Und sie hat sich darüber gewundert, dass bei all den guten Leuten, die sich auf solche Posten bewerben, ausgerechnet er ausgewählt wurde.«

»Sehr gute Arbeit, Simmons!«, meinte Frederick anerkennend.

»Danke, aber bitte schicken Sie mich so schnell nicht wieder aus Oxford weg. Das war wirklich keine schöne Reise. Ich bin …«

»Simmons!«, mahnte Heidi. »Wer hat eigentlich die Leiche von Carl Morgan gefunden und die Polizei verständigt?«

»Peter Brown, der Bootswart«, antwortete Sergeant

Simmons. »Er stand unter Schock, als er anrief, und hat erst mal nur wirres Zeug geredet. Ich hab dann gleich Steven Hills, den Psychologen, angefordert, und er ist auch sofort gekommen. Jetzt sitzt er dort vorn mit Brown auf der Bank und versucht, ihn etwas zu beruhigen.« Er zeigte hinüber zum Ufer.

~

VORSICHTIG NÄHERTEN SICH Heidi und Frederick den beiden Männern. Von hinten konnte man zunächst nur ihre Silhouetten erkennen. Der große Mann rechts mit den breiten Schultern musste Peter Brown sein. Der schmale mit der sanften Stimme war wohl der Psychologe.

»Inspector Green und Inspector Collins von der Thames Valley Police«, stellte Heidi sie vor, als sie die beiden erreicht hatten. Der fassungslose Gesichtsausdruck des Psychologen, als er ihre High Heels und den kurzen Mantel betrachtete, entging ihr nicht. »Wir möchten nicht stören, aber könnten wir uns kurz mit Mr Brown unterhalten?«

»Ja«, sagte der Psychologe. »Allerdings würde ich gern dabeibleiben, wenn es Ihnen nichts ausmacht.«

»Ganz und gar nicht«, antwortete Heidi und wandte sich an den Bootswart: »Mr Brown, könnten Sie uns bitte erzählen, wie Sie Carl Morgans Leiche entdeckt haben?«

»Dann ist er es also tatsächlich?«, fragte Peter Brown aufgeregt. »Ich kann das einfach nicht verstehen. Wer tut denn so was?«

»Es muss ein großer Schock für Sie gewesen sein«, sagte Heidi mit leiser Stimme.

»Ja.« Peter Brown schaute auf seine Hände. »Ich habe

meine allabendliche Runde gedreht, und als ich an der Halle vorbeigekommen bin, stand die Tür offen. Das kam mir gleich komisch vor. Erst dachte ich noch, dass einer der Jungs mal wieder vergessen hat, sie zu schließen. Aber als ich das Licht angemacht und die Blutlache neben dem Bootsständer gesehen habe, war mir sofort klar, dass etwas passiert sein musste. Ich bin hingegangen – und da lag er! Ich war völlig fertig mit den Nerven. Trotzdem hab ich versucht, ihn anzusprechen, aber er hat sich nicht gerührt. Also hab ich ihn angefasst – und gemerkt, dass er tot ist!«, sagte er entgeistert.

»Und dann haben Sie gleich die Polizei verständigt?«

»Nein. Ich bin aus der Halle raus und wusste erst mal nicht, was ich tun soll.«

»Und was haben Sie gemacht?«, fragte Heidi.

»Ich hab meine Frau Ellie angerufen. Und die hat dann gesagt, dass ich sofort die Polizei verständigen muss.«

»Und die ganze Zeit über waren Sie in der Nähe des Bootshauses?«

»Ja.«

»War da sonst noch jemand? Oder kam Ihnen irgendetwas ungewöhnlich vor?«

Peter Brown schüttelte den Kopf. »Da war niemand.« Auf einmal begann er heftig zu schluchzen. »Hätte ich das doch nur irgendwie verhindern können! Wenn ich meine Runde früher gedreht hätte, hätte ich ihn vielleicht noch retten können.«

Heidi war sich nicht sicher, was sie davon halten sollte. Der Mann tat ihr leid. Aber was, wenn er ihnen gerade etwas vorspielte? Wenn er es war, der mit den Morden zu tun hatte? Die passende Statur hätte er, und was Gerry Kirkwood anbelangte, hatte er sie auch belogen. Donnerstag früh hätte er Marcus Hind töten und dann so tun können, als wäre er gerade von zu Hause gekommen. Sie blickte auf seine Schuhe – die Turnschuhe des Ruderteams. Die Spuren hinter den Büschen von heute Morgen könnten also von ihm stammen, zumal sie ihm ganz in der Nähe begegnet war. Und nun hatte er auch noch die zweite Leiche gefunden.

»Es ist gut, dass Sie über Ihre Gefühle sprechen«, sagte der Psychologe zu Peter Brown. »Das ist besser, als wenn Sie alles in sich hineinfressen.«

»Und ich bin mir ziemlich sicher, dass der Mörder Ihre Routine kannte. Sie hätten es nicht verhindern können, Mr Brown. Bitte machen Sie sich keine Vorwürfe!«, versuchte nun auch Frederick, ihn zu beruhigen.

Heidi schwieg zunächst. Dann sagte sie: »Mr Brown, wenn ich Sie richtig verstanden habe, sind Sie Gerry Kirkwood nicht besonders grün.«

»So habe ich das nie gesagt«, widersprach er.

»Aber Sie halten ihn doch für einen Möchtegern, nicht wahr?«

»Das stimmt nicht.«

Nun wurde Heidi sauer. Sie wusste doch, was sie gehört hatte.

»Mr Brown, heute Morgen haben Sie …«

»Bitte achten Sie auf Ihren Ton, Inspector!«, mischte sich der Psychologe ein.

»Sicher«, murmelte Heidi.

Frederick kam ihr zu Hilfe: »Was meine Partnerin meinte, ist Folgendes: Wir haben uns gewundert, dass Sie sich heute beim Lunch so gut mit Mr Kirkwood verstanden haben, Mr Brown. Heute Morgen klang das wohl noch ganz anders.«

Peter Brown schluckte, dann erklärte er: »Sonst ist Gerry immer mit Marcus zum Lunch gegangen. Als er mich heute gefragt hat, ob ich mitkommen will, hab ich halt ja gesagt, weil ich sowieso Hunger hatte.«

So ein Quatsch, dachte Heidi. Als ob jemand wie Kirkwood sich auf einmal mit einem einfachen Bootswart abgeben würde! Doch solange der Psychologe neben Peter Brown saß, würden sie aus ihm nicht mehr herausbekommen.

~

STEPHANIE BRADSHAW WAR noch immer dabei, Spuren aufzunehmen, als Heidi und Frederick wieder in die Halle kamen. Dr Goldberg hatte zwei Sergeants kommen lassen, die ihm dabei halfen, den toten Carl Morgan auf eine Trage zu hieven.

»Ich musste leider ein ganzes Stück von hier entfernt parken, meine Herren«, sagte er entschuldigend. »Aber Sie sind ja jung und kräftig.« Dabei klopfte er einem der beiden auf die Schulter. Dann wandte er sich an Heidi und Frederick: »Ich versuche, so schnell wie möglich etwas herauszufinden. Kommt morgen Vormittag zu mir in die Pathologie, dann habe ich hoffentlich schon etwas.«

»Sie sind ein Schatz, Dr Goldberg«, sagte Heidi dankbar.

»Ich weiß.« Er lächelte sie an. »Ach, den hier habe ich bei ihm gefunden.« Er wedelte mit einem Schlüsselbund vor ihrer Nase herum. »Ihr wollt euch doch sicher seine Wohnung anschauen. Außerdem habe ich noch ein Handy bei ihm gefunden, aber das habe ich Kollegin Bradshaw übergeben. Sie wird es zur Auswertung schicken, sobald sie mit ihren Untersuchungen durch ist.«

Heidi griff nach dem Schlüsselbund. »Vielen Dank, Dr Goldberg.«

»Dann gute Nacht allerseits!«, verabschiedete der sich

und hielt den beiden Sergeants die Tür offen. »Nach Ihnen, meine Herren!«

Als die drei die Halle mit der Leiche verlassen hatten, fragte Frederick: »Hast du schon etwas finden können, Steph?«

Sie schüttelte den Kopf. »Es ist wie verhext, diesmal scheint der Mörder sehr vorsichtig vorgegangen zu sein«, sagte sie enttäuscht. »Ich mach jetzt weiter. Sobald ich alles ausgewertet habe, melde ich mich bei euch. Und ich werde morgen früh noch mal herkommen, wenn es wieder hell ist. Könnt ihr bitte sicherstellen, dass heute Nacht immer einer der Sergeants vor Ort ist?«

»Ja, natürlich«, erwiderte Heidi.

»Wir sollten jetzt Morgans Eltern informieren«, drängte Frederick. »Und natürlich seine Freundin. Das wird kein leichter Gang.«

~

MIT EINEM TAXI fuhren Heidi und Frederick hinaus nach Abingdon, wo Carl Morgans Eltern lebten. Sie kamen durch ein kleines Waldstück, das nur von den Laternen der Zufahrtstraße beleuchtet wurde, dann hielten sie vor einem herrschaftlichen Landhaus. Sie baten den Fahrer zu warten und stiegen aus. In der Eingangshalle des Hauses wurde das Licht eingeschaltet. Kurz darauf sah Heidi das ängstliche Gesicht einer blonden Frau, die durch eines der Fenster lugte. Sie klingelte an der Tür und es dauerte eine ganze Weile, bis die Frau sie öffnete, allerdings nur einen Spalt breit.

»Guten Abend«, sagte Heidi. »Sind Sie Mrs Morgan?«

Die Blonde nickte vorsichtig. »Ja.«

»Wir kommen von der Thames Valley Police und müssten mit Ihnen und Ihrem Mann sprechen. Es geht um Ihren Sohn Carl.«

»Hat er etwas angestellt?«, fragte Mrs Morgan und öffnete die Tür etwas weiter. Sie trug einen Pyjama und darüber einen leichten Morgenmantel.

»Nein, nein. Würden Sie uns bitte reinlassen, damit wir in Ruhe mit Ihnen und Ihrem Mann sprechen können?«, fragte Heidi.

Ihr graute es vor dem Gespräch. Wie sagte man einer Mutter, dass ihr Kind tot war? Dass es getötet wurde? Dafür gab es keine passenden Worte.

»Geben Sie mir kurz Zeit, ich ziehe mir etwas über. Und ich muss auch meinen Mann wecken, der hat sich schon schlafen gelegt.«

»Natürlich.«

Nach etwa fünf Minuten öffnete ihnen ein grauhaariger Mann mit Bart die Tür. Offenbar hatte er sich eilig eine Hose und einen Pullover übergezogen. Wie Carl war er groß und hatte ein breites Kreuz.

»Mr Morgan?«, fragte Heidi.

Er nickte. »Bitte kommen Sie herein!«

Heidi und Frederick betraten das Haus.

»Bitte entschuldigen Sie, dass wir so spät noch stören, aber was wir Ihnen zu sagen haben, kann leider nicht warten«, erklärte Heidi. »Ich bin Inspector Green und das ist mein Partner Inspector Collins.«

»Sind Sie wegen Marcus Hind hier?«, fragte Mr Morgan. »Schlimm, was mit ihm passiert ist. Lassen Sie uns doch ins Wohnzimmer gehen«, schlug er vor und ging voran.

Die anderen folgten ihm.

»Möchten Sie einen Tee?«

»Nein danke«, antwortete Heidi. Sie würde jetzt ohnehin nichts hinunterbekommen.

Auch Frederick verneinte.

»Dann setzen Sie sich doch bitte!«

Heidi und Frederick ließen sich auf dem Sofa nieder, die Morgans nahmen in Sesseln links und rechts von ihnen Platz.

Heidi atmete noch einmal tief durch und sagte dann: »Wir müssen Ihnen leider mitteilen, dass Ihr Sohn Carl tot ist. Unser herzliches Beileid!«

Mrs Morgan starrte sie entgeistert an, dann wurde sie blass. »Nein, das kann nicht wahr sein! Er darf nicht tot sein, bitte, bitte nicht!«, flehte sie und blickte Heidi hoffnungsvoll an. Als die nichts sagte, brach sie in Tränen aus.

Ihr Mann sprang auf und kniete sich vor sie. »Jessica!«, schluchzte er und nahm ihre Hand.

Heidi schluckte. Es fiel ihr schwer, die Morgans so leiden zu sehen, aber im Moment konnte sie nichts für sie tun. Der Mörder würde dafür büßen, was er diesen Menschen angetan hatte, das schwor sie sich.

Es dauerte eine ganze Weile, bis das Ehepaar den ersten Schock überwunden hatte. Heidi und Frederick warteten geduldig und erkundigten sich mehrfach, ob sie einen Arzt oder Psychologen hinzuholen sollten, aber die Morgans lehnten das ab.

»Wie ist Carl gestorben?«, wollte Mr Morgan schließlich wissen, während er aufstand. Dann setzte er sich auf die Lehne des Sessels und umarmte seine Frau.

Diesmal war es Frederick, der das Wort ergriff: »Er wurde Opfer eines Verbrechens. Es ist erst vor ein paar Stunden passiert.«

»Wieso haben Sie das nicht verhindert?«, rief Mrs Morgan vorwurfsvoll und begann erneut zu schluchzen.

»Es gab keinerlei Anzeichen, dass Carl in Gefahr war«,

versuchte Heidi zu erklären. »Oder ist Ihnen in letzter Zeit an Ihrem Sohn irgendetwas aufgefallen? War er verändert?«, fragte sie dann vorsichtig.

Mrs Morgan schüttelte heftig den Kopf.

»Er schien mir sehr nervös in den vergangenen Wochen«, brachte Mr Morgan hervor. Seine Stimme bebte. »Ich hatte das zunächst auf das anstehende Rennen geschoben. Er war schon immer etwas sensibel, hatte nicht die stärksten Nerven, aber in der letzten Woche war es ganz schlimm.«

»Wussten Sie, dass er ein Schlafmittel nahm?«, fragte Frederick.

»Nein«, antwortete Mr Morgan und blickte ihn ungläubig an. »Und ich kann es mir ehrlich gesagt auch nicht vorstellen.«

»Nun, er hat uns erzählt, dass er sich das Mittel von seinem Hausarzt hat verschreiben lassen, da er wegen des anstehenden Rennens gegen Cambridge tatsächlich sehr nervös war.«

Mr Morgan öffnete den Mund, als ob er etwas sagen wollte, schien es sich dann aber anders zu überlegen.

Heidi sah ihn eindringlich an. »Bitte, Mr Morgan, wenn Sie etwas wissen, sagen Sie es uns! Jede Kleinigkeit kann uns weiterhelfen.«

Er zögerte. »Ich wusste wirklich nichts von dem Schlafmittel«, sagte er schließlich. »Aber ich habe ein Gespräch zwischen Carl und seiner Freundin mitbekommen, als die beiden letzte Woche zum Sunday Roast hier waren.«

»Worüber haben sie gesprochen?«

»Eigentlich habe ich es nur zufällig gehört.« Mr Morgan schien sich nicht wohl dabei zu fühlen.

»Bitte erzählen Sie es uns trotzdem! Vielleicht kann es uns helfen, den Täter zu finden.«

»Also gut. Carl hat zu Kim gesagt, dass er Angst habe,

aus dem Team gedrängt zu werden. Anscheinend gibt es einen Ersatzmann, der seinen Posten übernimmt, wenn er ausfällt. Ich nehme an, dass derjenige Druck auf meinen Sohn ausgeübt hat.«

»Wissen Sie, wer es ist?«

»Leider nein.«

»Hat Ihr Sohn denn mit Ihnen über Marcus Hinds Tod gesprochen?«, wollte Frederick wissen.

»Nein, wir hatten seit letztem Sonntag nichts von ihm gehört«, erklärte Mr Morgan. »Er hatte doch so viel zu tun wegen des Trainings. Und seine freie Zeit hat er mit Kim verbracht. Er war sehr verliebt in sie, hatte große Zukunftspläne mit ihr.« Erneut stiegen ihm die Tränen in die Augen.

»Fällt Ihnen sonst noch etwas ein, das uns vielleicht helfen könnte?«, fragte Frederick vorsichtig.

Mr Morgan schüttelte den Kopf und auch seine Frau verneinte.

»Dann haben wir erst einmal keine weiteren Fragen an Sie und möchten Sie auch nicht länger stören. Ich kann nur noch einmal wiederholen, wie schrecklich leid uns der Verlust Ihres Sohnes tut«, sagte Frederick. »Können wir Sie denn allein lassen?«

»Danke, es wird schon gehen«, erwiderte Mr Morgan.

»Aber falls wir Sie in irgendeiner Weise unterstützen können oder Sie noch Fragen haben, können Sie sich jederzeit bei uns melden«, bot Frederick an und reichte Mr Morgan seine Visitenkarte.

~

ALS SIE VOR dem Haus der Familie Burke standen, hörten sie bereits durch die Tür hindurch lautes Kindergeschrei.

»Das muss Stanley sein, Kims kleiner Bruder«, sagte Heidi.

Frederick schaute sie überrascht an.

»Er besucht dieselbe Preschool wie meine Zwillinge«, erklärte sie und klingelte. »Ich mache mir große Sorgen, wie Kim es aufnehmen wird.«

Dann bat sie Frederick, Stanley abzulenken, damit er ihr Gespräch nicht mit anhören musste. Das war der Teil ihres Jobs, den Heidi verabscheute. Die Nachricht vom Tod eines Menschen war an sich schon schrecklich. Neben der Trauer um den Verstorbenen konfrontierte sie einen mit der eigenen Sterblichkeit. Bei einem brutalen Gewaltverbrechen kam noch eine weitere Dimension dazu, nämlich die, dass das Opfer meist furchtbar zugerichtet war.

Kim öffnete ihnen die Tür. Sie hielt Stanley auf dem Arm, der einen Schlafanzug trug und laut schrie.

»Inspector Green, Inspector Collins!«, sagte Kim erstaunt. »Ich hatte ehrlich gesagt gehofft, es wäre meine Mutter.«

»Ist sie denn nicht zu Hause?«, fragte Heidi und sah unwillkürlich auf ihre Uhr.

Kim schüttelte den Kopf. »Sie hat einen neuen Job angenommen. Seit Dad nicht mehr da ist, reicht das Geld vorne und hinten nicht.«

Auf einmal schrie Stanley noch lauter.

»Was hat er denn?«, fragte Heidi besorgt und erinnerte sich daran, was Debbie Williams ihr über den Kleinen und seine Krankheit erzählt hatte.

»Er hat starke Bauchschmerzen«, erklärte Kim und drückte Stanley an sich, um ihn etwas zu beruhigen.

Doch es half nichts. Er schrie weiter. Dicke Tränen liefen ihm über die Wangen.

»Dürfen wir hereinkommen?«, fragte Frederick.

»Natürlich, bitte entschuldigen Sie!«

Kim ging voraus. Heidi und Frederick folgten ihr ins Wohnzimmer. Dort lagen überall Spielsachen herum und der Fernseher lief.

»Setzen Sie sich doch!«, sagte Kim und schaute sich um. »Wenn Sie einen Platz finden. Ich passe schon seit heute Nachmittag auf den Kleinen auf und komme mit dem Aufräumen einfach nicht hinterher«, erklärte sie entschuldigend. Die Situation war ihr offensichtlich peinlich.

»So sieht es bei uns auch immer aus«, versuchte Heidi, sie zu beruhigen. »Ich habe Zwillinge.«

»Ach ja, richtig! Mum hat mir erzählt, dass sie in dieselbe Preschool wie Stanley gehen. Kommen Sie am Sonntag mit ihnen zu seiner Geburtstagsparty?«

Heidi nickte, obwohl sie sich nicht sicher war, ob die Familie überhaupt in der Lage sein würde, eine Feier auszurichten, nachdem sie die Nachricht von Carls Tod gehört hatte. Aber dann sah sie Stanley an, der sich an Kim kuschelte und nur noch ab und zu schluchzte. Er würde nicht verstehen, was mit Carl geschehen war, und es würde ihm wahrscheinlich sein kleines Herz brechen, wenn die Party abgesagt würde.

»Kim, wir müssen dir leider etwas mitteilen. Es geht um deinen Freund Carl.« Heidi hatte einen Kloß im Hals, während sie das sagte. Am liebsten hätte sie das Mädchen in den Arm genommen.

»Was ist mit ihm?«, fragte Kim besorgt.

Heidi schaute auf Stanley und gab Frederick ein Zeichen. Der holte daraufhin sein Handy hervor und begann, ein Spiel zu spielen. Ein Gackern war zu hören. Interessiert reckte Stanley den Kopf.

»Möchtest du vielleicht auch mal?«, fragte Frederick ihn.

Stanley nickte schüchtern.

»Sollen wir in die Küche gehen? Da können wir ungestört spielen.«

Stanley blickte Kim fragend an. Sie lächelte ihm zu, stellte ihn auf den Boden und er ging zu Frederick hinüber.

Nachdem die beiden den Raum verlassen hatten, wandte Heidi sich wieder an Kim: »Es tut mir so leid, was ich dir jetzt sagen muss: Carl wurde heute Abend tot in einem der Bootshäuser aufgefunden.«

»Was?«, rief Kim schrill. »Das kann nicht sein! Ich habe doch vorhin noch mit ihm telefoniert.«

»Wann genau?«, wollte Heidi wissen.

»Gegen neun.« Kim zog zitternd ihr Handy hervor und sah nach. »Ja, ein paar Minuten davor. Er hat gesagt, dass er nur noch das Boot verstaut und sich dann auf den Weg zu mir macht. Ich habe ihn angefleht, sich zu beeilen, weil Stanley die ganze Zeit geweint hat und Carl es oft geschafft hat, ihn zu beruhigen.« Tränen stiegen ihr in die Augen und sie fragte mit zittriger Stimme: »Wie ist er gestorben?«

»Du musst jetzt sehr stark sein, Kim.« Heidi zögerte kurz, doch dann riss sie sich zusammen. »Er wurde erschlagen.«

Kim starrte sie an »Das ist ja schrecklich!«

»Soll ich vielleicht deine Mutter anrufen, Kim? Mir ist nicht wohl dabei, dass du das alles allein verkraften musst«, sagte Heidi besorgt.

»Nein, nein, es geht schon«, lehnte Kim ab. »Sie müsste ohnehin bald nach Hause kommen.«

»Meinst du, ich kann dir ein paar Fragen stellen? Schaffst du das? Es wäre wirklich wichtig.«

Kim nickte.

»Also gut. Ist dir vorhin bei eurem Telefonat irgendetwas an Carl aufgefallen? War er anders als sonst?«

»Nein, überhaupt nicht«, presste Kim hervor.

»Aber stimmt es, dass er Angst hatte, aus dem Ruderteam gedrängt zu werden?«, wagte Heidi die Frage zu stellen, die ihr schon die ganze Zeit unter den Nägeln brannte.

Erst blickte Kim sie erstaunt an, dann sagte sie: »Ja. Das war der wahre Grund, weshalb er so nervös war, nicht die Angst vor dem Rennen.« Sie schluchzte. »Ryan hat ihn wahnsinnig unter Druck gesetzt.«

Ryan Ross also, dachte Heidi. »Und Ross wird jetzt ins Team nachrücken?«, versicherte sie sich.

»Ja. Jetzt hat er endlich erreicht, was er will.« Kims Augen funkelten wütend. »Dabei hat Carl sich Marcus noch anvertraut und ihm erzählt, dass Ryan ihn bedrängt.«

»Wann war das?«

»Am Mittwochabend.«

»Kannst du dir vorstellen, wieso Carl uns das verschwiegen hat?«

»Es war ihm sehr unangenehm, dass er es nicht selbst geschafft hat, sich gegen diesen Fiesling zur Wehr zu setzen«, erklärte Kim. »Ich musste ihn förmlich dazu zwingen, sich Marcus anzuvertrauen. Von selbst hätte er das niemals gemacht. Er wollte doch nur …« Ihre Stimme versagte. Offenbar hatte sie gerade erst begriffen, dass sie Carl nie wiedersehen würde. Tränen liefen ihr über die Wangen.

»Kim?« Heidi berührte die junge Frau am Arm, doch sie reagierte nicht, sondern starrte nur apathisch vor sich hin. »Kim, kann ich dir irgendwie helfen?« Als sie immer noch keine Antwort erhielt, sagte sie: »Ich rufe jetzt jemanden von der Jugendseelsorge.« Dann stand sie auf und ging zu Frederick in die Küche.

Erst als die Seelsorgerin eintraf und versprach, sich um Kim und Stanley zu kümmern, verabschiedeten sie sich.

~

DAS HAUS DER Burkes lag nur wenige Straßen von der Walton Well Road entfernt und so beschloss Frederick, Heidi zu Fuß nach Hause zu begleiten. Sie gingen einen schmalen Weg an einem Kanal entlang, der durch das gelbe Licht der Straßenlaternen beleuchtet wurde. Heidi erzählte ihm, wie Kim auf die schreckliche Nachricht reagiert hatte. Die Situation der jungen Frau schien sie genauso betroffen zu machen wie ihn. Dann liefen sie eine Weile schweigend nebeneinander her.

»Was machen Ihre Füße?«, fragte Frederick schließlich.

»Ich kann's kaum abwarten, diese grausamen Hackenbrecher endlich auszuziehen!«, antwortete Heidi gequält.

Frederick lachte und war Heidi dankbar, dass sie durch ihre Worte die bedrückende Stimmung etwas entspannte. Doch dann wurde er wieder ernst.

»Denken Sie, dass Ross etwas mit den beiden Toten zu tun haben könnte?«

»Ich hatte bei der Befragung heute Nachmittag schon den Eindruck, dass er uns etwas verschweigt«, erwiderte Heidi. »Und das, was Kim jetzt über ihn gesagt hat, bestätigt es mir. Aber leider fehlen uns bisher die Beweise. Außerdem frage ich mich die ganze Zeit, ob wir nicht irgendetwas übersehen haben.«

»Geht mir genauso«, gab Frederick zu. »Wir sollten gleich morgen früh Carl Morgans Wohnung durchsuchen. Vielleicht finden wir dort etwas.«

Heidi nickte und blieb stehen. »Hier wohne ich.«

Frederick sah zum Haus hinüber und zeigte dann auf eines der Fenster, an dem sich die Zwillinge die Nase plattdrückten und aufgeregt winkten. Hinter ihnen stand Rich, er sah völlig übermüdet aus.

»Sie werden bereits sehnsüchtig erwartet!«

»Die zwei sollten schon seit Stunden im Bett sein«, sagte

Heidi aufgebracht. »Und mein Mann eigentlich auch.« Dann fragte sie schnell: »Morgen früh um neun vor Carl Morgans Wohnung? Oder soll ich Sie abholen?«

»Nicht nötig, danke.« Frederick verkniff sich die Begründung, weshalb er lieber zu Fuß ging.

»Wie Sie wollen, gute Nacht!« Heidi ging auf die Haustür zu. »Ach, und Collins!« Sie drehte sich noch einmal zu ihm um. »Ich will mich eigentlich nicht einmischen.«

Frederick lachte. »Wenn Frauen so etwas sagen, dann ist meistens genau das Gegenteil der Fall.«

»Da haben Sie wahrscheinlich recht«, antwortete Heidi. »Ich wollte Ihnen ja auch nur sagen, dass Sie Louise vielleicht einfach mal anrufen sollten.«

»Einfach anrufen«, wiederholte er leicht perplex. Dann nickte er. »Danke, Green.«

~

FREDERICK WARTETE, BIS Heidi die Tür hinter sich zugezogen hatte. Dann holte er sein Handy hervor und überlegte, ob er ihren Ratschlag sofort befolgen sollte. Doch dann entschied er sich dagegen. Es war schon zu spät. Louise würde vielleicht denken, dass er sich erst nach ein paar Pint dazu durchringen konnte, sich bei ihr zu melden. Und sie sollte auf keinen Fall einen falschen Eindruck bekommen. Morgen würde er sie anrufen und ihr gestehen, wie er sich fühlte.

Langsam ging er durch die dunklen Straßen und kam immer wieder an überfüllten Pubs vorbei, in denen ausgelassen gefeiert wurde. Er hätte sich dazugesellen können, es wäre einfach gewesen, Anschluss zu finden, denn die Menschen hier waren offen und freundlich. Doch ihm war gerade nicht danach zumute. Er fragte sich immer wieder, wie es so weit hatte kommen können, dass ein zweiter Mensch getötet worden war, ohne dass sie es hatten verhindern können. Mrs Morgans verzweifelter Blick, als sie ihnen genau diese Frage gestellt hatte, ging ihm einfach nicht mehr aus dem Kopf. Was hatten sie übersehen?

Inzwischen hatte er die Broad Street erreicht. Sie führte an den hohen weißen Mauern des Museums der Geschichte der Wissenschaft vorbei und dann weiter am Sheldonian Theatre entlang, das einem römischen Theater nachempfunden war. Nur ein paar Meter entfernt stand das Clarendon Building, das ihn mit seinen Säulen und Statuen an einen antiken Palast erinnerte. Überhaupt hatte er hier oft den Eindruck, nicht in England, sondern in Italien zu sein. Die wunderschönen historischen Gebäude und ihre einzigartige Architektur standen ihren südländischen Vorbildern in nichts nach.

Als er schon fast zu Hause war, überlegte er für einen kurzen Moment, ob er nicht doch noch ein Pint im King's Arms trinken sollte, um besser einschlafen zu können. Aber er entschied sich dagegen. Morgen wollte er einen klaren Kopf haben. Er schlenderte die Holywell Street entlang und erschrak plötzlich, als er einen dunklen Schatten entdeckte, der auf dem Gehweg neben seinem Hauseingang kauerte. Langsam näherte Frederick sich, ganz vorsichtig. Der Schatten bewegte sich. Das war ein Mensch!

Frederick beugte sich hinunter und fragte: »Kann ich Ihnen helfen?«

Ein blasses Gesicht mit verweinten Augen blickte ihm entgegen: »Endlich bist du da, ich warte schon seit Stunden auf dich!« Es war Susan.

~

NACHDEM HEIDI DIE Zwillinge schließlich zum Einschlafen gebracht hatte, wollte sie nur noch die Beine hochlegen. Ihre Füße brannten. Sie ging ins Wohnzimmer und warf sich aufs Sofa.

»Wieso liegt hier ein Paar High Heels im Mülleimer?«, rief Rich überrascht aus der Küche. »Waren das die Kinder?«

»Nein, das ist schon richtig so. Das sind nämlich keine Schuhe, sondern Folterinstrumente«, stöhnte Heidi.

»Dafür sahst du aber richtig gut darin aus«, sagte Rich. »Ich fände es wirklich sehr schade, wenn du sie wegwirfst.«

»Keine Chance, die bleiben im Müll! Keinen Schritt laufe ich mehr mit denen!«

»Wie du meinst. Was hältst du von einem Glas Rotwein?«

Das war ihr Entspannungsritual am Wochenende, wenn die Kinder im Bett lagen und sie ein wenig Zeit nur für sich hatten.

»Sehr gerne«, antwortete Heidi.

Kurz darauf kam Rich mit zwei Gläsern Rotwein ins Wohnzimmer, reichte Heidi eines und setzte sich dann neben sie. Sie nahm einen großen Schluck und schmiegte sich an ihn. Eigentlich wollte sie die gemütliche Stimmung nicht zerstören, doch sie konnte die Neuigkeit nicht für sich behalten.

»Wir haben eine zweite Leiche gefunden, einen Ruderer. Es ist ausgerechnet der Freund des Mädchens, das Hind gefunden hat. Sie ist völlig mit den Nerven am Ende.«

Rich strich ihr übers Haar. »Und jetzt machst du dir Vorwürfe, weil du seinen Tod nicht verhindern konntest?«

Heidi nickte. Er kannte sie einfach wie kein anderer.

»Sei nicht so streng mit dir!«, sagte er.

»Da läuft jemand durch Oxford und bringt einen Menschen nach dem anderen um!«, protestierte sie.

»Wisst ihr das denn schon mit Sicherheit?«, fragte Rich. »Vielleicht handelt es sich ja auch um zwei Täter.«

»Da hast du natürlich recht, aber ich kann es mir ehrlich gesagt nicht vorstellen«, gab Heidi zurück. »Der Junge war schließlich im Team von Marcus Hind, dem ersten Opfer.«

»Wie wurde er getötet?«

»Wieder mit Schlägen auf den Hinterkopf, aber diesmal nicht mit einem Stein, sondern offenbar mit einem Cricketschläger.«

»Gibt es wenigstens brauchbare Spuren?«

»Wir müssen abwarten, was Steph herausfindet – und sind gespannt auf Dr Goldbergs Obduktionsbericht.«

»Du kannst also im Moment sowieso nichts tun.«

Heidi schüttelte den Kopf.

Rich stand auf, kam wenig später mit der Flasche zurück und goss ihr noch etwas Wein nach. »Dann versuche, dich ein wenig zu entspannen! Morgen wird sicher ein anstrengender Tag.«

~

FREDERICK SCHLOSS DIE Augen wie ein Kind in der Hoffnung, dass Susan nicht mehr da wäre, wenn er sie wieder öffnete. Doch es funktionierte nicht.

»Ich habe dich vermisst, Freddy.«

Wie lange hatte er diesen Spitznamen nicht mehr gehört. Freddy. Nur sie hatte ihn so genannt.

»Es war der größte Fehler meines Lebens, mich von dir zu trennen. Können wir bitte reden?« Sie schluchzte.

»Und was sagt dein toller Freund dazu?«, fragte Frederick kühl.

»Er weiß nicht, dass ich hier bin. Aber darum geht es auch nicht. Ich muss mit dir sprechen.«

Wie oft hatte er sich noch vor ein paar Monaten vorgestellt, wie es wäre, wenn Susan eines Tages vor ihm stehen und ihn um Verzeihung bitten würde. Nächtelang hatte er darum gefleht, dass sie es sich anders überlegen und zu ihm zurückkommen würde. Doch wieso hatte sie ihre Meinung ausgerechnet jetzt geändert?

»Ich habe die letzten Stunden hier auf dich gewartet. Mir ist kalt. Wie wäre es, wenn wir irgendwo hingehen, wo es warm ist und wir ungestört reden können?«, bat sie mit heller Stimme.

Er kannte diesen Tonfall und er hatte ihr noch nie etwas abschlagen können, wenn sie so sprach. Also holte er den Schlüssel aus seiner Jackentasche und öffnete die Tür zum Treppenhaus.

»Dann komm halt rein!« Vielleicht war es genau dieses Gespräch, das er brauchte, um endgültig mit diesem Kapitel seines Lebens abschließen zu können. »Aber ich habe nicht viel Zeit, ich hatte einen harten Tag. Und ich muss morgen wieder früh raus.«

»Danke, Freddy!«

Sie betraten das Haus und gingen die Treppe hinauf, Susan dicht neben ihm. Er konnte ihren einzigartigen Duft riechen, der ihn an all die schönen Stunden erinnerte, in denen sie sich ganz nah gewesen waren.

Lass dich nicht von ihr einlullen, ermahnte er sich.

Er schloss die Tür zu seiner Wohnung auf und schaltete das Licht ein. Aus irgendeinem Grund war er furchtbar nervös. War es doch ein Fehler gewesen, sie mit hochzunehmen? Er hatte jetzt ein neues Leben, eins ohne Susan, das er sich mühsam eingerichtet hatte.

Susan tänzelte an ihm vorbei in die Wohnung. Ihre Tränen waren wie weggeblasen. Sie schaute kurz in die Küche und ging dann ins Wohnzimmer.

»Schön hast du's hier«, sagte sie. »Wirklich schön.« Dann setzte sie sich in seinen Lesesessel und griff nach dem Buch, das auf dem Beistelltisch lag. »Oliver Twist. Du liest also immer noch so gerne wie damals.« Sie lächelte ihn an. »Das hat mir besonders gut an dir gefallen.«

Frederick erwischte sich dabei, dass er sie ebenfalls anlächelte. Dann erinnerte er sich daran, weshalb sie hier war.

»Lass uns reden, deswegen bist du doch hergekommen!«

»Ja. Ich war fast den ganzen Tag mit dem Auto unterwegs«, erklärte sie. »Aber ich musste dich unbedingt sehen.«

»Möchtest du etwas trinken?«, fragte er, denn er wollte nicht unhöflich sein.

»Sehr gerne, Freddy. Was hast du denn da?«

»Wasser?«

»Aber Freddy!« Sie sah ihm direkt in die Augen. »Vielleicht würde uns eine Aussprache bei einem Glas Wein leichter fallen, meinst du nicht?«

»Ich schaue mal«, sagte er, ohne nachzudenken. Warum konnte er nicht nein sagen? Wie ferngesteuert ging er in die Küche, öffnete eine Flasche Wein, nahm zwei Gläser, goss den edlen Tropfen langsam ein, legte ein paar Cracker auf einen Teller und stellte alles auf ein Tablett. Damit ging er zurück ins Wohnzimmer.

Susan hatte es sich inzwischen auf dem Sofa gemütlich

gemacht. »Setz dich doch zu mir!«, säuselte sie und zeigte auf den Platz neben sich.

Frederick stellte das Tablett auf den kleinen Tisch vor dem Sofa und setzte sich. Susan rückte näher an ihn heran. Schnell griff er nach seinem Wein. Worauf hatte er sich nur eingelassen?

Samstag, 7. März

HEIDI BRUMMTE DER Schädel. Das dritte Glas Rotwein hätte sie gestern doch lieber nicht trinken sollen. Aber wenigstens hatte sie die Nacht durchgeschlafen, ohne sich Gedanken zu machen, wieso sie den Mord an Carl Morgan nicht hatten verhindern können. Sie stöhnte und hielt sich die Stirn. Selbst das fröhliche Singen der Kinder, das ihr normalerweise ein Lächeln aufs Gesicht zauberte, tat ihr heute Morgen in den Ohren weh. Und ihre geschwollenen Füße gaben ihr den Rest.

Sie verabschiedete sich von ihrer Familie, schnappte sich die Mülltüte, in die sie gestern Nacht ihre Killerheels geschmissen hatte, und ging nach draußen. Mit größter Genugtuung warf sie die Tüte in die große schwarze Box vor dem Haus. Dann sprang sie in ihren Mini und fuhr los. An einem Samstagmorgen mit dem Auto durch Oxford zu fahren, war jedoch eine Herausforderung. Mit viel Hupen und Schimpfen erreichte sie schließlich nach über einer halben Stunde den Parkplatz der Police Station. Dort ließ sie den Wagen stehen und ging zu Fuß St. Aldate's entlang bis zur Speedwell Street. Vor einem großen Apartmentblock wartete schon Frederick. Er sah fürchterlich aus. Aber wahrscheinlich dachte er gerade dasselbe über sie.

»Morgen, Collins!«, begrüßte sie ihn.

»Morgen«, antwortete Frederick muffelig. Dann zeigte er auf ein Klingelschild. »Die Wohnung liegt im dritten Stock.« Heidi zog den Schlüsselbund hervor, den Dr Goldberg ihr gegeben hatte, und schloss die Eingangstür auf.

Sie betraten einen hellen Flur und gingen zum Aufzug. Dort hing jedoch ein Blatt Papier, auf das jemand handschriftlich »defekt« geschrieben hatte.

»Ausgerechnet heute!«, stöhnte Heidi. »Sie können sich nicht vorstellen, wie sehr mir meine Füße wehtun.«

Frederick sagte nichts darauf.

»Alles okay bei Ihnen?«

Aber Frederick antwortete nicht.

Vielleicht ist das Gespräch mit Louise nicht so gelaufen, wie er es sich vorgestellt hat, überlegte Heidi. Nahm er ihr jetzt übel, dass sie sich eingemischt hatte?

»Wollen Sie darüber reden?«

»Nein!«, sagte Frederick und öffnete die Tür zum Treppenhaus.

Sie stiegen die Stufen hinauf bis in den dritten Stock. Heidi jammerte bei jedem Schritt, doch Frederick ignorierte sie.

Was ist nur heute mit ihm los?, fragte sie sich.

Endlich erreichten sie Carl Morgans Wohnung. Heidi schloss die Tür auf, aber sie zögerte für einen kurzen Moment. Sie hatte Skrupel, die Wohnung eines Fremden zu durchwühlen, auch wenn er tot war und es ohnehin nicht mehr mitbekommen würde. Schnell verdrängte sie ihre Gefühle, denn das gehörte nun einmal zu ihrem Job.

Frederick reichte ihr wortlos ein Paar Einweghandschuhe, die sie überzog. Dann gingen sie hinein. An der Wand im Flur hing ein Foto in einem breiten Holzrahmen, auf dem Kim und Carl sich liebevoll im Arm hielten. Die beiden schienen sehr glücklich gewesen zu sein. Es versetzte Heidi einen Stich ins Herz, dass irgendein Verrückter dieses Glück nun für immer zerstört hatte.

Im Wohnzimmer standen ein Sofa, zwei dazu passende Sessel, ein Holzschrank, ein großer runder Tisch mit vier Stühlen und zwei Regale. Darin waren unter anderem einige Bücher über das Rudern aufgereiht, aber auch sonst nichts von Interesse. Heidi öffnete den Schrank, doch sie fand nur eine gut sortierte DVD-Sammlung. Also ging sie ins Arbeitszimmer. Auf dem Schreibtisch stand ein Laptop und daneben lagen ein paar Bücher. Carl Morgan schien Politikwissenschaften studiert zu haben. Heidi klappte den Computer auf. Er war nicht passwortgeschützt. Sie scrollte sich durch die geöffnete Datei auf dem Display: ein Textdokument, wohl ein angefangener Essay, den Carl fürs College geschrieben hatte. Der Webbrowser zeigte die Homepage der Times. Heidi klickte auf die Suchmaschinen-Historie und ein neues Fenster öffnete sich. Aber auch hier war nichts Auffälliges dabei. Carl Morgan hatte für seinen Essay recherchiert und war auf einigen Verkaufsplattformen gewesen.

Seufzend klappte Heidi den Laptop wieder zu. Vielleicht würden die Kollegen bei der Auswertung etwas finden. Sie nahm das Gerät und ging zurück ins Wohnzimmer. Alles hier war so sauber und ordentlich. Wenn sie da an ihre eigene Studienzeit dachte, als sie zu sechst in kleinen Zimmern in einer versifften Wohnung im vierzehnten Stock eines Studentenwohnblocks gelebt hatten, war das hier der reinste Luxus.

Als Nächstes schaute sie sich im Bad und dann im Schlafzimmer um. In beiden Räumen war deutlich zu sehen, dass Kim hier öfter übernachtet hatte. Im Bad standen Cremes und Make-up und auf einem Nachttisch lag eine silberne Halskette. Es würde sicherlich schwer für Kim werden, hierher zurückzukehren, um ihre Sachen zu holen. Etwas Brauchbares, das ihnen bei der Lösung des Falls helfen konnte, entdeckte Heidi aber nicht. Auch Frederick hatte keinen Erfolg gehabt.

»Dann lassen Sie uns jetzt zu Dr Goldberg fahren«, schlug Heidi vor.

Frederick nickte nur stumm.

Als Heidi gerade die Wohnungstür hinter sich zugezogen hatte, bemerkte sie, dass die Tür der gegenüberliegenden Wohnung einen Spalt breit geöffnet wurde. Sie sah einen weißen Lockenschopf, doch gleich darauf wurde die Tür fast lautlos wieder geschlossen. Heidi ging hinüber und drückte auf die Klingel. Kurze Zeit später sah sie ein Auge durch den Türspion blinzeln.

»Wer ist da?«, fragte eine kratzige Stimme.

»Inspector Green und Inspector Collins von der Thames Valley Police. Könnten Sie bitte aufmachen?«, sagte Heidi.

»Polizei?«, fragte die kratzige Stimme. »Was wollen Sie denn hier?«

Dann öffnete sich die Tür erneut. Der weiße Lockenschopf gehörte zu einer gepflegten alten Dame in einem rosafarbenen Samtkostüm.

Heidi schaute auf das Klingelschild und sagte dann freundlich: »Guten Morgen, Mrs Wellington! Dürften wir Ihnen ein paar Fragen stellen?«

Die alte Dame nickte.

»Es geht um Ihren Nachbarn Carl Morgan«, erklärte Heidi. »Er ist leider verstorben.«

»Verstorben? Um Himmels willen, er war doch noch so jung!« Mrs Wellington schüttelte ungläubig den Kopf. »Das war ein ganz Netter, der hat mir immer mit meinen Einkäufen geholfen. War er denn krank?«

»Er ist leider einem Verbrechen zum Opfer gefallen«, sagte Heidi vorsichtig.

Mrs Wellington war sichtlich schockiert. »Oh nein!«, rief sie aufgeregt. »Doch nicht etwa in seiner Wohnung? Liegt er da jetzt noch drin?«

»Nein, nein«, antwortete Heidi schnell, um sie zu beruhigen. »Hier würde so etwas sicherlich nicht passieren, da bin ich mir ganz sicher. Machen Sie sich bitte keine Sorgen! Aber sagen Sie, wann haben Sie Mr Morgan das letzte Mal gesehen?«

»Gestern Nachmittag.«

»Und ist Ihnen irgendetwas an ihm aufgefallen?«

»Gestern nicht. Da war er wieder ganz normal. Aber am Tag davor.«

»Am Donnerstag?«, fragte Heidi.

»Ja. Da war ich ganz früh wach, weil ich mal wieder nicht schlafen konnte. Wissen Sie, ich lese dann zwar noch ein bisschen, aber irgendwann halte ich es nicht mehr im Bett aus«, erzählte Mrs Wellington. Sie schien froh, dass ihr jemand zuhörte. »Also bin ich aufgestanden. Ich war gerade auf dem Weg zum Briefkasten, um mir die Zeitung zu holen, als Carl mir entgegenkam. Er war sehr blass, der arme Junge, als hätte er soeben ein Gespenst gesehen.«

»Wann genau war das?«

Mrs Wellington blickte auf ihre goldene Uhr, so als ob sie die Erinnerung daran erst wieder wachrufen müsste. »Das war so um acht Uhr rum. Er hat noch nicht mal Guten Morgen gesagt und ist ganz schnell die Treppe hochgelaufen, als ob der Teufel hinter ihm her wäre. So war er sonst nie.«

»Und Sie sind sich ganz sicher, dass es Carl Morgan war, den Sie gesehen haben?«, vergewisserte Heidi sich.

»Aber ja!«, sagte Mrs Wellington vorwurfsvoll. »Ich bin vielleicht alt, junge Dame, aber nicht senil.«

»Natürlich nicht, Mrs Wellington. So war das nicht gemeint. Doch nun wollen wir Sie nicht länger stören. Vielen Dank, dass Sie sich Zeit für uns genommen haben.«

Die alte Dame lächelte versöhnlich. »Keine Ursache! Auf Wiedersehen!« Dann schloss sie die Tür.

Heidi wandte sich an Frederick, der während des Gesprächs nur stumm neben ihr gestanden hatte: »Kommen Sie, Collins! Vielleicht hat Dr Goldberg ja was für uns.« Sie ließen die Treppe hinunter, und als sie das Gebäude verließen, fragte Heidi: »Denken Sie, wir können der alten Dame glauben?«

»Ich hatte den Eindruck, dass sie noch ziemlich gut beisammen ist«, erwiderte Frederick.

»Oh, Sie können ja doch noch sprechen«, stichelte Heidi, dann wurde sie wieder ernst. »Sie sagte, Carl war blass und sah aus, als habe er ein Gespenst gesehen. Meinen Sie, er ist Kim doch hinterhergelaufen, als er ihre Nachricht entdeckt hat, womöglich ohne ihr Wissen? Vielleicht hat er das Verbrechen beobachtet und wurde deswegen zum Schweigen gebracht?«

»Sie meinen, er war noch vor Kim am Tatort?«

»Das wäre doch möglich.«

Frederick nickte nachdenklich. »Aber wieso hat er sich uns dann nicht anvertraut?«

»Vielleicht hat der Mörder ihn gesehen und bedroht. Und weil er Angst hatte, dass Carl die Nerven durchgehen und er ihn verraten würde, musste er ihn zum Schweigen bringen.«

~

FREDERICK FOLGTE HEIDI wortlos zu dem Gebäude, in dem die Pathologie untergebracht war. Heute war er mit seinen Gedanken einfach nicht bei der Sache. Er ärgerte sich über sich selbst. Niemals hätte er Susan mit in seine Wohnung nehmen sollen. Denn natürlich hatte er es nicht übers Herz gebracht, sie nach dem Glas Wein wieder rauszuschmeißen. Er hatte sich geschmeichelt gefühlt, dass sie den weiten Weg von Liverpool auf sich genommen hatte, um sich mit ihm auszusöhnen. Zwar hatte er gewusst, dass das alles keine gute Idee war, doch seine Eitelkeit hatte letztendlich gesiegt. Immer und immer wieder hatte sie ihm gesagt, dass er der einzige Mann war, den sie wollte, und dass sie ihn schrecklich vermisste. Sie hatte ihn sogar wegen ihres Verhaltens um Entschuldigung gebeten. Mit Genugtuung hatte er es sich angehört, es war wie Balsam für seine Seele gewesen.

Doch dann hatte er ihr nahegelegt, dass es besser wäre, wenn sie jetzt ginge. Sie hatte zu weinen begonnen und behauptet, dass sie nicht wüsste, wo sie hinsolle. Also hatte er ihr angeboten, über Nacht zu bleiben. Allerdings war er aufs Sofa gezogen und hatte ihr sein Bett überlassen. Aber er hatte kaum ein Auge zubekommen, nicht nur, weil das Sofa für einen Mann seiner Größe viel zu klein war. Auch die Verwirrung über die Situation hatte ihm den Schlaf geraubt. In den frühen Morgenstunden war er endlich eingeschlafen, um kurz darauf mit furchtbaren Rückenschmerzen wieder aufzuwachen, als sein Handywecker geklingelt hatte. Im ersten Moment war er völlig verdattert gewesen, als Susan nur mit einem seiner T-Shirts bekleidet vor ihm gestanden hatte. Es war wie früher gewesen.

»Collins, jetzt sagen Sie schon: Ist wirklich alles okay mit Ihnen?«, riss Heidi ihn aus seinen Gedanken. »Sie sehen aus, als hätten Sie wenig geschlafen«, meinte sie mit vielsagendem Blick.

»Lange Geschichte«, antwortete er nur.

»Verstehe.« Sie grinste.

Nein, das tat sie ganz und gar nicht.

~

DR GOLDBERG ERWARTETE sie bereits. Mit schnellen Schritten führte er sie in den Raum, in dem der tote Carl

Morgan auf einem Seziertisch lag. Auch der Doktor sah übernächtigt aus, schien aber gut gelaunt.

Das kann eigentlich nur bedeuten, dass er etwas Wichtiges gefunden hat, dachte Heidi hoffnungsvoll.

»Da wir nun alle hier versammelt sind«, begann Dr Goldberg, »würde ich euch gerne mitteilen, was ich herausgefunden habe.« Er holte tief Luft. »Also, zunächst einmal ist der junge Mann hier tatsächlich an einem Schlag auf den Hinterkopf gestorben. Meiner Schätzung nach muss der Todeszeitpunkt etwa um einundzwanzig Uhr gewesen sein.«

»Seine Freundin hat kurz davor noch mit ihm gesprochen«, merkte Heidi an. »Also übers Handy.«

»Dann hat der Mord wohl wenig später stattgefunden. Zunächst wurde dem Opfer mit einem dumpfen Gegenstand heftig auf den Hinterkopf geschlagen. Das hat dem Mörder aber nicht gereicht. Zur Sicherheit hat er noch zwei Mal nachgeschlagen, und das mit nicht weniger Wucht. Dazu hat er diesen Cricketschläger benutzt.« Dr Goldberg hielt einen hölzernen Schläger in einer durchsichtigen Plastiktüte hoch. »Spielt man bei Ihnen im Norden eigentlich auch so viel Cricket wie bei uns, Collins? Hier im Süden ist der Sport ja fast so beliebt wie in seinem Ursprungsland Indien.«

Frederick hatte ihm offenbar nicht zugehört. »Wie bitte?«

Dr Goldberg seufzte. »Egal! Das hier ist jedenfalls ein gewöhnlicher Cricketschläger, den man in jedem Sportgeschäft kaufen kann. Das heißt, die Tatwaffe wird uns leider keine Rückschlüsse auf den Mörder geben können. Der Winkel, mit dem sie auf dem Schädel des jungen Mannes aufgetroffen ist, jedoch schon.« Er drückte Heidi den Schläger in die Hand. »Zeig uns doch bitte mal an unserem Kollegen Collins, wie es passiert ist, Heidi.«

»Nichts lieber als das!«, scherzte sie, doch Frederick ging nicht darauf ein. Sie stellte sich hinter ihn und tat so, als ob sie zuschlagen würde.

»Der Winkel, mit dem der Schläger auf den Schädel getroffen ist, lässt mich vermuten, dass der Täter kleiner war als das Opfer. Aber ich würde sagen, er war mindestens einen Kopf größer als du, Heidi.«

Heidi war irritiert. »Heißt das, es handelt sich nicht um denselben Täter wie beim ersten Mord, Dr Goldberg?«

»Mit ziemlich großer Wahrscheinlichkeit nicht.«

Das schien auch bei Frederick angekommen zu sein. »Es war also nicht dieselbe Person, die Marcus Hind ermordet hat?«, versicherte er sich.

»Genau, Inspector Collins, Sie sind ja doch bei uns.«

Frederick ging nicht darauf ein. »Sprechen wir von einem Mann oder einer Frau?«

Dr Goldberg kratzte sich am Kopf. »Schwer zu sagen. Eine wütende Frau hätte ihn durchaus töten können.« Er griff nach dem Schläger. »Aber es kann auch ein Mann gewesen sein. Fest steht lediglich, dass der Täter kleiner war als das Opfer.«

»Verstehe«, meinte Heidi nachdenklich. »Damit können wir die Verdächtigen des ersten Mordes ausschließen. Und haben Sie sonst noch etwas gefunden?«

»Fingerabdrücke.«

»Wahrscheinlich die von Peter Brown«, mutmaßte Heidi.

»Sehr richtig.«

»Laut seiner Aussage hat er Carl Morgan berührt, weil er dachte, er lebe noch«, erklärte Heidi.

»So etwas hatte ich mir schon gedacht«, erwiderte Dr Goldberg. »Der Mörder muss jedenfalls wieder Handschuhe getragen haben. Am Cricketschläger konnte Miss Bradshaw keine Spuren finden.«

»Und sonst?«

»Bis auf die klassischen Spuren an Knien und Händen, die aus dem Sturz resultieren, gibt es nichts. Ich könnte euch natürlich aufzählen, was der Herr gestern gegessen hat, aber das erspare ich euch lieber.«

»Wir müssen also entweder davon ausgehen, dass es sich hier um die Tat eines Nachahmers und damit um zwei Mörder handelt, die vielleicht nichts miteinander zu tun haben. Oder es war ein ungleiches Pärchen am Werk«, stellte Heidi fest. »Da fallen mir sofort Ryan Ross und Josie Edwards ein – oder Gerry Kirkwood und Peter Brown.«

»Sie haben Hannah Hind und ihre Mutter vergessen«, warf Frederick ein.

»Sie werden wirklich langsam wach, Inspector Collins«, scherzte Dr Goldberg.

Frederick verzog das Gesicht.

»Die Sache muss geklärt sein, bevor das Rennen losgeht«, sagte Dr Goldberg, und es klang fast wie eine Drohung. »Wir müssen Cambridge in diesem Jahr unbedingt wieder schlagen.«

»Ach, da fällt mir ein, dass ich Sie etwas fragen wollte, Dr Goldberg«, sagte Heidi und hoffte, dass er ihr mit seinem Wissen über das Ruderteam weiterhelfen konnte. »Es geht um Gerry Kirkwood. War Ihnen bekannt, dass er sich auch als Coach in Cambridge beworben hatte?«

»Ja, das wusste ich durchaus.«

»Aber offenbar wollten sie ihn dort nicht. Finden Sie es nicht seltsam, dass er ausgerechnet in unserem Team angefangen hat?«

»Ehrlich gesagt nein. Soweit ich weiß, ist er der Neffe von Peter Browns Frau. Brown und Hind waren wohl ziemlich dicke und der Bootswart hat ein gutes Wort für Kirkwood eingelegt.«

~

WÄHREND SIE IM Mini nach Botley fuhren, überschlugen sich Heidis Gedanken. Sie war bislang davon ausgegangen, dass es sich bei Hinds und Morgans Mörder um ein und dieselbe Person handelte. Doch nun suchten sie nach zwei Tätern, einem großen, kräftigen und einem etwas kleineren, aber nicht weniger aggressiven. Fest stand, dass beide Opfer unten an der Themse umgebracht worden waren – ihres Erachtens von jemandem, der mit den Abläufen des Ruderteams vertraut war. Dennoch fragte sie sich, ob es überhaupt eine Verbindung zwischen den beiden Mordfällen gab. Was waren die Motive? Hatten die Mörder gemeinsame Sache gemacht? Oder musste jeder Fall einzeln betrachtet werden?

Endlich erreichten sie das kleine Reihenhaus in der Nähe des Bahnhofs, in dem Peter Brown mit seiner Frau lebte. Heidi wusste, dass diese Wohngegend bei den Einheimischen als Geheimtipp galt, denn sie war gerade noch zentral genug, dass man schnell in die Innenstadt gelangte, aber durch die vielen Schrebergärten und die Themse, die sich durch den Stadtteil schlängelte, auch sehr idyllisch. Sie entdeckte eine kleine Parklücke, lenkte den Mini hinein und stieg aus. Es dauerte eine Weile, bis Frederick sich aus dem Wagen gequält hatte. Heidi schloss ab und ging dann stumm neben ihm zum Haus hinüber.

Er ist heute sehr wortkarg, dachte sie und schob es auf seine Übermüdung.

Sie klingelte und kurz darauf öffnete ihnen eine Frau

etwa Mitte fünfzig die Tür. Sie trug ein altes Hemd und eine Cordhose und hatte eine Schürze umgebunden.

»Mrs Brown?«, fragte Heidi.

»Die bin ich«, antwortete die Frau. »Und wer will das wissen?«

»Inspector Collins und Inspector Green von der Thames Valley Police. Wir würden gern Ihren Mann sprechen.«

»Er ist bei seinem Boot.« Mrs Brown zeigte auf ein altes Segelboot, das am Themseufer festgemacht war. »Eigentlich sollte er mir im Garten beim Umgraben helfen, aber heute war er zu nichts zu gebrauchen. Der Tod von Marcus und dem Jungen macht ihm schwer zu schaffen. Also hab ich ihn zum Basteln geschickt. Da steht er mir wenigstens nicht im Weg rum und grübelt über das Leben und den Tod nach«, meinte sie forsch.

Heidi bedankte sich und sie gingen hinüber ans Ufer.

»Guten Tag, Mr Brown«, rief Heidi dem Bootswart zu, der auf dem kleinen Boot stand und gerade dabei war, das Segel aufzurollen.

Er schien überrascht, sie zu sehen. »Guten Tag, Inspectors.«

»Geht es Ihnen wieder etwas besser?«, erkundigte Heidi sich.

»Na, wie es einem halt so geht, wenn man eine Leiche gefunden hat«, antwortete Peter Brown.

»Schönes Boot«, meinte Frederick.

»Nicht wahr?«, sagte Peter Brown stolz und seine Laune schien sich schlagartig zu heben.

»Seit wann haben Sie es?«

»Erst seit ein paar Wochen. Ich habe es gebraucht gekauft und es hat noch ein paar Macken hier und da, die repariert werden müssen.«

»Aber das Segel funktioniert?«

»Ja, alles wunderbar. Wie gesagt, es sind nur ein paar Kleinigkeiten, die noch gemacht werden müssen. Bis April will ich es fertig haben.«

»Sie sind nicht zufällig am Donnerstagmorgen damit unterwegs gewesen?«, wollte Heidi unverblümt wissen.

»Fangen Sie schon wieder damit an?«, entgegnete Peter Brown wütend. »Ich habe mit Marcus' Tod nichts zu tun, verdammt! Und Carl habe ich auch nichts getan!«

»Und der Neffe Ihrer Frau?«

»Gerry? Der kriegt es vielleicht gerade noch so hin, ein Motorboot zu steuern, aber ansonsten kann er nicht mal Backbord von Steuerbord unterscheiden.«

Heidi ließ nicht locker. »Trotzdem haben Sie Mr Hind dazu gebracht, ihn als Assistenten ins Team zu holen?«

»Ja«, gab Peter Brown zu. »Dafür schäme ich mich heute noch in Grund und Boden.«

»Wieso haben Sie es dann getan?«

Peter Brown seufzte. »Weil meine Frau es so wollte. Gerrys Mutter ist ihre Schwester – aber das wissen Sie ja offenbar schon. Und wenn sich eine Frau erst mal was in den Kopf gesetzt hat, dann kommt man als Mann aus der Nummer nicht so schnell wieder raus.«

Heidi bemerkte, wie Frederick verständnisvoll nickte.

~

ÜBER MRS BROWNS Schwester hatten sie herausgefunden, dass Gerry Kirkwood gerade im Fitnesscenter der Universität, dem Iffley Road Sports Complex, trainierte. Als sie den Übungsraum betraten, entdeckte Frederick den Coach sofort an einem der Geräte. Mit seinem hautengen neongelben T-Shirt war Gerry Kirkwood nicht zu übersehen.

»Mr Kirkwood«, begrüßte Frederick ihn. »Hätten Sie ein wenig Zeit für uns?«

»Wenn es sein muss«, erwiderte Gerry Kirkwood unfreundlich. »Ich werde ungern beim Training unterbrochen.«

»Es muss«, sagte Frederick unbeeindruckt. »Wir möchten mit Ihnen über den Tod von Carl Morgan sprechen.«

»Schlimme Sache. Aber noch schlimmer ist, dass wir nicht mehr an unsere Boote kommen, weil alles abgesperrt wurde!«, empörte Gerry Kirkwood sich.

»Einer Ihrer Ruderer ist getötet worden«, entgegnete Frederick. »Da werden Sie wohl Verständnis dafür haben, dass wir der Sache nachgehen.«

»Schon gut. Was wollen Sie wissen?«

»Wie war Ihr Verhältnis zu Carl Morgan?«

»Sehr gut. Er war einer der Besten im Team und sein Wegfall bringt mich in Schwierigkeiten.«

»Obwohl seine Fehler die Mannschaft einige Siege gekostet haben?«

»Der Junge hat leicht die Nerven verloren, ja. Aber meiner Meinung nach lag das auch daran, dass Marcus ihn viel zu sehr protegiert hat. Hätte er sich mehr gegen die anderen Jungs durchsetzen müssen, hätte er sich wahrscheinlich ein dickeres Fell zugelegt.«

»Sie meinen, Mr Hind hat Carl Morgan bevorzugt?«

»Ja.«

»Inwiefern?«

»Er hat ihm von Anfang an zu verstehen gegeben, dass ihm der Platz im Team sicher ist. Das kam bei den anderen verständlicherweise nicht besonders gut an und Carl wurde geschnitten.«

»Haben Sie jemals mit Mr Hind darüber gesprochen?«

Gerry Kirkwood schüttelte den Kopf. »Der hätte sich von mir nicht reinreden lassen. Aber er hat sich damit selbst ins Bein geschossen, finde ich.«

»Haben Sie denn eine Ahnung, wer mit Carl Morgans Tod zu tun haben könnte?«

»Da kann ich Ihnen leider nicht weiterhelfen.«

»Also gut. Dann verraten Sie uns wenigstens, was Sie gestern Abend gemacht haben!«

»Ich? Sie verdächtigen doch nicht etwa mich?«, fragte Gerry Kirkwood überrascht. »Ich habe mit Carls Tod nichts zu tun!« Er strich sich nervös durch die Haare.

»Wieso sagen Sie uns dann nicht einfach, was Sie gestern Abend gemacht haben?«, wollte Frederick wissen.

»Es war ein Freitagabend, da hatte ich natürlich ein Mädchen am Start«, antwortete Gerry Kirkwood und fuhr sich erneut durch die Haare. »Sie etwa nicht?«

Frederick zuckte unwillkürlich zusammen und hoffte, dass Heidi es nicht bemerkt hatte. »Und wer war die Glückliche?«, fragte er schnell und versuchte, seine Verlegenheit zu überspielen.

»Eine gewisse Katie.«

»Und weiter?«

Gerry Kirkwood zuckte mit den Schultern.

»Haben Sie wenigstens ihre Nummer?«, fragte Frederick.

»Sicher.« Gerry Kirkwood zog sein Handy hervor, suchte die Nummer und hielt Frederick das Telefon dann entgegen. »Hier ist sie.«

Frederick notierte sich die Ziffern. »Wir werden das überprüfen.«

~

WÄHREND FREDERICK SICH Gerry Kirkwoods Alibi telefonisch bestätigen ließ, parkte Heidi in der Nähe des Eingangs des Christ Church. Angus Hind hatte sich bei ihnen gemeldet, kurz nachdem sie das Fitnessstudio verlassen hatten. Er war von seiner Spanienreise zurück und sie hatten sich dazu entschlossen, den Jungen sofort zu befragen, um herauszufinden, was es mit dem Streit zwischen Vater und Sohn auf sich hatte, den Josie Edwards erwähnt hatte.

Frederick beendete den Anruf und brummte: »Auch wenn ich es ungern zugebe – es sieht ganz danach aus, als ob Kirkwood tatsächlich sauber ist. Diese Katie wird auch noch mal zur Police Station kommen und schriftlich bezeugen, dass sie den Abend mit ihm verbracht hat. Also hat er wohl, was den Mord angeht, eine weiße Weste. Ganz abgesehen davon, dass er sich wahrscheinlich ohnehin nicht selbst die Hände schmutzig machen würde.« Während er das sagte, strich er sich durch die Haare, wie Gerry Kirkwood es getan hatte.

Heidi lachte. Zum Glück taute Frederick endlich wieder etwas auf.

Sie stiegen aus, doch zu Fuß kamen sie nur langsam voran. Der Gehsteig war überfüllt mit Touristen, die mit staunenden Gesichtern die historischen Gebäude um sich herum auf sich wirken ließen. Schließlich erreichten Heidi und Frederick den Haupteingang des Colleges. Sie trafen auf denselben freundlichen Pförtner wie bei ihrem ersten Besuch. Er gab ihnen bereitwillig Auskunft, in welchem Zimmer Angus Hind wohnte.

»Sie gehen hier vorne links entlang«, erklärte er, »dann kommen Sie auf den Peckwater Quad. Da ist dann auch gleich der Eingang. Es ist das Apartment mit der Nummer 36.«

Sie folgten der Beschreibung und fanden sich wenig später auf einem liebevoll angelegten kleinen Platz wieder, der von vier hohen Gebäuden eingerahmt wurde.

»Das ist die College-Bibliothek«, erklärte Heidi und zeigte auf den Bau mit den nachgebildeten antiken Säulen. »Der Komplex wurde übrigens im Mittelalter als Herberge von der Familie Peckwater geführt, deshalb heißt der Platz Peckwater Quad. Sie waren reiche Leute, sehr angesehen in der Stadt, und verlangten einen hohen Preis für ihre Unterkünfte.«

Frederick nickte interessiert und deutete auf einen schmalen Weg. »Wissen Sie auch, wo der hinführt?«

»Auf den Canterbury Quad. Dort befindet sich unter anderem die Christ Church Picture Gallery. Stellen Sie sich mal vor, die Sammlung umfasst Werke von Michelangelo, Raphael und Rubens! Nur weiß das fast niemand.«

Sie betraten das Gebäude durch den Eingang, den der Pförtner ihnen beschrieben hatte, gingen einen schmalen Flur entlang und hörten kurz darauf die Klänge einer Violine. Eine Weile standen sie im Flur und lauschten gebannt der Musik.

»Das ist ein Stück von Edgar Elgar«, sagte Frederick begeistert.

»Es ist wunderschön!«, schwärmte Heidi.

Dann klopfte Frederick an die Tür. Als sich nichts regte, rief er: »Mr Hind, hier ist die Polizei!«

Wenig später öffnete ihnen ein junger Mann die Tür, der nicht nur von der Statur her Liz Hind sehr ähnlich sah. Er hatte blondes Haar, das er am Hinterkopf zu einem Knoten zusammengebunden hatte. Sein rundes Gesicht sah angestrengt aus.

»Sind Sie Angus Hind?«, fragte Frederick.

»Richtig, Sir.« Er blickte ihn erwartungsvoll an.

»Wir hatten vorhin telefoniert. Ich bin Inspector Collins und das ist Inspector Green.« Frederick zeigte auf Heidi. »Unser Beileid zu Ihrem Verlust!«

»Danke.«

»Seit wann sind Sie wieder in Oxford?«, wollte Heidi wissen.

»Seit heute früh.«

»Wann genau?«

»Ich denke, ich war gegen fünf Uhr zurück. Mein Flieger ist gestern Nacht in Birmingham gelandet und dann sind wir mit einem Bus weiter nach Oxford gefahren. Ich hab kaum ein Auge zubekommen und bin heute Morgen gleich zu meiner Mutter. Sie ist immer noch völlig aufgelöst.«

»Wieso sind Sie nicht schon früher nach Oxford zurückgekehrt, um Ihrer Familie beizustehen?«, fragte Frederick.

Angus Hind zögerte. »Als ich erfahren habe, dass mein Vater tot ist, wollte ich sofort zurückfliegen, doch meine Mutter meinte, ich könne ohnehin nichts ausrichten«, erklärte er dann. »Die Beerdigung kann wohl erst stattfinden, wenn die Untersuchungen abgeschlossen sind.«

»Das ist richtig.«

»Wir haben gehört, dass es einen heftigen Streit zwischen Ihnen und Ihrem Vater gab, bevor Sie nach Spanien geflogen sind. Stimmt das?«, wollte Heidi wissen.

Angus Hind zuckte zusammen. »Ja, wir haben uns vor meiner Abreise tatsächlich gestritten.«

»Es soll um Geld gegangen sein, ist das richtig?«

Angus Hind nickte.

»Von welcher Summe sprechen wir?«

»Dreihundert Pfund. Das Geld habe ich für die Reise gebraucht. Aber mein Vater wollte es mir nicht geben. Weil er mir nicht meine idiotischen Hirngespinste finanzieren wolle, hat er gesagt.« Angus Hind öffnete den obersten Knopf seines Hemdes. Seine Halsschlagader pochte sichtbar. Das Ganze schien ihn sehr aufzuregen.

»Welche idiotischen Hirngespinste?«

»Meinem Vater war es peinlich, dass ich Musiker werden will. Er wollte, dass ich Leistungssportler werde, aber ich habe ihm wohl einen Strich durch die Rechnung gemacht. Das hat er mir nicht verzeihen können.« Angus Hind schluckte. »Also wollte er mir verbieten, Musiker zu werden. Er hat immer gesagt, ein Instrument zu spielen wäre nichts für einen Mann. Und weil ich mich nicht für Sport interessiert habe, hat er mir das Gefühl gegeben, ein Versager zu sein.«

Heidi spürte, wie sehr ihn das verletzt hatte.

»Am Anfang hat er mich noch gezwungen zu trainieren«, fuhr Angus Hind fort. »Doch dann habe ich aus Protest begonnen, mehr und mehr zu essen. Ich wurde immer dicker. Und es hat gewirkt, es war die einzige Möglichkeit, dem ganzen Wahnsinn zu entkommen.« Er atmete tief ein und aus.

Heidi wusste nicht, ob sie ihn bedauern oder dafür bewundern sollte, dass er zumindest auf seine Weise versucht hatte, sich gegen das tyrannische Familienoberhaupt zur Wehr zu setzen. »Sie sind also trotzdem gefahren.«

»Ja. Meine Mutter hat mir das Geld zugesteckt.«

»Und wie hat Ihr Vater darauf reagiert?«

»Wie immer: Er hat tagelang nicht mit meiner Mutter gesprochen. So hat er uns immer bestraft, wenn wir uns nicht gefügt haben, wie er das wollte. Er hat so getan, als ob wir nicht existierten.«

Das passte zu dem, was Liz Hind ihnen erzählt hatte

– dass sie vor seinem Tod kaum noch ein Wort mit ihrem Mann gewechselt hatte.

»Hat es Sie nicht sehr wütend gemacht, dass Ihr Vater Ihre Mutter so schlecht behandelt hat?«, fragte Frederick.

»Nein, ich kannte das ja schon«, sagte Angus Hind und biss sich auf die Lippe.

Das war gelogen, dachte Heidi.

»Und wussten Sie, dass er Ihre Mutter mit Josie Edwards betrog?«

Angus Hind fuhr sich übers Gesicht. »Hannah hat mir davon erzählt.«

»Und auch das hat Sie nicht wütend gemacht?«, fragte Heidi.

»Das war eine Angelegenheit zwischen meinen Eltern«, sagte Angus Hind emotionslos. »Ich habe mich da rausgehalten.«

Heidi war sich sicher, dass es in ihm brodelte. Aber offenbar hatte er sich gut unter Kontrolle.

»Und wie ist Ihr Verhältnis zu Ihrer Schwester?«, wollte sie wissen.

»Wir verstehen uns ganz gut.«

Das klang nach einem Aber. »Nicht immer?«

»Wir waren uns uneinig, wenn es um unseren Vater ging. Sie war versessen darauf, es ihm recht zu machen. Er hat ihr nur Aufmerksamkeit geschenkt, wenn sie im Sport etwas geleistet hat. Und das hat sie wahnsinnig unter Druck gesetzt. Es hat auch zu Streit zwischen uns geführt. Je weniger Zeit er für sie hatte, desto mehr war sie auf ihn fixiert und hat sich selbst darüber völlig vergessen. Meine Mutter hat meinen Vater dafür verantwortlich gemacht.«

»Können Sie sich vorstellen, dass Ihre Mutter etwas mit dem Tod Ihres Vaters zu tun hat?«, fragte Heidi.

Angus Hind starrte sie erschrocken an, dann sagte er schnell: »Natürlich nicht!«

~

WÄHREND SIE ZURÜCK zum Mini gingen, klingelte Heidis Handy. Es war Stephanie Bradshaw. Heidi stellte auf laut.

»Hallo, ihr beiden! Viel habe ich leider nicht für euch«, begann Stephanie Bradshaw. »Ich habe sowohl die Halle als auch das Gebiet um das Bootshaus herum gründlich untersucht, deswegen hat es so lange gedauert, bis ich mich melden konnte. Allerdings habe ich keine verwertbaren Spuren gefunden.«

»Du hast überhaupt nichts?«, fragte Heidi.

»Doch, Hunderte von Fußabdrücken, die sich nicht mehr zuordnen lassen. Auf der Insel geht es offenbar zu wie in einem Taubenschlag!«

»Ich nehme an, die Täubchen haben alle dieselbe Art Turnschuhe getragen.«

»Ganz genau. An der Tatwaffe konnte ich übrigens auch keine Spuren finden, dafür aber Rückstände eines Reinigungsmittels. Es ist anzunehmen, dass der Täter den Schläger gesäubert hat, bevor er gegangen ist. Aber eine Sache habe ich dann doch für euch«, sagte Stephanie Bradshaw. »Und zwar habe ich in der Nähe des Toten eine kleine Tablette gefunden.«

»Diazepam?«, fragte Heidi. »Wir wissen, dass Morgan das Mittel geschluckt hat, um ruhig schlafen zu können.«

»Das wäre natürlich möglich. Aber die Tablette selbst gibt leider keinen Aufschluss darüber. Um das abzuklären, habe ich einen Teil davon an einen Freund geschickt, der in einem pharmazeutischen Speziallabor arbeitet. Er hat mir versprochen, sich noch heute an die Analyse zu machen. Spätestens morgen kann ich euch dann sagen, um was für einen Stoff es sich handelt.«

»Großartig. Danke, Steph!«

»Außerdem habe ich Dr Goldberg etwas von der Substanz geschickt, damit er prüfen kann, ob sie sich in Morgans Körper nachweisen lässt. Also, ich melde mich bei euch, wenn die Ergebnisse da sind.«

~

HEIDIS HANDY PIEPSTE erneut. Diesmal war es eine Nachricht von Louise. Sie hatte Heidis Rat befolgt und Frederick heute früh mit einem spontanen Besuch überraschen wollen. Heidi wunderte sich. Offenbar hatte er Louise gar nicht angerufen. Jedenfalls schrieb Louise weiter, dass sie gesehen hatte, wie aus Fredericks Haus eine attraktive Brünette gekommen war – aus dem Haus, in dem außer ihm nur seine in die Jahre gekommene Vermieterin wohnte. Und schlimmer noch: Die Haare der Frau waren nicht frisiert gewesen und es hatte so gewirkt, als ob sie dort übernachtet hätte.

Schweigend stieg Heidi in den Mini. Das war also der Grund, weshalb er sich schon den ganzen Tag über so seltsam benahm. Heidi schrieb Louise zurück, dass sie herausfinden würde, wer die Frau war und was das alles zu bedeuten hatte. Aber die Aufklärung der Morde hatte natürlich Vorrang. Sie versuchte sich auf die anstehende Befragung von Hannah Hind zu konzentrieren. Nach dem, was ihr Bruder ihnen erzählt hatte, hatte Heidi mehr denn je den Verdacht, dass Liz Hind etwas mit dem Tod ihres Mannes zu tun hatte. Sie hatte von Anfang an das

Gefühl gehabt, dass die Frau nicht ehrlich zu ihnen war. In Alltagsdingen war sie behäbig, doch sobald die Sprache auf Josie Edwards kam, wurde sie cholerisch und benahm sich völlig irrational. Da musste etwas dahinterstecken. Vielleicht wusste Hannah ja doch mehr, als sie bislang zugegeben hatte.

»Können wir dann endlich?«, fragte Frederick ungeduldig.

»Ja, gleich.« Heidi steckte ihr Handy ein und fuhr los.

Nach einer Weile erreichten sie die Botley Road, die sie hinaus nach Hinksey brachte. Kurz darauf kamen sie am weitläufigen Raleigh Park vorbei, der dafür bekannt war, dass dort nicht nur Kühe weideten, sondern auch Füchse und Hirsche daheim waren. Schließlich bog Heidi auf den modernen Harcourt Hill Campus ein. Die ganze Zeit über sprachen sie kein Wort. Sie stiegen aus und machten sich auf die Suche nach der Westmister Hall, dem Studentenwohnheim, in dem Hannah Hind laut Stadtregister untergebracht war. Der Pförtner führte sie zu ihrem Zimmer. Heidi klopfte und kurz darauf öffnete Hannah Hind ihnen die Tür.

»Was führt Sie denn hierher?«, fragte sie überrascht.

»Wir möchten noch einmal ungestört mit Ihnen sprechen«, erklärte Heidi.

»Sie können gerne hereinkommen«, bot Hannah Hind an. »Allerdings ist mein Zimmer nicht gerade groß.« Es schien ihr unangenehm zu sein.

»Das macht nichts«, sagte Heidi.

Sie betraten eine Gemeinschaftsküche, die in einen Flur führte, von dem sechs Zimmer abgingen. Hannah Hinds Zimmer war tatsächlich sehr klein. Auf einer Seite stand ein Bett, daneben fand gerade so ein Schreibtisch Platz. In einer Nische hing ein kleines Waschbecken.

»Ich würde Ihnen gern einen Sitzplatz anbieten, aber leider gibt es nur den einen Stuhl«, sagte Hannah Hind verlegen.

»Kein Problem!« Heidi lächelte sie an. »Dann bleiben wir doch einfach stehen.«

Hannah Hind schien sich etwas zu entspannen.

»Miss Hind, wir möchten gern wissen, ob Sie einen Carl Morgan kennen.«

Hannah Hind nickte vorsichtig.

»Sie haben sicherlich schon gehört, dass auch er getötet wurde«, erklärte Heidi und beobachtete Hannah Hind genau. Sie wollte wissen, wie sie auf die Nachricht reagieren würde.

Die Unterlippe der jungen Frau bebte. »Carl ist auch tot? Nein, das wusste ich nicht!«

»Woher kennen Sie ihn?«

»Er ist schon lange Mitglied im Ruderclub«, erklärte Hannah Hind mit zitternder Stimme. »Mein Vater hat mich manchmal mit zu den Rennen genommen. So konnte ich wenigstens etwas Zeit mit ihm verbringen. Und da habe ich dann auch alle Clubmitglieder kennengelernt. Carl war einer der besten Ruderer im Team. Allerdings war er eher ein Einzelgänger und ich hatte selten mit ihm direkt zu tun.« Sie stockte, dann fragte sie: »Wie ist er gestorben?«

»Er wurde erschlagen. Könnten Sie uns bitte sagen, wo Sie gestern Abend waren?«

»Im Christ Church Meadow.«

Heidi sah Frederick an. Ob Hannah Hind wusste, dass Carl Morgans Leiche ganz in der Nähe gefunden worden war?

»Was haben Sie dort gemacht?«, hakte Heidi nach.

»Ich bin zu dem Ort gegangen, an dem Dad gestorben

ist. Ich wollte Abschied nehmen«, sagte Hannah Hind leise und Tränen stiegen ihr in die Augen. »Es war schrecklich und heilsam zugleich.« Sie schniefte.

»Wann genau waren Sie dort?«

»Vielleicht gegen neun.«

Das wurde ja immer interessanter. Entweder hatte sie wirklich nichts mit dem Mord zu tun oder sie war eiskalt.

»Ist Ihnen irgendetwas Ungewöhnliches aufgefallen – oder jemand? Oder haben Sie vielleicht einen Schrei gehört?«, fragte Heidi weiter.

Hannah Hind schüttelte den Kopf. »Nein, da war nur eine Mutter mit ihrem Kind.«

»Wie lange waren Sie dort?«

»Nicht sehr lange, etwa eine halbe Stunde. Auch wenn es nicht geregnet hat, war es doch sehr kalt gestern Abend.«

»Ich hätte noch eine Frage zu Josie Edwards«, mischte Frederick sich ein.

Hannah Hind verzog das Gesicht.

»Wie haben Sie sie kennengelernt?«

»Auch über das Ruderteam. Am Anfang waren wir sogar richtig gut befreundet«, antwortete Hannah Hind. »Bis sie dann etwas mit meinem Vater angefangen hat. Ich konnte es zunächst gar nicht glauben! Außerdem war sie ja kurz vorher noch mit Ian Harding zusammen. Aber dann ging alles ganz schnell. Sie hat sich an meinen Dad rangemacht und er wollte sich wegen ihr sogar von meiner Mutter scheiden lassen! Er war wohl schon bei einem Anwalt deswegen.«

Das war Heidi neu. »Woher wissen Sie das?«

»Josie hat es mir erzählt.«

»Dann haben Sie mit ihr über die Affäre gesprochen?«

»Ja, ich habe sie zur Rede gestellt.«

»Wann war das?«

»Letztes Wochenende.«

»Wann genau?«

»Am Samstagabend. Ich bin zu ihr ins Christ Church. Es war keine schöne Begegnung. Ich habe ihr gesagt, sie soll die Finger von meinem Dad lassen, doch sie hat mich nur ausgelacht.«

»Wieso haben Sie uns das nicht schon bei der ersten Befragung erzählt?«

»Ich dachte nicht, dass es wichtig ist.«

Heidi war sich unsicher, ob sie ihr glauben konnte. »Was haben Sie danach gemacht?«, fragte sie.

»Ich bin hierher zurückgefahren.«

»Haben Sie nicht mit Ihrer Mutter darüber gesprochen?«

»Die hat völlig abgeblockt, sie wollte nichts davon hören.«

»Können Sie sich denn vorstellen, dass Ihre Mutter etwas mit dem Tod Ihres Vaters zu tun hat?«

Hannah Hind blickte zu Boden. »Ich weiß es nicht.«

Das klang nicht sehr überzeugend.

»Miss Hind, Sie müssen ehrlich zu uns sein!«

Doch Hannah Hind schwieg.

»Würde Ihr Vater nicht wollen, dass Sie uns helfen, denjenigen zu finden, der ihm das angetan hat?«, versuchte Heidi es erneut.

Nach einer Weile sagte Hannah Hind leise: »Da ist tatsächlich etwas, das mir keine Ruhe lässt.«

»Ja?«

»Ich habe zu Hause Dads Wohnungsschlüssel, seinen Geldbeutel und sein Handy gefunden.« Auf einmal wurde sie lauter: »Dad hätte doch niemals ohne sein Handy oder seinen Geldbeutel das Haus verlassen! Und schon gar nicht ohne seine Schlüssel!«

»Wo haben Sie die Sachen entdeckt?«

»In einer Schreibtischschublade in seinem Arbeitszimmer.«

»Haben Sie Ihrer Mutter davon erzählt?«, wollte Frederick wissen.

»Nein, ich wollte erst mit Angus darüber sprechen.«

»Wie kam es überhaupt, dass Sie die Sachen dort gefunden haben?«, fragte Heidi.

Hannah Hind zögerte, doch dann verriet sie: »Ich habe nach Dads Testament gesucht.«

»Wieso?«

»Weil ich wissen wollte, ob Mum immer noch die Begünstigte ist oder ob er das geändert hat. Josie hatte so etwas angedeutet.«

»Und, haben Sie es gefunden?«

Hannah Hind schüttelte den Kopf.

~

LIZ HIND ÖFFNETE ihnen nur zaghaft die Tür. »Können Sie mich nicht einfach in Ruhe lassen?«, sagte sie mit schwacher Stimme. Sie sah blass aus. »Ich will doch nur meine Ruhe haben, ist das zu viel verlangt? Mein Mann ist erst seit zwei Tagen tot!«

»Mrs Hind, es tut uns wirklich leid«, sagte Frederick. »Aber wir tun alles, was in unserer Macht steht, um den Mörder Ihres Mannes zu finden. Und wir brauchen nun einmal Ihre Mithilfe. Bitte lassen Sie uns herein! Es wird nicht lange dauern, wir haben nur noch ein paar Fragen.«

Sie nickte einsichtig und öffnete die Tür vollständig. »Natürlich, entschuldigen Sie, bitte kommen Sie herein!« Dann führte sie sie ins Wohnzimmer. »Ich mache uns einen Tee, setzen Sie sich doch inzwischen.« Sie verschwand für ein paar Minuten, um schließlich mit einer

Kanne Darjeeling zurückzukehren. Wie bei ihrem letzten Besuch holte sie drei Tassen aus dem Schrank und stellte einen Teller Kekse auf den Tisch – und wieder führte sie alle ihre Bewegungen sehr langsam aus. Dann ließ sie sich auf einem Sessel nieder.

Frederick setzte sich auf. »Mrs Hind, wir möchten mit Ihnen noch einmal über die Beziehung zu Ihrem Mann sprechen.«

»Ich weiß nicht, was es dazu noch zu sagen gibt«, erklärte Liz Hind mit matter Stimme. »Mein Mann ist tot.«

»Wir haben inzwischen mit Josie Edwards gesprochen und sie hat zugegeben, dass sie nur mit Ihrem Mann zusammen war, weil sie sich von der Verbindung einen Platz im Ruderteam erhofft hat.«

»Das glauben Sie ihr doch nicht etwa?«, fragte Liz Hind. »Was sie wirklich wollte, war sein Geld! Sie hatte ihn so weit, dass er sogar das Haus verkaufen wollte.«

»Dann stimmt es also, dass Ihr Mann sich von Ihnen scheiden lassen wollte?«

»Das hatte der Idiot vor, ja.« Ihre Augen funkelten plötzlich wütend. »Aber ich habe ihn deswegen nicht getötet«, schob sie schnell hinterher.

»Dürften wir uns bitte das Arbeitszimmer Ihres Mannes anschauen?«

»Was wollen Sie dort?«, fragte Liz Hind nervös. Als weder Heidi noch Frederick antwortete, sagte sie widerwillig: »Meinetwegen.« Sie stand langsam auf. »Kommen Sie, ich führe Sie hin!«

Heidi und Frederick folgten ihr in einen großzügigen Raum, in dessen Mitte ein Schreibtisch stand. Frederick ging zu ihm hinüber und öffnete die Schubladen. In der zweiten von oben fand er ein Handy und einen Schlüsselbund.

»Gehören diese Sachen Ihrem Mann?«

Liz Hind antwortete nicht.

»Finden Sie das nicht eigenartig? Wollen Sie immer noch abstreiten, dass Sie etwas mit seinem Tod zu tun haben?«

Liz Hind schwieg weiter.

»Also gut«, sagte Frederick, »wir nehmen die Sachen jetzt mit und lassen das Handy auswerten.« Er holte zwei durchsichtige Plastiktüten aus seiner Tasche, nahm mit der einen das Telefon und dann mit der anderen den Schlüsselbund aus der Schublade und steckte alles vorsichtig ein. »Oder möchten Sie uns nicht doch erzählen, wie die Sachen hierherkommen?«

»Ich weiß es nicht«, sagte Liz Hind. »Er muss sie dort liegen gelassen haben.«

»Mrs Hind, wenn wir die Sachen ins Labor geben, wissen wir innerhalb weniger Stunden, wer sie zuletzt angefasst hat«, gab Heidi zu bedenken.

Liz Hinds Wangen röteten sich, doch sie schwieg.

»Sie lassen uns keine andere Wahl«, sagte Frederick kühl. »Wir müssen Sie mit zur Police Station nehmen und so lange dabehalten, bis die Gegenstände untersucht wurden.«

»Nein, bitte nicht!«, sagte Liz Hind auf einmal und begann zu schluchzen. »Ich kann es Ihnen erklären.«

»Bitte!«

»Ich habe Panik bekommen, deshalb habe ich die Sachen in den Schreibtisch gelegt.«

»Moment, noch mal von vorn: Wie kamen Sie überhaupt daran?«, hakte Frederick nach.

»Mein Mann hat sie zurückgelassen, als er Donnerstagmorgen aus dem Haus ging.«

»Einfach so?«

»Ja«, versicherte Liz Hind.

»Das klingt nicht sehr glaubwürdig. Ich denke, wir sollten Sie doch mit zur Police Station nehmen«, drohte Frederick. »Nach einer Nacht in der Zelle sind Sie vielleicht gesprächiger.«

»Also gut, wir hatten einen furchtbaren Streit«, gab Liz Hind widerwillig zu. »Er hat mir an dem Morgen eröffnet, dass er die Scheidung will.«

»Und das hat Sie ziemlich wütend gemacht«, vermutete Frederick.

»Für mich ist in dem Moment eine Welt zusammengebrochen.« Liz Hinds Stimme zitterte. »Ich konnte nicht glauben, dass Marcus mich nach all den Jahren einfach so fallen lassen wollte. Immer war ich für ihn da, habe alle Alltagsprobleme von ihm abgeschirmt und mit mir selbst ausgemacht. Er hat das als Selbstverständlichkeit angesehen, hat nur an sich gedacht. Seine Karriere war ihm wichtiger als ich. Aber als mir Hannah von seiner Affäre mit dieser Josie erzählt hat, ist mir der Kragen geplatzt und ich habe ihn damit konfrontiert. Doch anstatt sich mit mir auszusprechen und sich zu entschuldigen, hat er mich mal wieder ignoriert. Er wollte wie jeden Morgen joggen gehen, so als ob nichts gewesen wäre! Da bin ich ausgetickt und habe ihn aus dem Haus geworfen. Ich konnte doch nicht ahnen, dass ich ihn nie wiedersehen würde!« Sie schluchzte.

»Und seine Schlüssel und das Handy hat er einfach hiergelassen?«, fragte Heidi verwundert.

»Die habe ich erst später zusammen mit seinem Geldbeutel im Schlafzimmer gefunden. Vielleicht war Marcus so wütend über meinen Rausschmiss, dass er das alles hier vergessen hat. Ich kann es mir auch nicht anders erklären. Und als ich dann von Ihnen erfahren habe, dass er tot ist, habe ich Panik bekommen. Also habe ich die

Sachen in die Schublade gelegt, weil ich dachte, dass er sie dort wohl am ehesten aufbewahrt hätte. Bitte glauben Sie mir, ich hätte meinen Mann niemals umbringen können! Ich habe ihn doch geliebt!«

~

»GANZ SCHÖN HEFTIG, was Liz Hind uns da gerade über ihr Leben erzählt hat«, sagte Frederick, nachdem sie das Haus verlassen hatten.

»Sie hat viel mitgemacht mit ihrem Mann«, stimmte Heidi zu. »Aber das wussten wir von Anfang an.«

Sie schwiegen eine Weile, während sie zurück zum Mini gingen.

»Ich bin mir allerdings nicht sicher, ob ich ihr die Geschichte über die persönlichen Sachen ihres Mannes abnehme«, sagte Heidi dann.

»Ich denke schon, dass wir ihr in diesem Punkt glauben können«, widersprach Frederick. »Sie hätte ihm nichts angetan, dafür hatte sie ihn viel zu sehr zum Mittelpunkt ihres Lebens gemacht.«

»Aber wenn er dieses Leben nun hinter sich lassen wollte?«

»Hätte sie dann nicht eher Josie Edwards umbringen müssen und nicht ihren Mann?«, gab Frederick zu bedenken.

»Wahrscheinlich haben Sie recht«, sagte Heidi unzufrieden. »Ich kann überhaupt nicht klar denken.«

»Wie wäre es mit etwas Hirnfutter?«, schlug Frederick vor. »Ich könnte auch einen Happen vertragen.«

Heidi ging sofort darauf ein. »Taylor's in der Banbury Road wurde gerade renoviert. Ich habe gehört, es soll jetzt noch gemütlicher dort sein.«

»Sie meinen den Deli-Shop?«

»Genau.«

»Klingt gut.«

»Na dann los!«

Sie stiegen in den Mini. Kurze Zeit später erreichten sie die Banbury Road und Heidi fand sogar einen Parkplatz ganz in der Nähe von Taylor's. Sie betraten den urigen Delikatessenladen, bestellten zwei Sandwiches und zwei Kaffee und setzten sich an einen kleinen Holztisch. Ein freundlicher junger Kellner brachte ihnen das Essen und die Getränke.

Während sie aßen, dachte Heidi an die Nachricht, die Louise ihr geschickt hatte. Sollte sie Frederick einfach freiheraus fragen, wer die Frau war und ob etwas zwischen ihnen lief?

Frederick kam ihr zuvor. »Wir sollten noch einmal mit Ryan Ross sprechen.«

»Weil er am meisten von Carl Morgans Tod profitiert?«

»Ja. Und weil er ihn unter Druck gesetzt hat«, antwortete Frederick und biss in sein Corned-Beef-Sandwich.

Heidi schüttelte den Kopf. »Nach Dr Goldbergs Beschreibung kann er nicht der Mörder sein.«

»Aber wenn er Morgan unter Druck gesetzt hat, hat er vielleicht auch Josie Edwards irgendwie dazu gebracht, Morgan etwas anzutun.«

~

RYAN ROSS ÖFFNETE ihnen zaghaft die Tür. Sein rechtes Auge war geschwollen. Er bat sie, einzutreten, und führte sie ins Wohnzimmer.

»Setzen Sie sich doch bitte«, sagte er und zeigte auf das Sofa. »Darf ich Ihnen einen Tee anbieten?«

»Für mich nicht, danke.« Heidi nahm Platz.

Frederick lehnte ebenfalls ab und setzte sich neben sie. Er schaute sich um. An der Wand gegenüber stand ein riesiger Fernseher, davor lagen verschiedene Spielkonsolen. In einer Ecke stapelten sich Hanteln in diversen Größen und Farben.

Ryan Ross hatte inzwischen in einem Sessel Platz genommen.

»Haben Sie sich geprügelt?«, fragte Frederick neugierig.

»Ist das so offensichtlich?«

Frederick nickte. »Und wer hat Ihnen das blaue Auge verpasst?«

»Das fragen Sie auch noch?«, sagte Ryan Ross aufgebracht. »Ian natürlich!«

»Weil Sie was mit Josie Edwards hatten?«, fragte Frederick.

Ryan Ross blickte ihn böse an. »Vielmehr weil zwei Polizisten es ihm auf die Nase gebunden haben.«

Nun zeigt er also sein wahres Gesicht, dachte Frederick. »Wie auch immer, Mr Ross«, sagte er dann. »Wir sind hier, weil es eine weitere Leiche gibt. Vielleicht haben Sie es schon gehört: Carl Morgan wurde gestern Abend tot aufgefunden.«

Ryan Ross schwieg, aber sein Gesichtsausdruck verriet, dass er es bereits wusste.

»Ist es richtig, dass Sie nun an seiner Stelle ins Team nachrücken?«

»Ja, ist es.« Ryan Ross grinste. Doch dann schien er zu realisieren, dass diese Reaktion nicht angemessen war, und blickte wieder ernster drein.

»Wir wissen inzwischen, dass Sie Mr Morgan unter Druck gesetzt haben, weil Sie sich davon erhofften, dass er

Ihnen seinen Platz im Team überlassen würde. Was sagen Sie dazu?«, fragte Heidi.

Ryan Ross wurde blass. »Wer hat Ihnen das erzählt?«

»Das tut nichts zur Sache. Carl Morgan soll sich deswegen sogar Mr Hind anvertraut und ihm gestanden haben, dass er sich von Ihnen bedrängt fühlte«, fuhr Heidi fort. »Wussten Sie davon?«

»Nein«, Ryan Ross lachte auf einmal fies, »und es stimmt auch nicht. Ich habe ihn nur ein bisschen gepiesackt. Aber nicht mehr als die anderen Jungs auch.«

»Gepiesackt?«, erwiderte Frederick. »Das ist wohl eine ziemliche Untertreibung.«

Ryan Ross zuckte nur mit den Schultern.

»Nun gut, Mr Ross, was haben Sie gestern Morgen gemacht?«, fuhr Frederick fort.

»Ich war laufen.«

»Wo?«

»Meine übliche Runde.«

»Also sind Sie auch an der Stelle vorbeigekommen, an der Mr Hind gefunden wurde?«

»Ja, ich denke schon«, stammelte Ryan Ross.

»Haben Sie sich da noch einmal hinter die Büsche bei der kleinen Brücke gestellt und den Mord an Mr Hind Revue passieren lassen?«

»Ich weiß nicht, wovon Sie sprechen!«

»Natürlich«, sagte Frederick sarkastisch. »Und gestern Abend? Was haben Sie da gemacht?«

»Da war ich auch laufen.«

Frederick wurde stutzig. »Sie gehen zweimal am Tag laufen?«

»Ich muss mich auf das Rennen vorbereiten.«

»Zu diesem Zeitpunkt konnten Sie doch noch nicht ahnen, dass Sie ins Team nachrücken würden«, stellte

Frederick fest. »Außer Sie wussten, dass Carl Morgan sterben würde.«

»Nein, so war das nicht!« Ryan Ross sprang auf.

Auch Heidi und Frederick erhoben sich.

»Mr Ross, wir werden Sie jetzt mit zur Police Station nehmen und dort noch einmal alles in Ruhe besprechen«, sagte Frederick langsam.

Im nächsten Moment war ein Schlüsselklirren zu hören und die Haustür wurde geöffnet.

Dann rief eine Männerstimme: »Ryan, verdammt, bist du zu Hause?«

Doch anstatt zu antworten, stieß Ryan Ross Heidi auf einmal heftig zur Seite. Sie stolperte und fiel zu Boden, während er aus dem Zimmer rannte. Frederick half Heidi auf und lief ihm dann hinterher.

»Wo ist er hin?«, schrie er Raymond Ross an, der verdutzt mit einem Schlüssel in der Hand an der offenen Eingangstür stand.

»Schon wieder die Bullen, verdammt!«, sagte der aber nur.

Frederick sprintete an ihm vorbei. »Ross!«, rief er. »Bleiben Sie sofort stehen!«

Doch Ryan Ross rannte einfach weiter, und bald schon hatte Frederick ihn aus den Augen verloren.

~

HEIDI WAR GENERVT. »Wieso haben Sie ihn laufen lassen?«, schnauzte sie Frederick an, als sie wieder im Mini saßen. Ihre Schulter tat höllisch weh. Aber sie biss die Zähne zusammen, startete den Motor und fuhr los. »Ich wäre schon von allein wieder hochgekommen!«

»Sie hätten mich doch auch nicht einfach liegen gelassen,

wenn es umgekehrt gewesen wäre«, erwiderte Frederick ungehalten. »Außerdem hab ich ihn nicht mit Absicht laufen lassen.«

»Stimmt, Sie machen ja nie etwas mit Absicht, nicht wahr? So wie gestern Nacht!«, sagte Heidi empört. »Ist das auch einfach so passiert, ohne Absicht?«

Frederick schluckte. »Wie bitte?«

Heidi konnte sich nicht länger zurückhalten: »Louise hat heute Morgen beobachtet, wie eine Frau aus Ihrem Haus gekommen ist.«

»Sie hat Susan gesehen?«

»Das war Ihre Ex aus Liverpool?«

»Es geht Sie zwar nichts an, aber ja, das war Susan. Sie stand plötzlich vor meiner Tür …«, begann Frederick.

»Sparen Sie es sich einfach, Collins!«, sagte Heidi schroff. »Und bevor Sie sich noch weitere Ausreden einfallen lassen, informieren Sie lieber Simmons über Ross' Flucht, damit er eine Fahndungsmeldung rausgibt.«

Frederick nickte nur, zog sein Handy aus der Tasche und schrieb eine Nachricht an den Sergeant. Dann fragte er: »Wohin fahren wir eigentlich?«

»Wir müssen mit Josie Edwards sprechen, bevor Ross sie warnen kann«, erklärte Heidi und trat kräftig aufs Gas. »Wenn wir den Grove Walk entlanggehen, kommen wir recht schnell zum Meadow Building«, sagte sie, während sie in die Merton Street einbog.

Kurz darauf hielt sie an. Eilig stiegen sie aus dem Wagen. Durch ein Eisentor gelangten sie auf den kiesbedeckten Weg, der entlang der hohen Mauern des Corpus Christi College zum Christ Church Meadow führte. Es fiel Heidi schwer, mit Fredericks schnellem Schritt mitzuhalten, denn ihre Schulter schmerzte immer noch. Ihr war etwas übel, doch sie zwang sich, weiterzugehen. Endlich erreichten sie das Meadow Building und stürmten hinein. Sie liefen die Treppe hinauf, dann den Flur entlang bis zum Zimmer Nummer 23.

Frederick hämmerte an die Tür. »Miss Edwards, sind Sie zu Hause?«

»Wer ist da?«

»Thames Valley Police, öffnen Sie bitte!«

Nichts rührte sich.

»Miss Edwards, wir müssen dringend mit Ihnen sprechen«, erklärte Frederick ungeduldig. »Es geht um Ryan Ross. Er ist flüchtig. Machen Sie endlich auf!«

In diesem Moment öffnete sich die Tür und Josie Edwards starrte sie ungläubig an. »Ryan ist abgehauen?«

»Ja. Haben Sie eine Ahnung, wo er sich versteckt haben könnte?«

»Beim besten Willen nicht.«

»Sie haben also nichts von ihm gehört?«

»Nein.« Josie Edwards schüttelte heftig den Kopf.

»Mit seinem Verhalten macht Mr Ross sich sehr verdächtig, zumal er nun auf Carl Morgans Platz im Ruderteam nachrückt«, warf Heidi ein.

»Wieso, was ist mit Carl?«

»Er wurde gestern Abend tot im Bootshaus gefunden.«

»Was?«, rief Josie Edwards. »Das kann nicht sein!« Dann fragte sie ängstlich: »Aber Sie denken doch nicht, dass Ryan etwas damit zu tun hat?«

»Nein. Von der Statur her passt die Täterbeschreibung eher auf Sie«, sagte Heidi und beobachtete Josie Edwards genau.

Die zuckte zusammen. »Auf mich? Sie glauben doch nicht wirklich, dass ich etwas mit seinem Tod zu tun habe? Wieso hätte ich ihn töten sollen?«

Heidi ging nicht darauf ein, sondern fragte stattdessen: »Wo waren Sie gestern Abend?«

»Hier in meinem Zimmer.«

»An einem Freitagabend?«

»Ja, ob Sie es glauben oder nicht. Ich muss wahnsinnig viel Stoff nachholen, damit ich nicht vom College fliege. Die letzten Monate habe ich mehr oder weniger im Ruderclub verbracht und alles andere schleifen lassen. Es war nicht einfach, mir einzugestehen, dass es damit jetzt vorbei sein muss, wenn ich meinen Studienplatz und mein Stipendium nicht aufs Spiel setzen will. Ich versichere Ihnen, dass ich hier in meinem Zimmer war und gelernt habe.«

»Allein?«, fragte Heidi.

Josie Edwards zögerte, dann sagte sie: »Ach, Sie werden es ja sowieso früher oder später herausfinden. Niall war bei mir.«

»Wer ist das?«, wollte Heidi wissen.

»Einer meiner Tutoren, Niall Jeffries.«

»Und der hat Ihnen beim Lernen geholfen?«, fragte Heidi skeptisch.

Josie Edwards nickte.

~

»ICH SCHAFF DAS schon«, sagte Heidi mit schmerzverzerrtem Gesicht, doch Frederick bestand darauf, dass sie auf dem Beifahrersitz ihres Minis Platz nahm. »Na, meinetwegen fahren Sie mich nach Hause.«

Frederick quetschte sich auf den Fahrersitz und sagte: »Keine Widerrede, ich bringe Sie jetzt ins Krankenhaus.«

»Aber erst muss ich Simmons Bescheid geben, damit er Edwards' Alibi überprüft.« Heidi stöhnte vor Schmerzen, während sie ihr Handy aus der Tasche zog.

Frederick griff danach. »Das überlassen Sie mal schön mir.« Er tippte eine Nachricht an Sergeant Simmons und schickte sie ab. Dann startete er den Motor und fuhr los.

Der Motor jaulte auf.

»Ich weiß nicht, was mir mehr wehtut: meine Schulter oder die Art, wie Sie aufs Gas steigen!«, klagte Heidi.

»Endlich erfahren Sie mal, wie es mir immer geht«, gab Frederick zurück.

Sie erreichten das John-Radcliffe-Krankenhaus und Frederick half Heidi beim Aussteigen. Auch danach wich er nicht von ihrer Seite, obwohl sie ihm klar zu verstehen gab, dass sie das nicht wollte. Sie schien noch immer sauer zu sein – darüber, dass ihm Ryan Ross entwischt war, und wohl auch, weil Susan bei ihm übernachtet hatte. Dabei ärgerte es ihn selbst am meisten, dass er es dazu hatte kommen lassen.

Über zwei Stunden saßen sie im Wartezimmer der Notfallambulanz. Es fiel Frederick schwer, mit anzusehen, wie sehr Heidi unter den Schmerzen litt. Dann wurde sie endlich aufgerufen. Nach einer weiteren halben Stunde kam sie mit einer Schiene um die Schulter zurück.

»Alles halb so schlimm«, sagte sie gequält. »Zum Glück ist es nur eine Prellung. Sie haben mir ein starkes Schmerzmittel verabreicht.«

Frederick atmete erleichtert auf. »Wie sieht's aus, haben Sie jetzt auch so einen Hunger wie ich?«, fragte er und hoffte, sie mit Essen etwas besänftigen zu können.

Sie zögerte.

»Jetzt seien Sie doch nicht so nachtragend, Green! Der Black Boy Pub ist ganz in der Nähe und die machen einen hervorragenden Pork Belly mit Knoblauch«, versuchte er sie zu überzeugen. Er wusste, dass das eines ihrer Lieblingsgerichte war.

»Pork Belly sagen Sie?« Ihre Augen begannen zu leuchten.

»Kommen Sie schon, sagen Sie ja! Ich lade Sie ein.«

»Also gut«, gab Heidi nach. »Aber wir bleiben nicht lange. Und ich muss erst noch meinem Mann Bescheid geben.«

Sonntag, 8. März

HEIDI HATTE NUR wenig geschlafen. Sie war letztendlich doch erst sehr spät ins Bett gekommen, weil Frederick ihr im Pub sein Herz ausgeschüttet hatte. Sie hatte sich die ganze Geschichte mit Susan angehört, auch Louise zuliebe. Nachdem Frederick sie nach Hause gefahren hatte, hatte sie sich sofort ans Telefon gesetzt und Louise angerufen, um ihr alles zu erzählen. Und so war sie erst weit nach Mitternacht ins Bett gekommen. Es fühlte sich so an, als hätte sie die Nacht durchgemacht, als ihr Handy auf dem Nachttisch zu vibrieren begann. Sie griff danach.

»Simmons, was gibt's?«, fragte sie müde.

»Wir haben Ross!«, sagte der triumphierend. »Er wollte wohl nach London, wurde aber vorher in einem Zug aufgegriffen. Jetzt sitzt er in einer Zelle in der Police Station.«

»Haben Sie Collins schon Bescheid gegeben?«

»Er ist unterwegs.«

»Ich bin auch gleich da.« Heidi setzte sich auf. Ihre Schulter schmerzte und sie wurde an die unbequeme Schiene erinnert. »Könnten Sie mir bitte einen Streifenwagen vorbeischicken?«

»Ich hab schon von Ihrem Unfall gehört«, sagte Sergeant Simmons mitfühlend. »Blöde Sache! Und das werden Sie auch so schnell nicht wieder los. Ich habe mir mal als Kind den Fuß umgeknickt und ich spüre das immer noch jedes Mal, wenn das Wetter wechselt. Und hier in Oxford wechselt das Wetter ja ziemlich oft, ich …«

»Geht das in Ordnung mit dem Streifenwagen, Simmons?«, unterbrach Heidi ihn.

»Sicher, ich schicke gleich einen los, Inspector Green.«

»Ach, und Simmons, liegen die Auswertungen der Handys von Hind und Morgan schon vor?«

»Ich schaue gleich mal nach.«
»Danke, Simmons!«

~

HEIDI VERFLUCHTE RYAN Ross. Trotz der Schmerzmittel, die sie nach dem Aufstehen genommen hatte, spürte sie noch immer ein dumpfes Ziehen in der Schulter. Der Arzt im Krankenhaus hatte sie für drei Tage krankschreiben wollen, doch das war für sie nicht in Frage gekommen. Sie hätte es niemals ausgehalten, tatenlos zu Hause zu sitzen, während die Mörder von Marcus Hind und Carl Morgan noch immer auf freiem Fuß waren. Zumal sie nun Ryan Ross aufgegriffen hatten.

Sie stöhnte laut, als sie sich auf dem Stuhl im Vernehmungsraum niederließ.

Frederick schaute sie mitleidig an. »Geht's?«

Heidi nickte. Dann öffnete sich die Tür und Sergeant Simmons brachte Ryan Ross herein. Der Sergeant hatte sie bei ihrer Ankunft bereits darüber informiert, dass Ross sich den gestrigen Tag über in einer Laube in der Nähe des Bahnhofs versteckt hatte, um sich dann mit einem Nachtzug nach London abzusetzen. Den wachen Augen eines Schaffners hatten sie es zu verdanken, dass er dabei erwischt worden war. Denn er hatte sofort bei der Police Station angerufen, als er Ross aufgrund des Fahndungsfotos erkannt hatte. Beim nächsten Halt des Zuges war Ross verhaftet und zurück nach Oxford gebracht worden, direkt in eine Zelle. Hätte er es bis nach London geschafft, wären die Aussichten darauf, ihn aufzuspüren, ziemlich schlecht gewesen.

»Nun, Mr Ross, halten Sie es nicht auch für angebracht, sich für das brutale Vorgehen bei Ihrer Flucht zu entschuldigen?« Frederick baute sich vor ihm auf. »Ihretwegen hat Inspector Green sich die Schulter geprellt und wird nun vier Wochen lang eine Schiene tragen müssen.«

Ryan Ross schaute Heidi kurz an und nuschelte etwas, das wie »Entschuldigung Ma'am« klang.

»Dann hätten wir das ja geklärt«, sagte Heidi kühl. Seine Entschuldigung änderte auch nichts an ihren Schmerzen. »Und nun erzählen Sie uns bitte, weshalb Sie unser schönes Oxford verlassen wollten!«, forderte sie dann, denn das war es, was sie wirklich von ihm hören wollte.

»Ich habe Panik bekommen, dass Sie mich für etwas bestrafen, das ich nicht getan habe. Ich habe weder Marcus noch Carl getötet, bitte glauben Sie mir!«

In diesem Moment klopfte es an der Tür, dann kam Sergeant Simmons herein und legte ein paar Papiere vor sie auf den Tisch. »Das sollten Sie sich anschauen«, kommentierte er.

Es waren die Auswertungen der Handys von Hind und Morgan. Heidi nickte Sergeant Simmons zum Dank zu und er verließ den Raum. Dann überflog sie rasch die erste Seite.

»Wenn ich das hier richtig lese, dann hatten Sie ziemlich regen Kontakt zu Carl Morgan«, sagte sie nach einer Weile.

»Wir waren beide im Development Squad, da bleibt das nicht aus«, erklärte Ryan Ross.

»Mr Ross, ich würde mal behaupten, das ist leicht untertrieben. Aus diesen Nachrichten hier kann man herauslesen, dass Sie ihn ziemlich unter Druck gesetzt haben«, sagte Heidi streng und reichte die Papiere weiter an Frederick. »Sie haben ihn nicht nur ein wenig gepiesackt, wie sie sich gestern ausgedrückt haben. Wollen Sie dazu etwas sagen?«

»Das hatte er sich selbst zuzuschreiben«, versuchte Ryan Ross, sich zu rechtfertigen. »Eigentlich war er der beste Ruderer im Team. Aber in den letzten Monaten hat die Mannschaft fast jedes Rennen verloren, und zwar immer, weil Carl irgendeinen blöden Fehler gemacht hat. Mir kam das irgendwann komisch vor und ich habe ihm ein bisschen auf den Zahn gefühlt.«

»Weil Sie an seiner Stelle ins Team wollten?«

»Ja. Als ich erfahren habe, dass ich nachrücken sollte, falls er ausfällt, habe ich mich auf die Lauer gelegt. Sein Verhalten kam mir einfach seltsam vor.«

»Und, haben Sie etwas herausgefunden?«

»Carl hat die Bootsrennen manipuliert«, sagte Ryan Ross aufgeregt. »Er hat dafür gesorgt, dass unser Team regelmäßig verloren hat.«

»Wieso hätte er das tun sollen?«, fragte Heidi ungläubig.

»Er hat Wetten auf die Rennen abgeschlossen!«

»In einem Wettbüro?«, hakte Heidi nach.

Ryan Ross nickte.

»Wissen Sie auch, in welchem?«

»Stan James Bookmakers in Headington. Ich bin Carl mal dorthin gefolgt.«

Heidi notierte es sich. »Wir werden das prüfen.«

»Und was haben Sie mit der Information gemacht?«, wollte Frederick wissen.

»Ich habe gedroht, Marcus davon zu erzählen, wenn Carl nicht freiwillig auf seinen Platz im Team verzichtet.«

»Hat er sich darauf eingelassen?«

Ryan Ross schüttelte den Kopf.

»Und was haben Sie dann gemacht?«

»Ich hab es Marcus gesagt.«

»Am Mittwochabend, als Sie allein mit ihm waren?«

»Genau.«

»Hat er Ihnen geglaubt?«

»Ja, denn er hatte selbst schon vermutet, dass es bei den ständigen Debakeln nicht mit rechten Dingen zugehen konnte. Er wollte noch am selben Abend mit Carl sprechen.«

»Dann hätten Sie also beinah erreicht, was Sie wollten«, überlegte Heidi laut. »Sie wären ins Team gekommen.«

»Ja, wenn Marcus nicht umgebracht worden wäre, bevor er das durchsetzen konnte«, sagte Ryan Ross wütend.

»Und da haben Sie sich überlegt, wie Sie Carl Morgan loswerden könnten?«

»Das habe ich tatsächlich für einen kurzen Moment«, gab Ryan Ross zu. »Aber ich hätte ihn doch niemals umgebracht!«

»Sie vielleicht nicht …«

»Was meinen Sie?«

»Haben Sie Josie Edwards dazu überredet, das für Sie zu übernehmen? Haben Sie ihr versprochen, auch sie ins Team zu holen, sobald Sie dabei sind?«

»Das ist absurd!«, rief Ryan Ross.

Heidi ging nicht darauf ein, weil Frederick ihr in diesem Moment die Unterlagen reichte und auf eine Textnachricht zeigte. Darin hatte Marcus Hind Carl Morgan noch am Mittwochabend zu den Bootshäusern beordert. Offenbar hatte er ihn tatsächlich an dem Abend aus dem Team geworfen, denn etwa eine Stunde später hatte er Gerry Kirkwood angerufen, um ihm mitzuteilen, dass es personelle Änderungen in der Teamaufstellung geben würde. Das passte alles zusammen. Ryan Ross schien die Wahrheit zu sagen.

Heidi schaute Frederick an, er nickte. »Sie können gehen«, sagte sie zu Ryan Ross.

Der sah sie ungläubig an.

»Aber bitte tun Sie uns den Gefallen und begeben Sie sich auf keine weitere Reise! Solange die Morde nicht aufgeklärt sind, müssen wir Sie bitten, Oxford nicht zu verlassen.«

»Das hatte ich nicht vor.«

~

NACHDEM RYAN ROSS den Raum verlassen hatte, sah sich Heidi die Auswertungen der Handys noch einmal genauer an. Und dabei entdeckte sie weitere hochbrisante Nachrichten. Ryan Ross war nicht der Einzige gewesen, der Carl Morgan massiv unter Druck gesetzt hatte!

Sie besprach sich kurz mit Frederick und rief dann Sergeant Simmons herein. »Könnten Sie bitte Hannah Hind herbringen? Wir müssen dringend mit ihr sprechen«, erklärte sie. »Sie wohnt in Nord Hinksey in einem Studentenwohnheim ganz in der Nähe des Raleigh Park.«

»So weit draußen?«, maulte Sergeant Simmons. »Es kann aber eine Weile dauern, bis ich wieder zurück bin.«

»Das macht nichts. Nehmen Sie doch einen Kollegen mit. Wir werden uns in der Zwischenzeit in einem Wettbüro in Headington umsehen.«

»Seit wann gehen Sie denn in so was, Inspector Green? So hätte ich Sie gar nicht eingeschätzt. Sie wissen schon, dass man davon abhängig werden kann?«, fragte er ängstlich. »Mein Onkel James hat mir mal erzählt, dass sein Cousin Robert sein ganzes Vermögen verspielt hat. Sein Auto, sein Haus, sogar seinen Rasenmäher hat er zu Geld gemacht, um es in Wetten zu investieren. Und er hat alles verloren. Seien Sie bloß vorsichtig! Wenn man da einmal drinsteckt, kommt man so schnell nicht wieder raus! Und da sollen sich auch ziemlich zwielichtige Gestalten rumdrücken in solchen Etablissements.«

»Danke, Simmons, dass Sie sich solche Sorgen machen!«, antwortete Heidi lächelnd. »Ich werde auf mich aufpassen. Und es geht auch nicht um mich, sondern um Carl Morgan.«

»Der tote Ruderer?«, fragte Sergeant Simmons.

»Ja.«

»Meinen Sie denn, dass der wettsüchtig war?«

»Genau das wollen wir herausfinden«, erwiderte Heidi. »Hat der Tutor eigentlich schon Josie Edwards' Alibi bestätigt?«

Sergeant Simmons verneinte.

~

HEIDI UND FREDERICK verließen die Police Station und gingen zu einem Dienstwagen auf dem Parkplatz hinter dem Gebäude. Frederick öffnete Heidi die Beifahrertür und half ihr beim Einsteigen. Dann setzte er sich ans Steuer und fuhr los. Inzwischen war es halb zehn und die ersten Geschäfte entlang der High Street öffneten ihre Türen.

»Müssen wir so schleichen?«, fragte Heidi ungeduldig. »Wenn Sie in dem Tempo weiterfahren, kommen wir nie an!«

»Ihnen scheint es ja wieder besser zu gehen«, sagte Frederick amüsiert. »Gestern bin ich Ihnen noch zu abrupt gefahren, heute geht es Ihnen nicht schnell genug. Sie sind schon als Fahrerin kaum auszuhalten, Green, aber als Beifahrerin sind Sie unerträglich! Sie sollen sich doch wegen der verletzten Schulter schonen. Vielleicht machen Sie einfach mal die Augen zu und entspannen sich, bis wir in Headington sind.«

»Ich soll meine Augen schließen und entspannen, während Sie am Steuer sitzen? Das ist nicht Ihr Ernst! Wobei – bis wir in Headington sind, bin ich wahrscheinlich tatsächlich eingeschlafen bei dem langsamen Geschunkel, das Sie Autofahren nennen.«

Frederick ließ sich durch ihre Worte nicht aus der Ruhe bringen. Er fuhr am Magdalen College vorbei über die Magdalen Bridge und dann in einen Kreisel, blinkte und bog gemächlich auf die Headington Road ab, die nach Cowley führte.

»Hier ist ja wahnsinnig viel los für die Uhrzeit«, kommentierte er, als er eine Gruppe junger Leuten sah, die sich vor einem Pub versammelt hatten.

»Die stehen sicherlich dort fürs Katerfrühstück. Wahrscheinlich haben sie die Nacht durchgemacht. Ganz in der Nähe ist einer der besten Nightclubs von Oxford. Da war ich früher auch jedes Wochenende«, schwelgte Heidi in Erinnerungen. »Zusammen mit Louise. Wir hatten richtig viel Spaß.«

Frederick verzog unglücklich das Gesicht, als er den Namen »Louise« hörte. Er hatte ihr nach dem Gespräch mit Heidi noch eine Nachricht geschrieben, obwohl es fast Mitternacht gewesen war. Aber geantwortet hatte sie ihm bisher nicht.

»Louise meldet sich bestimmt bei Ihnen. Ich habe gestern noch lange mit ihr über Sie gesprochen«, sagte Heidi in diesem Augenblick.

Er schaute sie überrascht an. »Können Sie Gedanken lesen?«

»Heute schon.« Sie lächelte ihn an.

~

NACH EINER GEFÜHLTEN Ewigkeit betraten sie endlich das Wettbüro in Headington. Heidi blickte sich um. An den Wänden hingen unzählige Bildschirme, auf denen die Ergebnisse der verschiedenen Rennen angezeigt oder in Echtzeit Pferde- und Hunderennen übertragen wurden. An den Tischen saßen Männer und Frauen jeden Alters mit kleinen Blöcken, Tippscheinen und Stiften und schauten immer wieder auf die Bildschirme. Die Stimmung hatte etwas von einem Pub an einem Freitagabend. Alle unterhielten sich angeregt und fieberten bei den Rennen mit. Man jubelte oder ärgerte sich lautstark, wenn ein Rennen vorüber war, und ging dann hinüber zu einer Bar, an der ein junger Mann Getränke verkaufte. Im hinteren Teil des Raumes hatte sich eine Schlange vor einer Theke mit Kasse gebildet. Anscheinend wurden dort die Tippscheine entgegengenommen. Heidi und Frederick drückten sich an den Wartenden vorbei, was mit Protestrufen kommentiert wurde.

»Nur die Ruhe!«, versuchte Frederick, die Leute zu beschwichtigen. »Wir kommen von der Thames Valley Police und würden gerne mit Ihnen sprechen, Sir«, sagte er dann mit lauter Stimme zu dem Mann hinter der Theke.

Bei den Worten »Thames Valley Police« verstummten die Proteste und die Wartenden betrachteten Heidi und Frederick neugierig.

»Es tut mir leid, aber ihr habt es ja gehört. Ich muss kurz weg«, sagte der Mann und wandte sich dann an Frederick: »Wollen wir vielleicht in mein Büro gehen?«

»Gerne.«

Heidi und Frederick folgten ihm in einen winzigen Raum, in dem nur ein Regal und ein kleiner Schreibtisch standen. Auf dem Tisch stapelten sich unzählige Ordner und Papiere.

»Entschuldigen Sie bitte die Unordnung! Hier ist immer ziemlich viel los und ich komme oft nicht gleich dazu, den Papierkram zu erledigen. Leider kann ich Ihnen keinen Sitzplatz anbieten, aber wenigstens können wir hier in Ruhe sprechen. Gibt es Probleme?«, fragte der Mann beunruhigt und schloss die Tür.

»Nein, nein, machen Sie sich keine Sorgen!«, sagte Frederick. »Wir sind hier, weil wir hoffen, dass Sie uns bei einem unserer Fälle weiterhelfen können, Mister …?«

»Holmes, mein Name ist Lewis Holmes.«

»Mr Holmes, es geht um Carl Morgan. Kannten Sie ihn?«, fuhr Frederick fort.

Lewis Holmes überlegte nicht lange. »Na sicher, der Junge war oft hier. Ich habe in der Oxford Mail gelesen, dass er tot ist.«

»Das stimmt leider.«

»Schade um ihn, er war eigentlich ein echt netter Kerl«, sagte Lewis Holmes und sein Bedauern klang ehrlich.

»Wir haben erfahren, dass er hier bei Ihnen regelmäßig Wetten abgeschlossen hat. Stimmt das?«, wollte Heidi wissen.

»Ja, er kam alle paar Wochen hierher. Und er hat immer ziemlich hohe Gewinne eingefahren, regelmäßig ein paar Tausender. Mir war das nur recht, denn das hat sich rumgesprochen und die anderen Jungs haben auch angefangen, auf die Ruderwettbewerbe zu wetten. Eigentlich verdiene ich am meisten mit Pferde- und Hunderennen, aber das hat sich in den letzten Monaten geändert. Der Junge war gut fürs Geschäft.«

»Er hat also ausschließlich auf Ruderwettbewerbe gewettet?«

»Ja.«

»Und hat er Ihnen erzählt, was er mit dem Geld wollte?«

»Nein, er hat nicht viel geredet. Er war keiner von denen, die hier stundenlang sitzen. Meistens kam er rein, hat schnell den Wettschein ausgefüllt, bezahlt, und dann war er auch schon wieder weg. Er wirkte immer irgendwie nervös, vor allem wenn er sich seinen Gewinn abgeholt hat.«

»Wussten Sie, dass er selbst bei den Rennen mitgerudert ist, auf die er gewettet hat?«

»Ich hab da mal so was gehört, ja, aber ich hab ehrlich gesagt nicht weiter nachgefragt«, gab Lewis Holmes zu. »Ging mich ja auch nichts an.«

»Verstehe«, sagte Heidi. »Wann war er das letzte Mal hier?«

»Wenn ich mich richtig erinnere, dann war das letzten Dienstag.«

»Und worauf hat er gewettet?«

»Auf das Rennen zwischen Oxford und Cambridge.«

»Wie viel hat er gesetzt?«

»Zwanzig.«

»So wenig?«

»Zwanzigtausend!«

Heidi musste kurz schlucken. »Und er hat darauf gewettet, dass Oxford verliert, nehme ich an.«

»Richtig.«

So ein verdammter Mistkerl, dachte Heidi wütend.

~

ALS SIE DIE Police Station erreichten, schimpfte Heidi noch immer auf Carl Morgan. »Ich weiß nicht, was ich mit dem Kerl gemacht hätte, wenn ich rausgefunden hätte, was er vorhat!«, rief sie aufgebracht. »Was wollte er bloß mit dem ganzen Geld? Er hatte doch wirklich genug davon!«

»Vielleicht hat es ihm einen Kick gegeben, dass es in seiner Macht lag, über den Ausgang der Rennen zu bestimmen«, mutmaßte Frederick, während sie das Büro der Sergeants betraten. »Ansonsten hat er wohl nicht sehr viel Einfluss gehabt im Team.«

»Schon möglich. Aber trotzdem hätte er nicht die Rennen manipulieren müssen«, sagte Heidi und ging zu Sergeant Simmons hinüber, der mit dem Rücken zu ihr an seinem Schreibtisch saß. »Ist Hannah Hind schon hier?«, fragte sie und legte ihm die Hand auf die Schulter.

Sergeant Simmons zuckte zusammen und drehte sich zu ihr um. »Müssen Sie mich so erschrecken?!«

»Haben Sie uns denn nicht kommen gehört?«

Sergeant Simmons schaute Heidi fragend an und zog sich dann zwei Stöpsel aus den Ohren. »Was haben Sie gesagt?«

»Ob Sie uns nicht kommen gehört haben.«

»Nein, diese Ohrstöpsel sind wirklich praktisch. Ich brauche ja absolute Ruhe, wenn ich arbeite, wissen Sie? Selbst beim kleinsten Geräusch kann ich mich nicht richtig konzentrieren. Das war schon immer so. Am schlimmsten ist es, wenn das Radio läuft. Musik geht gar nicht, da werde ich ganz …«

»Und wie in aller Welt kommunizieren Sie mit den anderen Sergeants?«, fragte Heidi dazwischen.

»Mit Handzeichen. Ich habe da meine ganz eigene Sprache entwickelt. Das hier zum Beispiel bedeutet, dass ich jetzt keine Zeit habe.« Sergeant Simmons fuchtelte mit den Händen herum. »Und das hier …«

»Schon gut, Simmons! Haben Sie Hannah Hind herbringen können?«

Sergeant Simmons stöhnte. »Ich kann Ihnen sagen, das

war was! Das Studentenwohnheim ist das reinste Labyrinth! Sie war natürlich nicht auf ihrem Zimmer, als ich ankam, sondern bei einer Freundin. Aber die Freundin wohnt nicht im selben Gebäude, sondern ganz am Ende des Campus! Bis ich dort hingefunden habe …«

»Ist Hannah Hind nun hier oder nicht?« Diesmal war es Frederick, der ihn unterbrach.

»Ach so, ja, sie wartet im Aufenthaltsraum. Soll ich sie holen gehen?«

»Am besten bringen Sie die junge Frau gleich in den Vernehmungsraum.«

»Natürlich, Inspector Collins. Und noch etwas: Ich habe endlich mit dem Tutor sprechen können.«

»Und?«

»Er hat mir bestätigt, dass er den Freitagabend mit Josie Edwards verbracht hat.«

»Glaubwürdig?«

Sergeant Simmons nickte. »Ich habe seine Aussage überprüft. Der Pförtner hat Mr Jeffries gegen sechs Uhr abends auf das Gelände des Christ Church gelassen und am Samstagmorgen gegen elf ist er wieder gegangen. Ich habe mich lange mit dem Pförtner unterhalten und er hat mir erzählt, dass er wegen des Mordes an Marcus Hind ganz besonders darauf geachtet hat, wer dort ein und aus geht. Er hat mir versichert, dass da niemand mit einem Cricketschläger unterwegs war, und auch nicht mit einer Tasche, in der man einen Schläger hätte verstecken können. Das wäre ihm aufgefallen.«

~

HEIDI UND FREDERICK warteten im Vernehmungsraum auf Hannah Hind. Als die junge Frau den Raum betrat, wirkte sie angespannt. Ihre Wangen waren gerötet und sie blickte sich nervös um.

»Warum haben Sie mich hierherbringen lassen?«, fragte sie, nachdem sie sich gesetzt hatte. »Der Sergeant wollte mir das nicht sagen. Stattdessen hat er mir lang und breit erklärt, dass er nicht berechtigt ist, mir irgendwelche Informationen über den Fall zu geben.«

»Wir haben neue Informationen, die wir mit Ihnen besprechen wollen«, sagte Frederick und schob ein Blatt Papier zu ihr hinüber. »Das ist die Auswertung von Carl Morgans Handy. Diese Nachrichten hier«, er zeigte auf das Blatt, »haben Sie doch geschrieben, oder?«

Hannah Hind las den Text. »Dürfen Sie das überhaupt?«, fragte sie empört. »Das ist doch privat!«

»Wir ermitteln in einem Mordfall, Miss Hind, natürlich dürfen wird das. Aber die Frage ist wohl eher: Wieso haben Sie Carl Morgen derart unter Druck gesetzt?«

Hannah Hind schaute Frederick wütend an. »Können Sie nicht lesen?«

»Durchaus. Aber ich will es noch einmal aus Ihrem Mund hören.«

»Weil der verdammte Dreckskerl meinen Vater vor der ganzen Welt lächerlich gemacht hat!«

»Wie haben Sie von Morgans Manipulationen erfahren?«

»Ryan hat es mir erzählt. Ich wollte es zuerst nicht glauben, aber dann habe ich alles akribisch zurückverfolgt. Bei fast allen Rennen muss Carl seine Finger im Spiel gehabt haben.«

»Aber das Team hat doch nicht nur verloren«, wandte Heidi ein. »Ich weiß zum Beispiel, dass sie gegen Durham gewonnen haben.«

»Das stimmt schon«, gab Hannah Hind zu. »Aber das

war ja auch keine Kunst. Ihr wichtigster Mann hatte sich die Hand gezerrt.«

»Jetzt, wo Sie es sagen, erinnere ich mich«, sagte Heidi nachdenklich. »Das heißt, Morgan hat bei den Rennen, bei denen er sich sicher sein konnte, dass Oxford gewinnen würde, wiederum alles gegeben, damit es auch zum Sieg kam.«

»Genau so muss es der Betrüger gemacht haben!«

»Und mit dem Wissen über die Manipulationen haben Sie ihn dann unter Druck gesetzt.«

Hannah Hind nickte. »Ich habe ihm damit gedroht, zur Polizei zu gehen und ihn anzuzeigen. Das hätte ich natürlich niemals gemacht, aber ich wollte, dass er mit der Trickserei aufhört. Doch ihm war das völlig egal, er war da total abgebrüht. Das passte eigentlich nicht zu ihm, aber Sie haben ja sicherlich seine Antworten gelesen.«

»Warum haben Sie sich nicht gleich Ihrem Vater anvertraut?«

Hannah Hind schluckte. »Ich wollte, dass Carl von allein mit dem Quatsch aufhört. Er war schließlich der beste Ruderer im Team. Und wenn mein Dad davon erfahren hätte, dann hätte er den Betrug anzeigen müssen. Es wäre ein riesiger Skandal gewesen und Dad hätte womöglich seinen Posten räumen müssen. Das hätte er niemals verkraftet! Und ich wollte doch, dass er mit dem Team gegen Cambridge gewinnt, verstehen Sie?«

Heidi verstand sie nur zu gut. »Haben Sie Carl deshalb umgebracht – weil er nicht aufhören wollte, die Rennen zu manipulieren?«

Hannah Hind wurde blass, doch sie sagte nichts.

»Sie haben uns selbst erzählt, dass Sie sich zur Zeit des Mordes in der Nähe des Tatorts aufgehalten haben«, fügte

Heidi hinzu. Dann klingelte ihr Handy. »Das ist Steph«, sagte sie zu Frederick. »Da muss ich schnell rangehen.« Sie stand auf und verließ den Raum.

~

»DANKE, DASS DU dich meldest, Steph! Du hast an einem Sonntag sicher auch Besseres zu tun«, begann Heidi das Gespräch.

»Keine Ursache«, antwortete Stephanie Bradshaw und erklärte Heidi dann, was ihr Freund im pharmazeutischen Labor über die Tablette herausgefunden hatte: »Das ist Pantoprazol, ein Mittel, das die Magensäure neutralisiert, um so die Magenschleimhaut zu schützen.«

»Aha«, sagte Heidi nachdenklich.

»Es wird wohl vor allem von Patienten eingenommen, die mit Essstörungen zu kämpfen haben.«

Heidi musste sofort an Hannah Hinds dünnen Körper denken, aber dann fiel ihr noch etwas ein. »Verstehe. Vielen Dank, Steph!« Sie legte auf und wählte Dr Goldbergs Nummer.

Der Pathologe nahm gleich ab. »Heidi, ich habe gerade an dich gedacht!«

»Dann können Sie mir schon sagen, ob Sie die Substanz in Carl Morgans Körper gefunden haben? Es ist übrigens Pantoprazol.«

»Ach, ein Protonenpumpenhemmer«, sagte Dr Goldberg. »Ja, ich habe die entsprechenden Tests gemacht und kann ausschließen, dass der Junge das Mittel eingenommen hat. Vielleicht hatte er es noch vor, das kann ich natürlich nicht sagen, aber zum Zeitpunkt seines Todes hatte er es nicht im Körper.«

»Morgan hat ausgesagt, dass er am Mittwochabend

eine hohe Dosis Diazepam eingenommen hat. Könnte es sein, dass sein Arzt ihm zusätzlich Pantoprazol verschrieben hat, um seinen Magen zu schonen? Vielleicht auch, weil ihm die ganze Aufregung auf den Magen geschlagen ist.«

»Eigentlich werden die beiden Mittel nicht kombiniert«, erklärte Dr Goldberg. »Aber bist du dir sicher, dass der Junge das Schlafmittel am Mittwoch genommen hat?«

»Das hat er zumindest behauptet.«

»Moment!«

Kurz herrschte Stille, dann hörte Heidi ein Rascheln am anderen Ende der Leitung.

Schließlich meldete sich Dr Goldberg zurück: »Ich bin gerade noch mal alle meine Unterlagen durchgegangen und kann mit Bestimmtheit sagen, dass ich keine Rückstände von Diazepam in seinem Körper gefunden habe. Der Junge hat gelogen.«

Heidi war sprachlos. Sie musste an Mrs Wellington denken, die gesehen hatte, wie Carl Morgan am Donnerstagmorgen nach Hause zurückgekehrt war. Was, wenn er ihnen etwas vorgemacht hatte, wenn er gerade aus dem Christ Church Meadow zurückgekommen war, wo er den Mord an Marcus Hind begangen hatte – weil der ihn aus dem Ruderteam werfen wollte?

»Danke, Dr Goldberg!«, sagte sie schließlich. »Und noch einen schönen Sonntag.« Sie legte auf und wollte gerade die Tür zum Vernehmungsraum öffnen, als ihr Handy erneut klingelte.

Diesmal war es Rich, der sie daran erinnerte, dass sie den Zwillingen versprochen hatte, mit zu Stanleys Party zu kommen. Er war kurz davor, zu Hause loszufahren, um sie abzuholen.

Wie soll ich das nur alles unter einen Hut bekommen?,

fragte sie sich. Sie hatte die Geburtstagsfeier in dem Trubel völlig vergessen.

~

HEIDI GING IN den Vernehmungsraum zurück und berichtete Frederick leise, was sie von Stephanie Bradshaw und Dr Goldberg erfahren hatte. Dann besprachen sie ihr weiteres Vorgehen.

Als sie fertig waren, sagte Heidi zu Hannah Hind: »Wir müssen Sie leider hierbehalten.«

Damit hatte sie die rechtlichen Voraussetzungen geschaffen, um Sergeant Simmons nach North Hinksey zu schicken, damit er Hannah Hinds Zimmer durchsuchte. Nach Tabletten sollte er Ausschau halten und nach Hinweisen darauf, ob sie nicht nur Hockey, sondern auch Cricket spielte. Heidi bat ihn, sofort loszufahren. Denn sie hatte auch noch ein weiteres Anliegen.

~

ALS HEIDI AUS der Police Station trat, wartete Rich schon im Auto. Die Kinder saßen in ihren Sitzen auf der Rückbank und sangen vergnügt. Heidi nahm auf dem Beifahrersitz Platz.

»Tut mir leid, dass ich zu spät bin, aber ich musste noch etwas Wichtiges erledigen.« Sie drückte Rich schnell einen Kuss auf den Mund und begrüßte die Zwillinge.

Rich fuhr los, die Abingdon Road hinunter, und nach einer Weile bog er an einem Kreisel auf die Eastern Bypass Road ab. Ganz in der Nähe des Oxford Science Park lag das Play Center, in dem Stanleys Geburtstagsparty stattfand. In einer riesigen Halle waren Hüpfburgen, Trampoline,

Klettergerüste und Rutschen aufgebaut. Die Kinder gluckten glücklich und rannten sofort zu ihren Freunden, um mit ihnen zu spielen.

Heidi sah sich um und entdeckte Kim in einer Ecke neben einer Getränkebar und einem großen eingedeckten Tisch, der mit Luftballons und Kerzen dekoriert worden war. Sie unterhielt sich mit einigen Eltern. Heidi und Rich gesellten sich dazu.

»Inspector Green!«, begrüßte Kim sie. »Schön, dass Sie es geschafft haben, zu kommen.«

»Die Kinder haben sich so auf die Party gefreut, noch einmal vielen Dank für die Einladung! Das hier ist mein Mann Rich.«

»Angenehm!«

Dann fragte Heidi leise: »Wie geht es dir heute, Kim? Mutest du dir hier nicht etwas zu viel zu?«

»Es geht schon.« Kim lächelte matt. »Ich mache das für Stanley.«

»Und wo ist deine Mutter?«

Bevor Kim antworten konnte, ertönte lautes Kindergeschrei. Stanley rief nach ihr.

»Bitte entschuldigen Sie! Stanley geht es heute nicht so gut«, erklärte Kim und lief schnell zu ihrem Bruder hinüber, um ihn zu beruhigen.

»Hallo Heidi!«, sagte in diesem Moment Debbie Williams, die unbemerkt neben sie getreten war.

Heidi begrüßte sie.

»Sag mal, die Halle hier zu mieten, muss doch ein kleines Vermögen gekostet haben«, flüsterte Debbie ihr zu.

»Ja«, antwortete Heidi. »Ich habe mich auch schon gefragt, wie die Burkes das finanziell stemmen können.«

»Die Party ist wohl Stanleys letzter Wunsch«, erklärte Debbie mit Bedauern in der Stimme.

»Wie meinst du das?«

»Ich habe gehört, dass der arme Kleine ernsthaft krank ist. Seine Werte werden von Tag zu Tag schlechter. Eigentlich braucht er sofort eine neue Leber, aber da sieht's schlecht aus.«

»Das ist ja schrecklich!«, sagte Heidi betroffen. Ihr Handy klingelte. »Bitte entschuldige, Debbie! Das ist wichtig.« Sie trat ein Stück zur Seite, um ungestört sprechen zu können, und nahm den Anruf an.

Es war Sergeant Simmons. Er hatte keine Medikamente unter Hannah Hinds Sachen gefunden und auch keine Hinweise darauf, dass sie Cricket spielte. Dafür hatte sich Heidis schrecklicher Verdacht bestätigt. Ihr lief es kalt den Rücken hinunter. Auf einmal ergab alles einen Sinn.

~

FREDERICK KONNTE HEIDI schon von Weitem sehen. Sie stand vor der Halle und winkte aufgeregt.

»Das muss es sein«, sagte er zu Sergeant Simmons, der zusammen mit Hannah Hind auf dem Rücksitz des Dienstwagens saß.

Frederick parkte ganz in der Nähe des Eingangs, dann gingen sie schweigend zu Heidi hinüber. Sie besprachen sich kurz und betraten die Halle. Hannah Hind blickte sich eine ganze Weile suchend um. Plötzlich zuckte sie zusammen und ihre Gesichtszüge verhärteten sich.

Sie zögerte, doch dann sagte sie mit fester Stimme: »Da drüben, das ist sie, die Frau, die ich am Freitagabend im Christ Church Meadow gesehen habe.«

»Sind Sie sich ganz sicher?«, fragte Heidi.

Hannah Hind nickte. Die Person, auf die sie zeigte, war Kim.

~

HEIDI BEOBACHTETE KIM genau. Als sie Frederick und Sergeant Simmons entdeckte, erstarrte sie für den Bruchteil einer Sekunde, so als ob sie wusste, weshalb sie gekommen waren. Dann blickte sie panisch nach rechts und links. Offenbar suchte sie nach einer Möglichkeit, davonzulaufen. Doch dann schien sie zu realisieren, dass es kein Entkommen gab.

Zusammen mit Frederick und Sergeant Simmons ging Heidi zu ihr. »Kim, wir müssen dich bitten, mit uns zu kommen«, sagte sie.

Widerstandslos folgte Kim ihnen hinaus auf den Parkplatz.

Heidi räusperte sich. »Wir müssen noch einmal mit dir über die beiden Morde sprechen, Kim. Inzwischen gehen wir davon aus, dass du gemeinsam mit Carl Marcus Hind getötet hast.«

Kim starrte sie schockiert an.

»Und wir denken, dass du Carl umgebracht hast«, fuhr Heidi fort. »Wir haben eine Zeugin, die dich zum Tatzeitpunkt im Christ Church Meadow gesehen hat. Außerdem haben wir neben Carls Leiche ein Medikament gefunden, das den Aufbau der Magenschleimhaut unterstützt. Unser Sergeant Simmons hier hat gerade mit Stanleys behandelndem Arzt gesprochen, und der hat ihm bestätigt, dass Stanley dieses Mittel gegen seine Magenschmerzen einnimmt.«

Kim begann zu zittern.

»Deshalb gehen wir davon aus, dass du die Tablette am Tatort verloren hast. Willst du uns nicht erklären, wie das alles gekommen ist?«

Tränen liefen Kim über die Wangen. »Ich hab das nur für Stanley getan. Es ging um sein Leben und ich habe einfach keinen anderen Ausweg gesehen. Mein Bruder ist todkrank und keiner will ihm helfen!«, sagte sie verzweifelt. »Wir warten seit Monaten auf ein Spenderorgan, aber es findet sich einfach kein passendes. Und als ob das nicht schon schwer genug wäre, hat mein Vater uns auch noch verlassen. Er hat gesagt, dass er es nicht aushält, seinem Sohn beim Sterben zuzusehen. Meine Mutter ist seitdem nicht mehr dieselbe. Sie hat ihren Job verloren, wir sind mit der Miete im Rückstand und sie schafft es nicht einmal mehr, Stanley in die Preschool zu bringen. Sie hat mich einfach mit allem im Stich gelassen!«

»Und da seid ihr auf die Idee gekommen, euch mit Wetten ein wenig Geld dazuzuverdienen?«, fragte Frederick.

»Am Anfang hat Carl mir das Geld gegeben, das er von seinen Eltern jeden Monat für sein Studium bekommen hat«, erklärte Kim mit bebender Stimme. »Aber irgendwann hat das nicht mehr gereicht. Da ist Carl auf die Idee gekommen, auf die Rennen zu wetten. Es war einfach für ihn, Einfluss auf den Ausgang zu nehmen. Wir haben ganz klein angefangen, mit nur wenig Geld, und mit der Zeit wurde es immer mehr. Vor Kurzem habe ich endlich eine Klinik gefunden, die Stanley helfen kann, aber die Behandlung kostet über einhunderttausend Pfund! Also haben wir letzte Woche alles Geld darauf gesetzt, dass Oxford gegen Cambridge verliert. Es sollte das letzte Mal sein.«

»Und dann ist euch Ryan Ross in die Quere gekommen.«

»Ja. Ihm war aufgefallen, dass es jedes Mal an Carl lag, wenn das Team ein Rennen verloren hat. Also hat er rumgeschnüffelt und das mit den Wetten herausgefunden. Damit hat er Carl dann unter Druck gesetzt. Er wollte, dass Carl seinen Platz im Team für ihn freigibt. Und als Carl sich geweigert hat, ist er zu Marcus gegangen und hat es ihm erzählt.«

»Und der hat Carl am Mittwochabend zur Rede gestellt.«

»Genau. Carl hat alles zugegeben und Marcus erklärt, warum wir das Geld brauchen. Aber das war ihm egal. Das Leben meines Bruders war ihm egal!«, rief Kim. »Carl hat versucht, ihn umzustimmen, er hat ihn angefleht, ihn noch dieses eine letzte Rennen fahren zu lassen. Aber Marcus wollte nichts davon hören. Wir mussten ihn töten, bevor er Carls Rauswurf öffentlich machen konnte.«

»Und da seid ihr auf die Idee gekommen, es so aussehen zu lassen, als sei Marcus Hind durch einen Ruderunfall ums Leben gekommen?«, fragte Heidi.

»Das war der Plan. Aber zuerst hat Carl dafür gesorgt, dass die Kameras unten am Church Meadow Walk nicht mehr funktionierten, damit das Ganze nicht aufgezeichnet wird. Dann hat er sich hinter den Büschen in der Nähe der Brücke versteckt. Ich habe mich davor auf den Weg gelegt und so getan, als sei ich verletzt. Als Marcus kam, hat er angehalten, um mir zu helfen. In dem Moment hat Carl ihm von hinten mit einem Stein auf den Kopf geschlagen.«

»Und dann?«

»Haben wir ihm die Jacke ausgezogen und Carl hat ihn ans Wasser geschleppt und hineingeworfen. Ich habe in der Zeit das Ruderboot geholt. Carl hatte mir genau beschrieben, welches ich nehmen sollte.«

»Und während Hind im eiskalten Wasser langsam gestorben ist, bist du ans Ufer gerudert. Dann hast deine

Schlüssel und dein Handy ins Gras gelegt, seine Jacke im Boot platziert und es vom Ufer weggestoßen. Du hast noch ein bisschen gewartet, damit Hind auch wirklich tot war, und bist schließlich ins Wasser gesprungen, um ihn rauszuziehen«, ergänzte Heidi.

Kim nickte nur.

»Eigentlich der perfekte Mord, denn zunächst sah alles tatsächlich nach einem Bootsunfall aus. Wäre unser Sergeant Simmons nicht so aufmerksam gewesen, wärt ihr vermutlich damit durchgekommen.« Heidi schwieg für einen Moment, dann fragte sie: »Aber warum musste Carl sterben?«

»Als Ryan und diese Hannah ihn unter Druck gesetzt haben, war er schon ein einziges Nervenbündel«, erzählte Kim leise. »Und nachdem Sie ihn befragt hatten, ist er völlig durchgedreht. Er war sich sicher, dass Sie uns auf die Schliche kommen würden, und wollte sich stellen.«

»Deswegen musstest du ihn zum Schweigen bringen.«

»Ich hatte wahnsinnige Angst, dass er mich auch verrät und Stanley dann völlig auf sich allein gestellt ist«, sagte Kim verzweifelt.

»Also bist du am Freitagabend zu den Bootshäusern gegangen, weil du wusstest, dass Carl dort ein Einzeltraining absolvierte. Und weil du Stanley nicht allein lassen konntest, hast du ihn mitgenommen.«

»Ja. Zum Glück hat er sich ohne Probleme in seinen Buggy setzen lassen und ist schon auf dem Weg dorthin eingeschlafen. Er hat nichts mitbekommen.«

»Davon, dass du dich in die Bootshalle geschlichen und Carl von hinten mit einem Cricketschläger erschlagen hast?«

Kim nickte. »Nach dem ersten Schlag ist Carl in sich zusammengesackt, aber er hat noch gelebt. Ich musste mehrmals zuschlagen, bevor er tot war«, erzählte sie mechanisch, als habe sie einfach nur funktioniert.

Heidi lief es kalt den Rücken runter. »Und was war mit dem angeblichen Gespräch zwischen dir und Carl?«, fragte sie.

»Ich habe Carls Handy von meinem aus angerufen und den Anruf angenommen. Dann habe ich ihm das Handy wieder in die Tasche gesteckt. Es musste doch so aussehen, als wäre ich die ganze Zeit mit Stanley bei uns zu Hause gewesen.«

Ein paar Sekunden lang herrschte bedrücktes Schweigen, dann sagte Frederick: »Kim Burke, wir verhaften Sie wegen des Mordes an Carl Morgan und der Beihilfe zum Mord an Marcus Hind. Wir müssen Sie jetzt mit zur Police Station nehmen.«

»Darf ich vorher noch einmal mit Stanley sprechen?«, fragte Kim leise. »Ich würde mich gern von ihm verabschieden.«

~

LANGSAM GING KIM zu Stanley hinüber. Heidi konnte ihr ansehen, dass sie zitterte. Sie hatte Angst um die junge Frau, befürchtete, dass sie zusammenbrechen würde. Dann beugte sich Kim zu dem Kleinen hinunter und flüsterte ihm etwas ins Ohr. Er klammerte sich an seine Schwester und begann fürchterlich zu weinen. Es zerriss Heidi fast das Herz.

~

HEIDI TAT ES immer noch in der Seele weh, wenn sie an den kleinen Stanley dachte. Was geschieht nun mit ihm?, fragte sie sich.

Sie lag neben Rich auf dem Sofa, dicht an ihn geschmiegt. Es war auffällig ruhig und die Zwillinge waren nicht zu sehen. Nur ab und zu konnte man ein Knistern hören und dann ein Schmatzen.

»Ann, Max, was macht ihr da?«, fragte Heidi nach einer Weile.

Die beiden schauten hinter der offenen Tür des Wohnzimmerschranks hervor. Ihre Gesichter waren von oben bis unten mit Schokolade verschmiert.

»Ihr zwei Schlingel, wo habt ihr nur wieder die Schokolade her?«, rief Heidi. »Die hab ich doch extra ganz hinten im Schrank versteckt.«

»Vor den beiden ist inzwischen wirklich kein Versteck mehr sicher«, sagte Rich und lachte.

Normalerweise wären sie sofort aufgesprungen, hätten den Kindern die Süßigkeiten aus der Hand genommen und sie ausgeschimpft. Heidi stand tatsächlich auf, ging zu Ann und Max hinüber, umarmte sie ganz fest und küsste ihre Schokoladenmünder. Dann legte sie sich wieder aufs Sofa und kuschelte sich an Rich. Sie war unglaublich dankbar, dass es ihn gab und dass ihre Zwillinge gesund und munter waren.

~

PFEIFEND SCHLENDERTE FREDERICK hinüber zum Stechkahnverleih. Louise hatte sich endlich bei ihm gemeldet. Er hatte sie daraufhin angerufen und sie hatten sich ausgesprochen. Da hatte er die Chance genutzt und sie für heute Abend eingeladen. Mit etwas ganz

Besonderem wollte er sie überraschen. Den Bootsverleiher hatte er bereits in seinen Plan eingeweiht.

»Danke, dass Sie mir helfen, Sir!«, betonte er noch einmal. »Ich weiß, dass Sie eigentlich schließen, wenn es dunkel wird.«

»Für Sie mache ich gerne eine Ausnahme«, antwortete der Bootsverleiher. »Meine Frau würde mir was erzählen, wenn ich es nicht tun würde. Ich habe Ihnen noch ein paar warme Decken besorgt und zwei große Kissen. Das wird so richtig romantisch.«

»Sie sind unglaublich, Sir«, sagte Frederick anerkennend.

»Dann lasse ich Sie jetzt mal allein. Binden Sie den Kahn einfach später wieder am Steg fest, ich kümmere mich morgen um den Rest«, erwiderte der Bootsverleiher und verabschiedete sich.

Inzwischen war es dunkel und die ersten Sterne funkelten am Himmel. Der Stechkahn lag etwas abseits, sodass man ihn von der Straße aus nicht gleich sehen konnte. Frederick breitete eine Picknickdecke im Boot aus und stellte Käse, Cracker, Cocktailtomaten, Erdbeeren, eine Flasche Sekt und zwei Gläser darauf. Dazwischen platzierte er einige Windlichter und zündete die Kerzen darin an. Nun fehlte nur noch Louise. Sie musste jede Minute hier sein. Frederick spürte ein Kribbeln in der Magengegend. Hundertmal war er in Gedanken durchgegangen, was er ihr sagen wollte: dass er Schmetterlinge im Bauch hatte, wenn er sie sah, und ihm schlecht wurde bei dem Gedanken, sie zu verlieren. Und dass Susan keine Rolle mehr in seinem Leben spielte.

Nein, Moment! Eigentlich hatte Heidi sich nicht mehr einmischen wollen. Frederick musste lächeln. Denn natürlich hatte sie ihn vorhin noch mal zur Seite genommen und ihm eingebläut, heute Abend Louise gegenüber den Namen »Susan« nicht zu erwähnen.

Dann stand Louise auf einmal vor ihm. Sie sah umwerfend aus. Die dunklen Haare hatte sie hochgesteckt und ihre Augen strahlten. Sein Herz begann heftig zu schlagen.

»Ist das die Überraschung, von der du gesprochen hast?«, fragte sie und zeigte auf das Boot. »Die ist dir wirklich gelungen! So etwas Romantisches hat noch nie jemand für mich gemacht!«

Er lächelte sie an, nahm ihre Hand und half ihr beim Einsteigen. Dann löste er die Leinen, sprang selbst in den Kahn und setzte sich neben sie. Doch er bekam kein Wort heraus.

Das musste er auch nicht, denn es war Louise, die ihm zuflüsterte: »Ich muss dir etwas sagen.« Sie schien genauso nervös zu sein wie er. »Frederick, ich glaube, ich habe mich in dich verliebt.«

Mit zitternder Stimme gestand Frederick: »Ich mich auch in dich.«

Das Bootsrennen zwischen Oxford und Cambridge

Die Geschichte des Rudersports reicht bis 1500 v. Chr. zurück. Zu der Zeit fanden in Ägypten die ersten sportlichen Wettbewerbe in dieser Disziplin statt. Ab 1315 etablierten sich im italienischen Venedig Wettkämpfe der Gondoliere. Sie liefen nach einem vorgegebenen Programm ab und wurden »regat(t)a« (Gondelwettfahrt) genannt.

In England entwickelte sich das sportliche Rudern im 18. Jahrhundert aus Wettrennen zwischen Berufsschiffern und Fährleuten auf der Themse in London. Der gebürtige Ire Thomas Doggett veranstaltete dort ab 1715 das nach ihm benannte »Doggett's Coat and Badge Race«, den ersten modernen Ruderwettkampf im heutigen Sinne. Die erste Regatta fand 1775 bei Putney statt. Daraus entstand das Achterrennen »Head of The River«, kurz »The Head«. Es ist heute das weltweit größte Achterrennen mit mehr als 400 teilnehmenden Booten pro Regatta.

1793 begann in England die Ära des Universitätsruderns. Der Sport wurde nun auch an den großen Colleges betrieben. Das prestigeträchtige Ruderduell zwischen den Universitäten Oxford und Cambridge fand zum ersten Mal am 10. Juni 1829 statt und geht auf eine Idee der Freunde Charles Wordsworth (Universität Oxford) und Charles Merivale (Universität Cambridge) zurück.

Auf einem 6.779 Meter langen Abschnitt zwischen Putney und Mortlake fand 1845 das erste Universitätsrennen auf der Themse statt. Noch heute duellieren sich die Mannschaften von Oxford und Cambridge auf dieser Strecke. Immer Ende März oder Anfang April liefern sich die stärksten Achter einen der spannendsten Wettkämpfe des Jahres. Während das Oxforder Team als »Dark Blues« (Die Dunkelblauen) bekannt ist, nennt sich die Mannschaft der Universität Cambridge »Light Blues« (Die Hellblauen). Mit großem Stolz tragen die Teams Trikots in ihrer jeweiligen Farbe.

Abgesehen von dem Rennen im Jahr 1877, das als unentschieden gewertet wurde, konnte Cambridge bislang 82 Siege einfahren, während Oxford mit 79 Siegen leicht zurückliegt. Da kann man als Oxford-Anhänger nur rufen: »Shoe the tabs!« – »Versohlt die Cambridge-Studenten!«. »Tab« kommt von »cantab«, der Abkürzung von »Cantabrigium«, die bei Absolventen der Universität Cambridge traditionell hinter akademischen Titeln wie B. A. oder M. A. steht, um zu verdeutlichen, dass der Titel in Cambridge erworben wurde. Eine zweite traditionelle Kampfansage der Oxforder an ihre Gegner aus Cambridge ist: »I would rather be a leper than a tab!«, in etwa: »Ich wäre lieber ein Aussätziger als ein Cambridge-Student!« – gern gesungen zur Melodie von »She'll be Coming Round the Mountain«. Die Cambridge-Anhänger lassen das natürlich nicht auf sich sitzen und kontern mit »God damn bloody Oxford!« – »Gottverdammtes Oxford!«.

Danksagung

Mein herzlicher Dank gilt meiner Verlegerin Sandra Thoms und dem Team des Dryas Verlags.

Ebenso herzlich bedanke ich mich bei meiner Lektorin Kristina Frenzel und der Fehlerjägerin Birgit Rentz für die wunderbare Zusammenarbeit. Es hat wieder einmal sehr viel Spaß gemacht, mit euch zu arbeiten.

Lieben Dank auch an meine Familie für ihre unendliche Unterstützung.

Ganz herzlich möchte ich mich bei meinen Lesern bedanken. Besonders bei denjenigen, die mich kontaktiert und mir durch ihre lieben Worte ein Lächeln auf das Gesicht gezaubert haben.

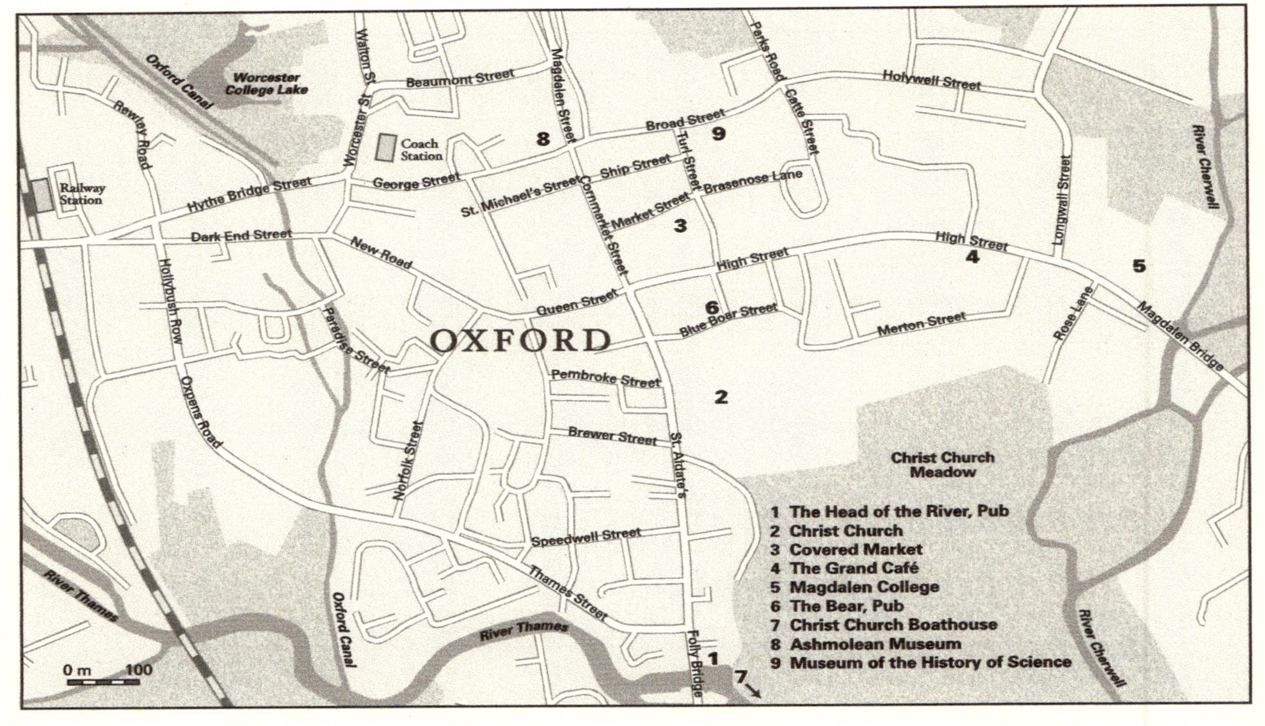
OXFORD
1 The Head of the River, Pub
2 Christ Church
3 Covered Market
4 The Grand Café
5 Magdalen College
6 The Bear, Pub
7 Christ Church Boathouse
8 Ashmolean Museum
9 Museum of the History of Science
Christ Church Meadow
River Cherwell
River Thames
Oxford Canal
Worcester College Lake
Railway Station
Coach Station
Walton St
Beaumont Street
Worcester St
Rewley Road
Hythe Bridge Street
George Street
Magdalen Street
Broad Street
Parks Road
Catte Street
Holywell Street
Longwall Street
Turl Street
Ship Street
St. Michael's Street
Brasenose Lane
Market Street
Cornmarket Street
Dark End Street
New Road
High Street
Queen Street
Blue Boar Street
Merton Street
Rose Lane
Magdalen Bridge
Hollybush Row
Paradise Street
Pembroke Street
Oxpens Road
Brewer Street
St. Aldate's
Norfolk Street
Speedwell Street
Thames Street
Folly Bridge
0 m 100

Rebecca Michéle

EIN TÖDLICHER SCHATZ

Dryas Verlag,
Taschenbuch,
320 Seiten,
ISBN 978-3-940258-38-0

Bei Aufräumarbeiten entdeckt Mabel menschliche Knochen. Das „Gespenst von Higher Barton“ ist ein Mann und bereits vor zehn Jahren an einem Genickbruch gestorben.

Abigail muss als Zeugin aus Südfrankreich anreisen und gerät schließlich ins Visier Inspector Wardens. Dann taucht ein unbekannter Obdachloser in Lower Barton auf und Mabel ahnt einen Zusammenhang. Doch wie hängt das alles mit dem Goldschatz aus dem 16. Jahrhundert zusammen, auf den Victor unerwartet stößt?